Das Vermächtnis der Vulkaninsel

Inhalt

Antonia Hofmeister – Tonia – ist Mitte vierzig und insgesamt mit ihrem Leben recht zufrieden. Eines Tages erhält sie einen Brief, in dem ihr mitgeteilt wird, dass eine ihr unbekannte Frau sie als ihre Haupterbin eingesetzt hat.

Tonia findet heraus, dass Adelheid Steffens eine entfernte Verwandte ist, die es auf der Kanareninsel Teneriffa zu Wohlstand und Ansehen gebracht hat. Bevor sie sich entscheidet, ob sie das Erbe annehmen möchte, beschließt sie, es erst einmal vor Ort in Augenschein zu nehmen. Sehr schnell wird ihr klar, dass das Paradies Schattenseiten hat. Sie fühlt sich verfolgt, eine kolumbianische Investmentgesellschaft klopft bei ihr an und sie erfährt, dass beim plötzlichen Tod ihrer unbekannten Gönnerin nicht alles mit rechten Dingen zugegangen ist.

Sie muss eine Entscheidung treffen, die bestimmend für ihr weiteres Leben sein wird. Durch Verkauf des Grundbesitzes auf Teneriffa an die Kolumbianer wäre sie eine wohlhabende Frau und hätte für ihr Leben ausgesorgt. Aber Tonia kann die Fakten nicht ignorieren. Sie fühlt sich mit Adelheid Steffens verbunden. Als sie erfährt, dass das Grundstück einen Schatz birgt, den zu bewahren für die Insel und ihre Bewohner von größter Bedeutung ist, steht ihr Entschluss fest. Sie wird um ihr Erbe kämpfen.

TINA PETER

DAS VERMÄCHTNIS DER VULKANINSEL

Bibliografische Information der Deutschen Nationalbibliothek:
Die Deutsche Nationalbibliothek verzeichnet diese Publikation
in der Deutschen Nationalbibliografie; detaillierte bibliografische
Daten sind im Internet über https://portal.dnb.de/ abrufbar.

Korrektorat, Satz, Umschlaggestaltung, Herstellung und Verlag:
BoD – Books on Demand, Norderstedt

ISBN: 978-3-7494-8390-7

Meinen Vätern Rolf P. und Bernd Wilhelm Q.
in liebevoller Erinnerung gewidmet

KAPITEL 1

Was lag heute an? Im Geiste erstellte Tonia eine Liste. Einkaufen hatte oberste Priorität, denn in ihrem Kühlschrank herrschte Ebbe. Während sie den Kühlschrank wieder zumachte, registrierte sie, wie die Klappe ihres Briefkastens schepperte. Dann eilige, feste Schritte auf der Treppe. Auf die Postbotin war Verlass.

Einkaufen würde sie später. Entschlossen griff sie zum Wasserkocher. Erst einmal brauchte sie eine Kanne Tee. Solchermaßen ausgerüstet, würde sie sich an ihren Schreibtisch begeben. Den Gedanken an ihr neues Buch schob sie dabei weg. Heute würde sie sich Auftragsarbeiten zuwenden, die gutes Geld einbrachten. Seit zwei Jahren arbeitete sie freischaffend als Texterin und Autorin, neudeutsch: Content-Producerin.

Nebenbei hatte sie einen ersten Roman geschrieben und einen zweiten in Arbeit, mit dem sie aber nicht recht vorankam. Ihr erstes Buch hatte sie im Selbstverlag rausgebracht. Ein paar Exemplare hatte sie inzwischen verkauft, mehr verschenkt. Nichts, wovon man seine Rechnungen bezahlen konnte – aber schmeichelhaft für das Ego.

Rasch füllte sie das heiße Wasser in die Teekanne. Während der Tee zog, ging sie zur Haustür und entnahm dem Briefkasten den kleinen Stapel Post. Die meisten Umschläge mit unerwünschter Werbung und Spendenbettelbriefen flogen ungeöffnet in den Papiermüll. Es wunderte sie, dass die professionellen Spendensammler nicht aufgaben.

Übrig blieb ein einzelner Umschlag. Der Brief, den sie in der Hand hielt, hatte eine seriöse, beinahe amtliche Aura. Tonia kramte in ihrem Kopf, ob sie mal wieder geblitzt worden war, weil ihr Mini sich nicht an die erlaubte Höchstgeschwindigkeit gehalten hatte. Böser Mini. Fotos der letzten zwölf Monate hingen am Kühlschrank.

Das Schreiben stammte von einem Kölner Notar. Nun war sie wirklich gespannt. Sie nahm den Umschlag in ihren Mund, während sie den fertigen Tee in eine große Tasse umfüllte und mit nach oben in ihr Büro nahm. Als Erstes öffnete sie den Brief.

Das förmliche Anschreiben war sehr knapp gehalten.

Dr. Anton Severin, Notar, Montanusstraße 38, Köln

Testamentseröffnung der verstorbenen Adelheid Steffens

Sehr geehrte Frau Hofmeister,
hiermit laden wir Sie förmlich zur Eröffnung des Testaments von Frau Adelheid Steffens ein. Bitte vereinbaren Sie baldmöglichst mit meinem Büro einen Termin. Vielen Dank.

Mit freundlichen Grüßen
Dr. Anton Severin, Notar

Es folgten Angaben zu den Bürozeiten und die Nummern von Telefon und Fax. Sie las die wenigen Zeilen mehrmals. Wer war Adelheid Steffens? Es konnte sich nur um eine Verwechslung handeln, denn sie war sich sicher, diesen Namen noch niemals zuvor gehört zu haben. Sie nahm ihr Telefon und rief in der Kanzlei Severin an. Die Anwaltssekretärin wusste sofort Bescheid und stellte sie zu Herrn Severin durch.

„Nein, nein, Frau Hofmeister. Eine Verwechslung ist ganz ausgeschlossen. Die Angaben der Erblasserin sind eindeutig. Möchten Sie das Erbe ablehnen? In diesem Fall darf ich Ihnen keine Informationen geben.«

„Muss ich mich denn sofort entscheiden? Ich gestehe, dass ich völlig überrascht bin. Ich kann mich nicht erinnern, Frau Steffens einmal begegnet zu sein. Kann es sein, dass sich jemand einen Scherz erlaubt hat?«

„Ganz ausgeschlossen. Alle Unterlagen und Angaben, die Frau Steffens gemacht hat, sind seriös. Wissen Sie, es kommt heute gar nicht so selten vor, dass Menschen von einem unbekannten Erblasser im Testament bedacht werden. Es gibt ältere Menschen, die recht wohlhabend sind, aber keine direkten Nachkommen haben. Dann werden entfernte Anverwandte gesucht, so wie in Ihrem Fall. Sie sind eine entfernte Anverwandte von Frau Steffens. Sie hat Sie ausgewählt, Frau Hofmeister. Sie hatte ihre Gründe. Das Beste ist, wir besprechen die Angelegenheit in Ruhe in meiner Kanzlei. Wann hätten Sie Zeit?«

Tonia vereinbarte einen Termin für Donnerstagvormittag. Sie hatte noch fast zwei Tage Zeit, um zu versuchen, selbst etwas über Frau Adelheid Steffens in Erfahrung zu bringen.

KAPITEL 2

»Das gibt es doch gar nicht. Da erlaubt sich jemand einen Scherz mit dir, Tonia. Eine Adelheid Steffens kenne ich nicht. Niemand hat diesen Namen je erwähnt.« Ihre Mutter war besorgt.

Tonia seufzte und entgegnete ihrer Mutter: »Und wenn sie ihren Namen geändert hat oder geheiratet hat, vielleicht sogar mehrfach? Dann hat man sie möglicherweise unter einem anderen Namen gekannt. Was hältst du davon, wenn ich Rita frage? Sie hat doch alles gesammelt, was es über unsere Familie zu wissen gibt.«

»Mach das, obwohl ich in diesem Fall bezweifle, dass es etwas bringt. Wenn du zu diesem Notar fährst, solltest du deinen Vater oder Martin mitnehmen. Du weißt doch: Vier Ohren hören mehr als zwei.« Martin Berg war ein langjähriger guter Freund. Tonia versprach es sich zu überlegen und legte auf. Sie hatte Martin schon angerufen. Auch er war skeptisch gewesen und hatte ihr angeboten, sie nach Köln zu begleiten. Sie dachte daran, sein Angebot anzunehmen. Vielleicht würden sie alle drei fahren, denn ihr Vater war in juristischen Angelegenheiten sehr kompetent. Als Beamter a. D. hatte er mehr als zwanzig Jahre lang eine Rechtsabteilung geleitet.

Auf der anderen Seite war sie lange erwachsen und konnte gut auf sich selbst aufpassen. Das hier war ihre Angelegenheit. Immerhin hatte Adelheid Steffens sie persönlich ausgewählt. Tonias Neugier war geweckt. Viel mehr als das Erbe selbst interessierte sie die Person.

Rita hatte bereits am Nachmittag Zeit für sie, wie sich in einem weiteren Telefonat herausstellte. Bis zu dem Treffen mit ihr hatte sie noch gut eineinhalb Stunden Zeit. Also kaufte sie erst einmal ein und bereitete sich anschließend ein warmes Sandwich zu.

Ihre Großtante Rita war eine erstaunliche Person. Mit sechzig Jahren war sie rund zehn Jahre jünger als ihre Mutter. Rita war klein und rundlich und hatte eine widerspenstige graue Mähne. »Tonia, spann mich nicht auf die Folter. Es ist einige Jahre her, seit du dieses Haus zuletzt betreten hast. Das soll kein Vorwurf sein. Ich habe mir nur gedacht, dass dies kein Höflichkeitsbesuch wird. Was kann ich für dich tun?«

»Danke für dein Verständnis, Rita, und dass du so schnell Zeit für mich hast. Ich weiß, dass du dich besonders gut mit unserer Familiengeschichte auskennst. Mutti hat mir erzählt, dass du einen Stammbaum angelegt hast und stetig recherchierst. Sie meint, dass niemand besser über unsere Sippe Bescheid weiß als du.« Rita blieb abwartend und nickte leicht. »Um wen geht es?«

»Ich habe heute Morgen ein Schreiben von einem Kölner Notar bekommen, aus dem hervorgeht, dass eine gewisse Adelheid Steffens mir etwas vererbt hat. Ich habe bisher noch keinerlei Information darüber, um was es bei der Erbschaft geht. Schlimmstenfalls sind es Schulden. Möglicherweise hat sich jemand einen Scherz erlaubt. Ich habe nicht den leisesten Schimmer, wer Adelheid Steffens ist und in welchem Verhältnis sie zu mir steht. Das Einzige, was mir der Notar am Telefon erzählt hat, ist, dass sie eine entfernte Verwandte von mir ist. Sagt dir der Name etwas?«

Rita dachte einen Moment lang nach. Dann stand sie auf und holte einen Ausdruck des Familienstammbaums. Sie setzte sich damit neben Tonia auf die Couch, sodass beide das Blatt im DIN-A3-Format anschauen konnten, auf dem eine Art Organigramm zu erkennen war. Gemeinsam betrachteten sie Zweig für Zweig, während Rita erzählte, was sie zu den einzelnen Personen und ihren Nachkommen in Erfahrung gebracht hatte. Tonia war verblüfft, als sie erkannte, wie weitreichend die verwandtschaftlichen Verflechtungen waren. Jeder Mensch weiß, dass ihm eine schier endlose Zahl an Vorfahren vorangegangen ist. Doch allein drei oder vier Generationen zurückzublicken und all die Namen schwarz auf weiß mit ihren Lebensdaten zu sehen, das war schon ein besonderes Gefühl. Tonia war tief berührt und beglückwünschte Rita zu ihrer Arbeit.

Rita lachte. »Hierin liegt Stoff für mehrere Romane«, sagte sie in Anspielung auf Tonias Beruf. »Wer weiß, vielleicht komme ich schon bald darauf zurück«, entgegnete ihr Gast. Trotzdem fühlte sie sich frustriert. Sie hatten keinen direkten Hinweis auf Adelheid Steffens gefunden. Allerdings stellte sich heraus, dass ihr Großvater aus einer zweiten Ehe entstammte und mehrere Halbgeschwister hatte. Tonia notierte sich die Namen, um eventuell eigene Nachforschungen anzustellen, denn Rita hatte diesen Strang noch nicht weiterverfolgt.

KAPITEL 3

Als Tonia nach Hause kam, erwartete ihr Freund Martin sie. »Hey, du bist aber früh dran.« »Ich wollte dich überraschen. Außerdem bin ich neugierig«, erklärte ihr Freund. »Es war interessant – aber leider nicht sehr konkret. Wir googeln nachher. Lass uns aber erst etwas essen.«

Wenig später saßen Tonia und Martin vor ihren Laptops und befragten die wichtigsten Suchmaschinen. Unter dem Namen Adelheid Steffens verzeichneten die Suchmaschinen zahlreiche Einträge. Darunter wurden eine Praxis für Naturheilkunde, eine Rechtsanwaltssozietät, eine Werbeagentur, die Vereinsmeisterin eines Schützenvereins, die Schülerin eines Berufskollegs, die Absolventin einer Klosterschule des Jahrgangs 1965, eine Architektin, eine Firma für Modellbau in Hamburg und eine Agentur für Partnervermittlung sowie die Vorsitzende eines Vereins der Sudetendeutschen gelistet. Bei genauerem Hinsehen ergab sich eine Verbindung zwischen der Klosterschülerin und der Ärztin für Naturheilkunde. Womöglich handelte es sich um dieselbe Person. Tonia seufzte. Sie hatte nicht das Gefühl, auf etwas Wichtiges gestoßen zu sein.

Auch Martins Enthusiasmus war gebremst. »Ich muss jetzt los. Lass uns morgen weitermachen«, schlug er vor. »Wir haben noch zu wenig Informationen für eine sinnvolle Suche.« Tonia nickte. Martins Wohnung lag im Nachbarort. Vor Jahren waren sie ein Paar gewesen, hatten aber bald festgestellt, dass sie schlecht zusammenleben konnten. Als Paar hatten sie sich getrennt, waren einander aber stets freundschaftlich verbunden geblieben. Als Mitvierzigerin hatte Tonia ihren Frieden mit ihrem Singledasein gemacht. Martin war ein Eigenbrötler, der gerne seine Ruhe hatte. Ihr freundschaftliches Arrangement funktionierte recht gut. Sie sahen sich beinahe täglich und kochten gerne zusammen. Außerdem segelten sie beide leidenschaftlich gern und hatten manchen Turn miteinander absolviert. Tonia räumte noch auf und beschloss, ihrer Bettschwere nachzugeben.

Am nächsten Morgen telefonierte sie als Erstes mit ihrer Agentin, die zwei kleinere, aber durchaus lukrative Aufträge für sie hatte. Als freiberufliche Texterin und Publizistin hatte sich Tonia auf ein bestimmtes Marketingsegment spezialisiert, bei dem es um sogenannte erklärungsbedürftige äußerst komplexe Produkte ging, wie beispielsweise Schwermaschinenbau, Robotik und Waffentechnologie. Ihr Repertoire an Textformaten reichte von kurzen Werbebotschaften bis zu Fachartikeln und »Full Papers«. Hier wirkte sie als Ghostwriter für die Ingenieure, die meist in ihrem Arbeitsalltag keine Zeit hatten, um selbst ihre neue Entwicklung für den Markt zu beschreiben. Im Grunde war es eine klassische journalistische Arbeit mit Recherchen, Interviews, Sichtung und Auswertung von Dokumenten. Tonia war sehr zufrieden mit dieser Arbeit und wie sich ihr kleines Geschäft entwickelte. Keine großen Sprünge, aber sie hatte ihren Kundenkreis und ihr Auskommen. Die Zusammenarbeit mit ihrer Agentin hatte sich bisher vorteilhaft entwickelt und ihr neue Kunden gebracht. Außerdem half sie ihr bei der Vermarktung ihres ersten Romans, der sich bisher sehr bescheiden verkauft hatte. Ein Drehbuchautor hatte sich kürzlich für den Stoff interessiert. Das versprach, interessant zu werden.

Tonia öffnete den Terminplaner auf ihrem Macbook und legte eine Aufgabenplanung für die kommenden Tage an. Sie dachte nach, was sie als Nächstes tun sollte. In ihr keimte der Wunsch nach einem neuen Buch heran. Das Telefon riss sie aus ihren Gedanken.

»Tonia Hofmeister.« »Hallo, meine Liebe, was machst du?« »Hallo, Martin. Ich denke gerade über ein neues Buch nach. Ich habe ein paar Ideen, bin aber noch unentschieden, wie ich sie zusammenbinde.« »Warum schreibst du nicht einfach ein Buch über eine mysteriöse Erbschaft«, schlug Martin vor. »Du meinst, ich soll aufgreifen, was gerade passiert«?, vergewisserte sie sich. »Ja, diese Geschichte birgt doch jede Menge Potenzial, findest du nicht?« »Du hast recht. Super Idee. Es könnte ein Aufhänger werden. Dafür hast du was bei mir gut, mein Lieber.« »Darauf komme ich bei Gelegenheit zurück«, lachte Martin. Dann teilte er ihr mit, dass er am Abend mit Kunden essen gehen würde. Sie würden sich am nächsten Tag sehen.

Morgen würde sie die Kanzlei Severin besuchen. Sie beschloss, noch eine Liste mit Fragen an den Notar zu erstellen, und verabredete sich mit ihrem Vater, um die Punkte mit ihm durchzugehen. Sein juristischer Sachverstand war ihr wichtig und sie wollte gut vorbereitet für das Gespräch sein.

KAPITEL 4

Am nächsten Morgen machte sich Tonia schon früh auf den Weg. Sie wollte vor dem werktäglichen Pendlerstau in Köln sein. Sie verzichtete auf ein Frühstück und füllte lediglich ihren großen Thermobecher mit Milchkaffee, den sie unterwegs trinken konnte. Sie gab die Zieladresse ins Handy ein und fuhr los.

Ihre Kalkulation ging auf und sie erreichte bereits um acht Uhr dreißig das Parkhaus, das sie vorher ausgewählt hatte. Google sei Dank! Sie stellte ihren Mini ab und merkte sich den Standort, eine Art Reflex, nachdem sie sich in einem anderen Parkhaus mal fast zu Tode gesucht hatte, bis sie endlich mehr zufällig ihren Wagen wiedergefunden hatte. Sie trat hinaus auf die Straße, die direkt in einer Fußgängerzone mündete. Ihr Handy zeigte ihr den aktuellen Standort sowie Richtung und Entfernung zum Ziel. Die Kanzlei von Anton Severin befand ich in etwa zweihundert Metern Entfernung. Sie beschloss, erst einmal die Kanzlei zu suchen und dann frühstücken zu gehen.

Das richtige Gebäude zu finden war nicht schwierig. Neben der Hinweistafel für die Kanzlei fand sie noch die Schilder für mehrere Facharztpraxen. Zufrieden wandte sich Tonia ab und strebte in die Fußgängerzone. Langsam war sie ernsthaft hungrig.

Sie brauchte nicht lange zu suchen. Vor ihr lag Starbucks. Die lange Schlange an der Theke schreckte sie nicht ab, denn die meisten Gäste würden sich ihren Café Latte als Take-away holen und ihn unterwegs, auf dem Weg zur Schule oder zur Arbeit trinken. Sie musste grinsen. Von einem guten Essen verstanden die Amerikaner, ihrer Meinung nach, nicht viel, doch sie hatten die Europäer auf ihrem ureigenen Terrain der Kaffeekultur geschlagen. Starbucks war aus den Einkaufszonen und Bahnhöfen der deutschen Städte nicht mehr wegzudenken. Vielen Menschen schien morgens der Trinkbecher mit aromatisiertem Milchkaffee in der Hand angewachsen zu sein. Wenigstens verwendeten viele heute ihre eigenen Thermobecher, um die Plastikflut wenigstens ein bisschen abzumildern.

Sie gab ihre Bestellung, Grande Latte und eine Portion Müsli, auf und reihte sich in die zweite Schlange an der Ausgabetheke ein. Kurze Zeit später begab sie sich an einen Tisch im hinteren Teil des Cafés, von wo aus sie das Treiben innerhalb und außerhalb von Starbucks beobachten konnte.

Da sie zwar stadtnah, aber auf dem Lande wohnte, kam sie nicht allzu oft in eine Großstadt. Sie bemerkte Veränderungen im Straßenbild. Die Zahl der Elektroscooter potenzierte sich offensichtlich. Eine praktische Sache. Dennoch empfand sie die überall gegenwärtigen Leihscooter, die man nach Gebrauch einfach irgendwo abstellen konnte, als störend.

Sie beendete ihr Müsli und kramte ihr I-Pad hervor, um nach ihren Mails zu schauen. Nichts Wichtiges, nichts, was eine rasche Reaktion erforderte, entschied sie. Sie nahm sich nochmals die Fragenliste vor, die sie gemeinsam mit ihrem Vater gestern Abend ausgearbeitet hatte, und ergänzte noch die eine oder andere Anmerkung. Nach einem kurzen Blick auf ihre Uhr packte sie ihre Sachen zusammen und machte sich auf den Weg zur Kanzlei.

»Gepflegtes Understatement«, dachte sie, als sie das Foyer betrat. Die Empfangsdame führte sie in einen schlicht, aber wertig eingerichteten Besprechungsraum und bat sie um einen Augenblick Geduld.

Sie musste nicht lange warten. Herr Severin, der Notar, begrüßte sie mit festem Händedruck und sah sie prüfend an. Sie erwiderte seinen Blick und reichte ihm unaufgefordert ihren Personalausweis. »Sie kennen mich nicht, Herr Severin. Ich nehme an, dass Sie sich von meiner Identität überzeugen möchten.«

»Sehr aufmerksam, Frau Hofmeister, dass Sie daran denken.« Er warf einen kurzen Blick auf ihren Ausweis und lächelte. »Das Foto wird Ihnen wirklich nicht gerecht.« »Das wird es doch nie, nicht wahr«, entgegnete Tonia. »Sie sind selbstständige Autorin, nicht wahr? Verraten Sie mir, wie man davon leben kann? Verzeihen Sie meine Neugier. Es ist nur so, dass meine Klienten meistens einen völlig anderen Hintergrund haben. Es interessiert mich wirklich.«

»Der Markt ist in der Tat schwierig. Viele Freiberufler versuchen, sich über Wasser zu halten. Häufig arbeiten sie unter prekären Bedingungen. Mein Fall ist etwas anders gelagert, da ich mich auf Technologie und speziell Maschinenbau spezialisiert habe. Ich bin seit über zehn Jahren für diese Branche tätig und habe mir einen gewissen Kundenstamm aufgebaut. Es ist schon richtig: Reichtümer erwerbe ich auf diese Weise nicht. Aber ich habe mein Auskommen und ich habe Freude daran. Ich bin zufrieden.«

»Interessant«, kommentierte der Notar. »Lassen Sie uns zur Testamentseröffnung schreiten. Ich werde versuchen, Ihre Fragen so umfassend wie mir möglich zu beantworten.«

Das Testament von Adelheid Steffens war präzise und knapp, so knapp, dass Tonia dem Nachhall der Worte lauschte. Denn erst im Nachklang erschloss sich ihr die Bedeutung des Gehörten. Adelheid Steffens vermachte ihr ein Wohnhaus auf der Kanareninsel Teneriffa samt einem großen Grundstück. Das Anwesen war direkt am Meer gelegen. Außerdem sollte Tonia ein erhebliches Geldvermögen erben. Hinzu kamen einträgliche Wertpapiere. Mit anderen Worten: Ihre unbekannte Verwandte schenkte ihr ein auskömmliches Leben auf einer traumhaft schönen Insel, lebenslang, sofern sie vernünftig mit dem Erbe umging. Das Testament selbst enthielt keinerlei Hinweis darauf, warum Tonia als Erbin eingesetzt worden war. Auch wurde nichts zum Verwandschaftsverhältnis gesagt.

Tonia fühlte sich leicht schwindelig. Sie griff zu einem Glas Wasser und versuchte wieder Halt in der Realität zu finden. »Nun bloß nicht umfallen«, dachte sie und zwang sich, tief einzuatmen und den Atem kontrolliert in ihren Bauch fließen zu lassen. Nach einigen Atemzügen war das Schwächegefühl vorbei und sie sah wieder klar. Plötzlich hatte sie Schmetterlinge im Bauch.

»Teneriffa. Ein eigenes Haus auf Teneriffa.« Sie hatte sich in diese Insel verliebt, als sie das erste Mal vor einigen Jahren dort ihren Urlaub verbracht hatte. Seither hatte sie die Insel mehrfach besucht. Sie hatte nach und nach alle Kanareninseln kennengelernt und fand sie alle wunderbar – doch Teneriffa war etwas ganz Besonderes. Sie konnte es gar nicht glauben. Sie hatte heimlich davon geträumt, sich irgendwann ein kleines Apartment dort zu mieten und die Wintermonate dort zu verbringen. Mit ihrer Arbeit ließe sich das vereinbaren. Sie brauchte lediglich eine gute Internetverbindung. Sie hatte immer gehofft, irgendwann über die finanziellen Mittel dafür zu verfügen. Nun bekam sie nicht nur ein ganzes Haus geschenkt, sondern auch das Kapital, um es zu unterhalten und darin selbst zu leben. Konnte das wirklich wahr sein?

Sie sagte: »Wissen Sie, Herr Severin, ich kann das kaum glauben. Eine unbekannte Verwandte hinterlässt mir ein Haus auf einer Insel, die seit Jahren der Traum von meiner zweiten Heimat ist. Wissen Sie, dass ich schon oft auf Teneriffa war?« »Frau Steffens hat eine weise Wahl getroffen«, entgegnete der Notar. »Ich werde Ihnen einige Unterlagen aushändigen, damit Sie sich eine genauere Vorstellung über den Besitz und die damit einhergehenden Verpflichtungen machen können. Lassen Sie sich Zeit mit den Formalitäten. Klären Sie die Fragen, die sich Ihnen stellen werden, und wenn Sie die Zeit einrichten können, fliegen Sie nach Teneriffa und schauen Sie sich das Haus in Ruhe an. Ich vertraue Ihnen den Schlüssel an, sodass Sie dort ein paar Tage wohnen können. Geben Sie mir in spätestens drei Wochen Bescheid, wie Sie sich entschieden haben.«

»Vielen Dank, Herr Severin. Ich werde davon Gebrauch machen. Doch ich bitte Sie, mir zuvor noch zwei Fragen zu beantworten: Wer war Frau Steffens? Und warum wählte sie mich als ihre Erbin aus? Was wissen Sie darüber?«

»Frau Steffens ist im Alter von achtzig Jahren gestorben. Sie kam tragischerweise bei einem Badeunfall ums Leben. Es wurde Herzversagen diagnostiziert. Der ärztliche Befund sagt, dass Frau Steffens, die eine sehr gute Schwimmerin war, bei relativ bewegter See hinausgeschwommen ist und dabei einen Herzinfarkt erlitten hat. Da Sie selbst Teneriffa gut kennen, wissen Sie, wie tückisch das Meer sein kann und wie rasch Sie eine starke kalte Strömung packen und aufs Meer hinausziehen kann.« »Gab es Zeugen?«, fragte Tonia. »Ja. Ein Nachbar bemerkte das Geschehen vom Ufer aus und benachrichtigte Polizei und Küstenwache, die binnen kürzester Zeit zur Stelle waren und sie aus dem Wasser bargen. Sie war aber bereits tot.«

»Kannten Sie Frau Steffens persönlich, haben Sie sie getroffen?«, erkundigte sich Tonia. »Nicht persönlich. Wir haben telefoniert und korrespondiert. Frau Steffens gehörte noch zur ›alten Schule‹. Sie machte alles schriftlich, war korrekt und umsichtig. Sie hat mich sehr beeindruckt. Sie strahlte eine Tatkraft aus und stand mit ihren achtzig Jahren noch mitten im Leben, wenn Sie wissen, was ich meine.« »Wie kam sie an ihr Vermögen?«, fragte Tonia. »Sie war von Beruf Architektin und in diesem Beruf sehr erfolgreich. Viele Hotels auf den Kanarischen Inseln tragen ihre Handschrift. Sie hat bis in die Neunzigerjahre hinein Hotels geplant und an neuen Projekten mitgewirkt. Für eine Frau ihrer Generation hat sie ein bemerkenswertes Leben geführt. Sie hat sich ihr ganzes Leben lang ihre Eigenständigkeit bewahrt. Sie ist sozusagen in ihrem Beruf aufgegangen. Teneriffa wurde in den Achtzigerjahren ihre Wahlheimat. Sie hat viel zum Gedeihen des Tourismus beigetragen. Ich glaube, dass Sie beide sich gemocht hätten«, fügte er hinzu.

»Wie sind Frau Steffens und ich verwandt? Wie hat sie mich überhaupt gefunden?« »Die Mutter von Frau Steffens stammt aus Ihrem Heimatort.

Die Mutter war eine Halbschwester von Ihrem Großvater, das heißt, sie war älter und stammte aus der ersten Ehe des Urgroßvaters. Die Mutter verließ bereits als junges Mädchen ihre Heimat und heiratete, wodurch sie den Familiennamen Steffens annahm. Adelheid Steffens war ihre einzige Tochter. Der Vater verstarb früh, war aber recht wohlhabend, sodass die Tochter Ende der Fünfzigerjahre studieren konnte. Bereits in den Sechzigerjahren hat Frau Steffens in Spanien gearbeitet und dort Hotels geplant, auch auf Mallorca. Als in den Siebzigerjahren der Tourismus auf den Kanarischen Inseln begann, war sie dabei. In dieser Zeit verstarb ihre Mutter in Deutschland. Sie war die einzige Anverwandte, zu der sie Kontakt hatte. Frau Steffens war keine Heilige. Das Vermögen, das sie Ihnen vererbt, stellt nur einen Teil dessen dar, was sie einmal besessen und auch wieder ausgegeben hat. Sie hat gut gelebt und verstand das Leben zu genießen. In den Neunzigerjahren wurde es ruhiger um sie. 1998, also mit 68 Jahren, zog sie sich aus dem Geschäft zurück.«

Tonia lachte: »Eine Vita nach meinem Geschmack. Wie schade, dass ich sie nicht zu Lebzeiten kennengelernt habe. Ich glaube, dass wir tatsächlich einen Draht zueinander gehabt hätten. Doch nun verraten Sie mir noch bitte, warum und wie Frau Steffens mich ausfindig gemacht hat. Haben Sie eine Rolle dabei gespielt, Herr Severin?«

»Nicht direkt«, entgegnete der Notar. »Ich habe lediglich dem, was Frau Steffens selbst in Erfahrung gebracht hatte, einige Details hinzugefügt. Frau Steffens kam vor etwa zwei Jahren auf mich zu. Sie hatte auf Teneriffa einen gemeinsamen Bekannten getroffen, der mich ihr empfahl. Ihr Anliegen war es, ihre Angelegenheiten zu regeln, so lange sie noch im Vollbesitz ihrer geistigen Kräfte sei. Sie war nicht krank, sondern sie war eine vitale und resolute Dame, die sehr genau wusste, was sie wollte. Sie war sich auch sicher, dass sie nicht von irgendeiner Krankheit bedroht war. Sie erzählte mir, dass sie eines Morgens aufgewacht sei mit dem sicheren Gefühl, dass sie nicht mehr lange zu leben habe. Sie habe sich nicht erschrocken und sie habe sich nicht bedroht gefühlt. Es war mehr eine innere Gewissheit, dass ihr Leben abgerundet sei. Gleichzeitig sei ihr bewusst geworden, dass sie mit ihrem Besitz etwas Sinnvolles tun wollte, dass sie Verantwortung dafür übernehmen wolle, wer sie beerbt. Sie war sich klar, dass es eine Person sein sollte und nicht irgendeine Organisation.

Sie kramte in ihrem Gedächtnis und in ihren persönlichen Unterlagen nach Hinweisen auf ihre Familie, zu der keinerlei Kontakt bestand. Eines Tages erinnerte sie sich an etwas, das ihre Mutter ihr erzählt hatte. Ihre Mutter hatte ihr nämlich einmal die Geschichte von einer Verwandten berichtet, die bereits als junge Frau Witwe geworden sei und allein mit ihrer kleinen Tochter dastand. Doch das sei nicht das einzige Unglück gewesen, das dieser jungen Frau widerfahren sei. Ihre Mutter hatte damals noch sporadischen Kontakt mit ihrem Halbbruder, Ihrem Großvater. Und der habe ihr irgendwann im betrunkenen Zustand gestanden, dass er den Hof und alle zugehörigen Grundstücke seinem Sohn vermacht habe. Sein Sohn habe ihn gehörig unter Druck gesetzt und er habe keine Möglichkeit gesehen, sich dagegen zu wehren. Ihre, Frau Hofmeister, Mutter ist also zu dem erlittenen Leid auch noch um ihr Erbe betrogen worden. Die Mutter von Frau Steffens war darüber empört und hat den Kontakt zu ihrem Bruder ganz einschlafen lassen. Frau Steffens interessierte sich dafür, was aus dem kleinen Mädchen von einst, das in solch unglückliche Umstände hineingeboren wurde, geworden war. Hätten Sie nichts aus Ihrem Leben gemacht, Frau Hofmeister, dann säßen Sie nicht hier. Dann hätte Frau Steffens jemand anderen gesucht. Was Sie erlebt und getan haben, hat sie dagegen beeindruckt. Sie hat sogar ihren Roman gelesen und war zu der Auffassung gelangt, dass sie in ihrer zweiten Lebenshälfte die Möglichkeit erhalten sollten, sich hauptsächlich dem Schreiben zu widmen. Und sie hegte die Hoffnung, dass sie dies gerne auch auf Teneriffa tun würden. Denn die Insel hat schon zahlreiche Künstler und Kreative inspiriert. Dies ist also der Grund, warum wir uns heute hier gegenübersitzen.«

Eine Frage brannte Tonia auf der Zunge: »Warum hat Frau Steffens denn dann zu Lebzeiten keinen Kontakt zu mir aufgenommen? Das macht doch keinen Sinn. Sie hätte mir einen Brief schreiben oder mich anrufen können. Ich hätte Sie auf Teneriffa besuchen können, damit wir uns kennenlernen. Ich hätte mich gerne erkenntlich erwiesen. Ein Geschenk von einer unbekannten Gönnerin ist schwierig anzunehmen, finden Sie nicht, Herr Severin? Nun bleibt mir nur noch, ihr ein paar Blumen auf ihr Grab zu legen. Was raten Sie mir, Herr Severin? Was würden Sie an meiner Stelle tun?«

»Ich würde das Geschenk annehmen, wenn ich Sie wäre, Frau Hofmeister. Ich kann nur wiederholen, was ich Ihnen eben bereits gesagt habe: Ich bin überzeugt, dass Frau Steffens mit Ihnen die richtige Wahl getroffen hat. Sie werden das Richtige mit diesem Erbe anzufangen wissen. Ich denke, dass Sie ein Mensch sind, der verantwortungsbewusst handelt. Und noch einmal ja. Ich würde stets für einen frischen Blumenstrauß auf dem Grab meiner Gönnerin sorgen.«

»Ich danke Ihnen, Herr Severin, auch für Ihre Offenheit. Ich werde so bald wie möglich nach Teneriffa reisen und mir ein Bild machen. Ich melde mich wieder bei Ihnen, um das Weitere zu besprechen.« Herr Severin verabschiedete sie mit einem festen Händedruck.

Als sie auf die Straße trat, hatte sie sich weitestgehend wieder gefangen. Ihr war etwas flau im Magen. Sie lenkte ihre Schritte in Richtung Parkhaus, stoppte an einem sauber wirkenden Imbisswagen, wo sie ein Brötchen mit Putenspießbraten und eine Cola erwarb. Ihr Weg zum Auto führte sie durch einen kleinen Park, wo sie sich auf einer Bank niederließ, um in Ruhe zu essen und das Gehörte geistig Revue passieren zu lassen. Sie freute sich auf der einen Seite unbändig darauf, bald wieder nach Teneriffa zu kommen, und sie brannte vor Neugier auf das, was sie dort vorfinden würde. Sie empfand Dankbarkeit gegenüber Adelheid Steffens und war doch zugleich ein wenig traurig, dass sie sich nicht persönlich begegnet waren. Was konnte sie also tun, um dieses Ungleichgewicht wieder ein wenig ins Lot zu bringen? Plötzlich hatte sie eine Idee. Das war es? Sie würde ihr nächstes Buch Adelheid Steffens und ihrem Leben widmen. Sie hatte in ihrer Zeit ein ganz ungewöhnliches Frauenleben gelebt. Es war bestimmt wert, erzählt zu werden. Tonia strahlte. Jetzt ergab alles einen Sinn.

Bevor sie ihr Auto holte, machte sie noch einen kleinen Umweg, denn sie erinnerte sich, am Morgen einen Copyshop in der Nähe des Starbucks gesehen zu haben. Sie fand den Laden mühelos wieder und fertigte mehrere Kopien der Unterlagen an, die Herr Severin ihr übergeben hatte. Einen Stapel würde sie ihrem Vater geben. Er würde die Unterlagen für sie eingehend prüfen und sie beraten.

Ihre innere Aufregung machte ihr auf der Rückfahrt zu schaffen, sodass sie zweimal fast die falsche Autobahnabfahrt erwischt hätte. Von unterwegs rief sie erst Martin und dann ihre Eltern an und verabredete sich für den frühen Abend mit ihnen im Restaurant »Kochlöffel«. Es gab etwas zu feiern.

KAPITEL 5

Während sich Tonias Aufregung am Abend gelegt hatte und einer puren Freude gewichen war, verbreitete ihre Mutter Hektik. Sie machte sich große Sorgen, dass ihre Tochter in etwas hineintappte. Sie konnte nicht glauben, dass so etwas passierte. Solange sich Tonia erinnern konnte, hatte sich ihre Mutter Sorgen gemacht und versucht sie von Gefahren fernzuhalten. Da sie das einzige Kind war, hatte sich die elterliche Sorge stets voll und ganz auf sie konzentriert – und ihr nur zu oft die Luft zum Atmen geraubt. Tonia war lange erwachsen, bis sie diesen Mechanismus durchschaut hatte. Inzwischen war sie dagegen weitgehend immun und wusste ihre Mutter, die es tatsächlich nur gut meinte, zu nehmen.

Sie unterbrach den aufgeregten Redeschwall und fragte ihre Mutter danach, ob sie noch Erinnerungen an die Mutter von Adelheid habe. Hildegard Hofmeister hatte die ältere Schwester ihres Vaters aber kaum gekannt, wie sich herausstellte. Sie war wohl früh aus dem Ort weggegangen und hatte geheiratet. Tonia fand das traurig. Ihre Familie war groß und weit verzweigt, doch waren die Bindungen untereinander an vielen Stellen unterbrochen. Ihre Mutter hatte unter den Erbschaftsstreitigkeiten sehr gelitten, auf seine Weise auch ihr Bruder, der alles bekommen hatte, aber früh verstarb, ihre Schwester, die mit fünfzehn Jahren von zu Hause wegging und nie wiederkam, und letzlich auch die Großeltern, die das Auseinanderbrechen der Familie noch erlebt hatten. Plötzlich konnte Tonia hinter dem Argwohn ihrer Mutter auch den tiefen Schmerz fühlen. Sie nahm sie kurz in den Arm. Welche seltsamen Wege das Schicksal doch ging. Nun wurde eine Generation später an ihr etwas gutgemacht. Es war, als würde etwas zurechtgerückt und mit Zinsen und Zinseszinsen aufgewertet. Vielleicht könnte Hildegard Hofmeister diese höhere Gerechtigkeit auch irgendwann erkennen. Tonia hoffte, dass sie ihre Eltern dazu bewegen konnte, im Winter einige Wochen auf Teneriffa zu verbringen und es sich in dem milden Klima gutgehen zu lassen.

Nachdem sie die gute Küche des Kochlöffels genossen hatten – alle hatten sich für Flammkuchen mit unterschiedlichem Belag entschieden –, überreichte Tonia ihrem Vater eine Mappe mit einem Satz Kopien der Unterlagen, die ihr der Notar überlassen hatte. »Würdest du dir die Unterlagen mal in Ruhe anschauen«?, fragte sie. »Ich würde die Sachen gern vor dem nächsten Termin mit Herrn Severin mit dir durchgehen.« Sie wusste, dass ihr Vater ihr nur zu gern diesen Gefallen erwies. Er litt auch nach ein paar Jahren noch daran, dass er nun im Ruhestand war. Aber er tat sich schwer damit, eine angemessene Aufgabe zu finden. Tonia und ihre Mutter hatten ihm schon viele Vorschläge unterbreitet und ihn aufgefordert, sich eine ehrenamtliche Aufgabe zu suchen. Doch nichts schien zu passen. Man sah ihn meist in seinem Lieblingssessel sitzen und lesen. »Natürlich, das mach ich doch gern. Das weißt du doch«, unterbrach ihr Vater ihre Überlegungen.

Martin hatte sich an dem Gespräch nur wenig beteiligt. Er blickte etwas düster vor sich hin. »Was hast du?«, fragte Tonia. »Es behagt mir ganz und gar nicht, dass du allein dorthin willst«, antwortete er. »Was behagt dir denn daran nicht? Wir hatten das doch bereits geklärt. Du bist zurzeit in der Firma unabkömmlich. Ich kann es mir einrichten, vierzehn Tage dort zu verbringen und alles zu erkunden. Du hast gesagt, dass du dich in der zweiten Woche drei, vier Tage freimachen kannst. Dann komm doch nach und wir fliegen gemeinsam wieder nach Hause. Es täte dir auch gut, mal herauszukommen.« Martins Miene hellte sich ein wenig auf. Aber ganz zufrieden war er noch nicht. Darum legte Tonia nach: »Du weißt, dass ich Teneriffa gut kenne. Wenn sich das Haus als Bude herausstellt, gehe ich in ein Hotel, zum Beispiel ins Riu Palace Tenerife oder ins Sheraton La Caleta. Ich kenne ein Einkaufszentrum, das kostenlose WLAN-Nutzung anbietet – was also soll schon passieren? Wir wissen, dass das Haus im Südwesten in der Nähe von Costa Adeje liegt. Den Weg vom Flughafen aus würde ich sogar blind finden. Also bitte, Martin. Übernimm du jetzt nicht auch noch den Part des Bedenkenträgers. Davon gibt es in unserer Familie schon genug.« Martin gab sich geschlagen. »Aber ich bringe dich zum Flughafen.« »Darüber würde ich mich ganz besonders freuen, mein Lieber«, lächelte sie und drückte seinen Arm.

KAPITEL 6

Am nächsten Morgen saß Tonia schon früh an ihrem Schreibtisch. Zunächst verschaffte sie sich einen Überblick über ihre nächsten Aufgaben. Ihre Agentin Margaret hatte ihr mitgeteilt, dass »Stahlzeit« von ihrem Storytelling-Konzept zum Thema »Grüner Stahl« ganz hingerissen war und den Auftrag ohne Änderungswünsche erteilt habe. Margaret war begeistert, dass dieses Projekt so glatt anlief. »Damit spielst du ganz vorn mit, wenn es um den klimaverträglichen Umbau der Stahlindustrie geht.« Tonia freute sich auch, bremste aber den Enthusiasmus ihrer Agentin ein wenig: »Es geht ja nur um die öffentliche Darstellung. Den Umbau ihrer Industrien müssen die Konzerne schon selbst hinbekommen.« Sie nahm sich vor, die ersten beiden Skripte noch vor ihrer Abreise in Angriff zu nehmen. Lag eigentlich nur noch eine große Aufgabe vor ihr: ihr neues Buch. Daran könnte sie auf Teneriffa arbeiten und sozusagen in »Echtzeit« erzählen, was sie herausfand und was sich ergab. Sie beschloss, erst einmal festzuhalten, was bisher geschehen war. Die weitere Handlung würde sich dann vor Ort entwickeln. Nach dem Videogepräch mit Margaret aber machte sie sich daran, Flüge und Mietwagen im Internet zu buchen.

Sie terminierte ihre Hinflug auf den kommenden Montag und den Rückflug vierzehn Tage später. Mit Martin stimmte sie seine Reisetage ab und buchte ebenfalls für ihn Hin- und Rückflug. Am Abend zuvor hatte sie sich gemeinsam mit Martin die Unterlagen angeschaut, die ihr Herr Severin ausgehändigt hatte. Doch Tonia nahm sich vor, ihre Erwartungen nicht zu hoch zu schrauben, um nicht von der Realität enttäuscht zu werden. Das Haus lag westlich der Playa del Duque, dem exklusivsten Strand im Süden von Teneriffa. Sie jubelte innerlich: Sie würde im Meer baden können. Martin hatte derweil die Karte von Teneriffa auf Google Earth aufgerufen und sondierte die genaue Lage. Tonia war begeistert. Das Anwesen grenzte an einen Küstenabschnitt an, den sie kannte. Sie war heilfroh, dass ihre Verwandte offensichtlich ihre Vorliebe für ein trockenes und warmes Klima geteilt hatte und nicht an die grüne Nordküste gezogen war, wo häufig Nebel und Regenwetter herrschten. Davon hatte sie zu Hause mehr als genug.

Der Freitag verlief ansonsten ruhig. Nun, da die Dinge in Fluss kamen, wurde Tonia wieder ruhig und arbeitete konzentriert. Der Samstag war angefüllt mit wochenendlicher Routine: Wäsche waschen, einkaufen,

Bekannte anrufen und Reisevorbereitungen treffen. Am Sonntag unternahm sie mit Martin nach einem späten Frühstück einen ausgedehnten Spaziergang in den Wäldern rund um die Wasserscheide. Am Nachmittag packte sie ihren Koffer und ihre Handgepäcktasche, in der sie im Wesentlichen ihr Notebook und ihr I-Pad verstaute – ihre wichtigsten Arbeits- und Entspannungsutensilien. Als leidenschaftliche Krimileserin hatte sie sich auf ihr I-Pad noch ein paar Neuerscheinungen heruntergeladen sowie einen neueren Kinofilm, den sie sich auf dem viereinhalbstündigen Flug anschauen konnte. Sie kontrollierte ihre Reiseunterlagen und steckte sie ebenfalls, zusammen mit den Hausschlüsseln, in die Tasche. Langsam erfasste sie Reisefieber. Wie vor jeder Reise fand sie nur schwer in den Schlaf. Sie stand wieder auf und blätterte noch eine Weile gedankenverloren in einer Illustrierten. Endlich überkam sie doch Müdigkeit und es gelang ihr, noch ein paar Stunden zu schlafen.

Als um sechs Uhr der Wecker klingelte, war sie schlagartig hellwach. Heute würde das Abenteuer beginnen. Martin brachte sie zum Flughafen Köln/Bonn. Vor dem Eingang der Abflughalle verabschiedeten sie sich. Martin umarmte und drückte sie und forderte sie auf, sich gleich zu melden, wenn sie auf Teneriffa gelandet war. Tonia blickte ihm noch nach, als er in sein Auto stieg und davonfuhr, winkte kurz hinterher und dachte: »Mein Lieber, wie gut, dass es dich gibt.« Sie hängte ihre Schultertasche um, griff nach ihrem Koffer und betrat die Eingangshalle. Die Schlange an ihrem Check-in-Schalter war nur kurz und bereits nach zehn Minuten hatte sie ihren Koffer eingecheckt und machte sich mit der Bordkarte in der Hand auf den Weg zum Sicherheitscheck. Hauptsächlich aber verlangte es sie nach einem schönen großen und heißen Cafè Latte. Sie passierte die Sicherheitskontrolle wenig später, weil noch nicht viel Andrang herrschte. Nachdem sie ihren Computer wieder verpackt, Uhr und Schmuck angezogen hatte, entspannte sie sich und strebte auf die nächste Kaffeebar zu, wo sie sich mit Cafè Latte, zwei kleinen Flaschen Mineralwasser und einem Croissant versorgte. Danach schlenderte sie zu ihrem Gate. Sie hatte noch etwa fünfundvierzig Minuten Zeit, bis sie an Bord gehen konnte. Im Gehen verspeiste sie ihr Croissant und trank den Milchkaffee aus dem Pappbecher, während sie durch die Läden bummelte. Warum gab es eigentlich die schicksten Sachen immer am Flughafen? Immer dann, wenn man sie nicht wirklich gebrauchen konnte, weil sich kein Mensch vor einem Hinflug mit noch mehr

Gepäck belasten würde. Auf dem Rückflug herrschte meist Ebbe in der Urlaubskasse, sodass sie normalerweise die verführerischen Auslagen mied. Aber bald würde sie Gelegenheit haben, an der Plaza del Duque in Costa Adeje bummeln zu gehen, und auch hier würde sie wahrscheinlich nur mit den Augen einkaufen, denn die meisten Läden in Teneriffas exklusivster Einkaufszone zielten auf ein wirklich zahlungskräftiges Publikum. Dies war nicht Tonias Liga. Trotzdem betrachtete sie gern die luxuriösen Auslagen und beobachtete die Menschen, die hier ein und aus gingen.

Tonia gelangte zu ihrem Gate und suchte sich einen Platz, von dem aus sie das Geschehen in der Halle beobachten konnte. Sie checkte ihr I-Phone auf zwischenzeitlich eingegangene Anrufe und Voicemails und schaltete es dann auf Flugzeugmodus um. Sie verbrachte die Zeit bis zum Einsteigen mit der Beobachtung des Treibens um sie herum. Sie sah viele rüstige Rentner in Trekkingschuhen, die wohl zum Wandern nach Teneriffa kamen, was sich zunehmender Beliebtheit erfreute, wie auch das Offroad-Mountainbiking vorzugsweise unter jungen Männern. Die Downhill-Strecken des Vulkans Pico del Teide, der mit über 3700 Metern zugleich der höchste Berg Spaniens ist, waren berüchtigt. Sie hatte schon mehrmals gesehen, wie die Biker aussahen, wenn sie unten ankamen und zusammengeflickt werden mussten. Unter den Passagieren waren auch einige Golfspieler, wie sie beim Einchecken des Gepäcks festgestellt hatte. Die meisten Leute, die sich in der Abflughalle um sie herum einfanden, wirkten gut situiert. Da keine Ferienzeit war, gingen kaum Kinder mit an Bord. Voraussichtlich würde es ein ruhiger Flug werden.

Das Einsteigen erfolgte pünktlich. Tonia nahm ihren Platz am Mittelgang ein. Sie behielt ihre Tasche bei sich, weil sie später ihr Laptop hervorholen und arbeiten wollte. Viereinhalb Flugstunden in der Touristenklasse forderten von ihr, dass sie sich beschäftigen musste, sonst dehnte sich die Zeit endlos. Außerdem genügten ihr die Getränke nie, die die Flugbegleiter reichten, wenn es überhaupt noch welche gab. Sie hatte auf ihren zahlreichen Flügen festgestellt, dass sie sich viel besser und frischer fühlte, wenn sie ausreichend Wasser trank. Sie ließ ein Ehepaar auf die beiden Plätze neben ihr. Angenehme Leute, die sie sicherlich nicht stören würden. Sie lehnte sich entspannt zurück und kuschelte sich in ihren leichten Strickmantel, den sie gern auf Flugreisen trug, weil sie sich auch damit zudecken konnte, wenn ihr die Augen denn doch zufallen sollten.

Der Flug verlief ruhig. Über dem Atlantik wurde es etwas ruckelig. Ein paar kleine Turbulenzen. Das hatte Tonia auch schon anders erlebt. Sie war mehrmals bei Unwetter auf den Kanaren gelandet. Das Gute daran war: Schon kurze Zeit nach einem Gewittersturm schien schon wieder die Sonne. Nachdem die Flugbegleiter eine warme Bordmahlzeit serviert hatten, holte sie ihren Laptop hervor und begann mit der Niederschrift einer Chronologie der bisherigen Ereignisse in Stichworten, die sie später ausarbeiten würde, wenn die Geschichte, ihre Geschichte, konkretere Form annahm. Nach gut einer Stunde war sie damit fertig und klappte den Computer zu. Eine Weile verfolgte sie das Unterhaltungsprogramm auf den Bordmonitoren und nickte ein. Sie wurde erst wieder wach, als der Flugkapitän sich über die Lautsprecher meldete und mitteilte, dass die Maschine nun zum Landeanflug auf den Südflughafen Teneriffas ansetzte und sich alle Passagiere zu ihren Plätzen begeben sollten, um sich anzuschnallen.

KAPITEL 7

Etwas später stand sie am Gepäckband und musste sich in Geduld üben, was ihr schwerfiel, denn ihr Koffer war einer der letzten, der auf das Gepäckband fiel. Sie ergriff ihn und rollte damit zielstrebig zum Ausgang und zu den Mietwagenschaltern. Sie fand den Hertz-Schalter sofort und seufzte innerlich wegen der Schlange, die sich davor gebildet hatte. Es dauerte fast eine halbe Stunde, bis sie an der Reihe war, um ihre Wagenschlüssel in Empfang zu nehmen. Wenigstens wurde sie noch von realen Menschen bedient. Es gab einen neuen Stand in der Ankunftshalle, der mit zahlreichen Terminals ausgestattet war, die man selbst bedienen musste. Wenn das gelang, hielt man am Ende einen Autoschlüssel und Papiere in der Hand. Bei den meisten Nutzern ging es holprig, klappte aber irgendwie. Sie konnte hier gut beobachten, dass Deutschland offenbar noch immer eine digitale Wüste war, denn am schwersten taten sich ihre Landsleute. Der einzige Angestellte bei diesem Anbieter war eigentlich nur mit den deutschen Kunden beschäftigt. »Selber schuld, wenn man immer nur sparen will«, dachte sie etwas schadenfroh. Nach einem kurzen Stopp auf der Damentoilette machte sie sich auf den Weg zum Parkplatz. Den für Hertz reservierten Bereich fand sie beinahe sofort. Da nur noch wenige Autos zurückgeblieben waren, sprang ihr der kanariengelbe Seat Ibiza rasch ins Auge. Der kleine Wagen war recht geräumig. Sie verstaute ihr Gepäck und holte ihre Straßenkarte und ihr Handy hervor, falls sie doch auf die Navi-App zurückgreifen musste. Dann machte sie sich auf den Weg Richtung Süden zu den Haupttouristenmetropolen Los Christianos, Las Américas und Costa Adeje. Sie musste die letzte Ausfahrt von Costa Adeje nehmen und dann auf die Landstraße Richtung La Caleta abbiegen. Eine Abzweigung von dieser Straße sollte sie unmittelbar zum Haus bringen.

Nach einer Viertelstunde Fahrt kam sie bereits nach Costa Adeje und entschied sich, noch einen Abstecher ins Shoppingcenter »Sur« zu machen, das schon von Weitem auf sich aufmerksam machte. Sie kannte das Einkaufszentrum, das einen großen Supermarkt beherbergte, von früheren Besuchen auf Teneriffa her. Die Shoppingmall bot ihren Kunden außerdem kostenlosen WLAN-Zugang, wovon Tonia ebenfalls bereits mehrfach Gebrauch gemacht hatte. Das Passwort hatte sie sogar noch auf ihrem I-Pad gespeichert, erinnerte sie sich.

Der Supermarkt war einen Besuch wert, allein schon wegen des riesigen Angebots an Fisch, Meeresfrüchten, aber auch Obst und Gemüse, Käse und Schinken. Tonia belud ihren Einkaufswagen mit mehreren großen Wasserflaschen. Sie kaufte Kaffee, Fruchtsaft, Obst, etwas Schinken und Käse sowie frisches Brot und Gebäck. Sie bezahlte, packte ihren Einkauf in Plastiktüten, die zur Verfügung gestellt und die auf der Insel auch allgemein als Mülltüten weiterverwertet wurden. Sie belud ihren Wagen und fuhr erneut auf die Autobahn, um sie bei der nächsten Abfahrt zu verlassen.

Hier fädelte sie sich in den Kreisverkehr ein und bog auf eine Landstraße in Richtung Küste. Sie führte zum Nachbarort von Costa Adeje, La Caleta, ein ehemaliger Fischerort, der inzwischen aber sehr touristisch geworden war. Allerdings war dieser Küstenbereich noch nicht komplett von »Bettenburgen« vereinnahmt worden. Hier war die Küste in Teilen sogar noch ganz ursprünglich. Kurze Zeit später, als sie nach La Caleta hineinfuhr, wurde Tonia klar, dass sie die Abzweigung verpasst haben musste. »Mist«, schimpfte sie und wendete den Wagen bei der nächsten Gelegenheit, um langsam die Strecke wieder zurückzufahren.

Wenig später fand sie sie die Abzweigung, die von einer dichten Hecke aus großen Feigenkakteen begrenzt war. Sie bog auf eine schmale Straße ab, die mit einem verwitterten Schild als Privatstraße gekennzeichnet war. Sie war so schmal, dass sich keine zwei Autos begegnen konnten. Nachdem sie die Landstraße verlassen hatte, hatte sich die Landschaft dramatisch verändert.

Links von ihr leuchtete der Ozean in einem dunklen satten Blau. In der Ferne zeichneten sich die Umrisse der Nachbarinsel La Gomera ab. Die Fred-Olsen-Schnellfähre, die am Fährhafen von Los Christianos abgelegt hatte, zog eine breite Gischtfontäne hinter sich her. Tonia konnte auch eine Ansammlung von Katamaranen erkennen. Sie wusste, dass sie täglich Touristen zu den Pilotwal- und Delfinpopulationen brachte, die in dem mehr als tausend Meter tiefen Kanal zwischen den beiden Inseln lebten und hier ihre Jagdgründe hatten. Vor einigen Jahren hatte sie selbst schon einmal an einer solchen Whale-Watching-Tour teilgenommen und es nicht bereut.

Die Landschaft fiel zur Küste hin ab. Auf der rechten Seite türmte sich dunkle Lava mit dem typischen Bewuchs auf: Feigenkakteen, Aloe-Vera-Stauden, Fettgewächse und verschiedene Sukkulenten. Im Vorüberfahren konnte sie oberhalb kleinere Höhlen und Lavablasen erkennen. Weiter oben am Berg lag der Ort Adeje, wie sie wusste.

Tonia stoppte den Wagen in einer der Haltebuchten, die die Straße etwa alle zweihundert Meter säumten. Sie hatte angehalten, weil sie ein Stück Sandstrand erblickt hatte, das auf beiden Seiten von sanft abfallenden Klippen begrenzt wurde. Auf der linken Seite befand sich sogar eine kleine Ruine – »wahrscheinlich ein alter Piratenausguck«, dachte sie bei sich. Sie konnte außerdem erkennen, dass an der Ruine vorbei ein schmaler ausgetretener Pfad zum Sandstrand hinunterführte. Es waren sogar richtige Stufen in den Lavafelsen gebrochen worden. Ein Seil diente als Handlauf und Sicherung. Also dürfte der Weg zum Strand kein Problem sein.

»Wer baut sich …« – in jäher Erkenntnis fuhr Tonia herum und erstarrte bei dem Anblick des Hauses. Es war … imposant. Aus dunklem Lavagestein erbaut, das einen reizvollen Kontrast zum blauen Himmel bildete, fügte es sich vollkommen in die schroffe Landschaft ein. Ein flüchtiger Betrachter mochte das Gebäude sogar übersehen, so perfekt verschmolz es mit der Umgebung. Es war ein gestreckter flacher Bau, versetzt zweistöckig, puristisch. Tonia war beeindruckt und bedauerte einmal mehr, dass sie die Erbauerin dieses Anwesens nicht persönlich kennengelernt hatte. Die Schlichtheit der Formsprache erinnerte sie an ihr eigenes schlichtes Holzhaus.

Sie stieg wieder ins Auto und fuhr die kurze Zufahrtsstraße hinauf. Vor dem schnörkellosen Edelstahlrolltor war ein Parkplatz angelegt. Tonia wollte ihren Mietwagen aber nicht draußen stehen lassen. Sie nahm das Schlüsselbund, das ihr Anton Severin überreicht hatte. Das Rolltor ließ sich mühelos öffnen.

Tonia parkte den Seat neben der frei stehenden Garage. Das Rolltor benötigte nur einen kleinen Schubs, um wieder fast geräuschlos zu schließen. Sie entnahm dem Wagen einige Einkaufstüten und schritt auf die ebenso schlichte wie grundsolide Haustür aus dunklem Massivholz zu. Die schwere Tür ließ sich erstaunlich leicht öffnen. Überhaupt schien alles liebevoll gepflegt und in einem Topzustand zu sein. Adelheid war erst vor sechs Wochen gestorben. Tonia wusste, dass ein Ehepaar aus La Caleta den Auftrag hatte, mehrmals in der Woche nach dem Rechten zu sehen, das Haus sauber zu halten und den Garten zu pflegen. Dies sollte bis auf Weiteres auch so bleiben, zumindest so lange, bis die Erbangelegenheit geklärt war.

Tonia betrat den Flur mit ihren Einkäufen und nahm sich einen Moment Zeit, um die Aura des Hauses auf sich wirken zu lassen. Die Luft war frisch und angenehm kühl. Tonia steuerte zielstrebig die Küche an, stellte die Einkaufstüten ab und wandte sich dem Kühlschrank zu. Sie schaltete ihn ein – ohne Erfolg. Wahrscheinlich war der gesamte Stromkreislauf unterbrochen. Sie fand den Sicherungskasten im Flur und schaltete den Hauptschalter ein. Sofort machte sich der Kühlschrank bemerkbar. Tonia kehrte zum Auto zurück und holte die restlichen Sachen und ihr Gepäck. Als Erstes verstaute sie die Lebensmittel im Kühlschrank und in der kleinen Speisekammer.

Die Innenräume wirkten hell und freundlich. Helle Massivhölzer dominierten die Einrichtung. Alles wirkte aufgeräumt und sauber. Tonia stieß einen Freudenschrei aus, als ihr Blick auf die Jura-Kaffeemaschine mit Mahlwerk fiel. Sie schaltete sie ein und befüllte das Fach für den vorgemahlenen Kaffee mit dem Kaffee, den sie mitgebracht hatte. Als Nächstes füllte sie Milch in den Tank zum Schäumen. Außerdem bereitete sie sich ein großes Glas Fruchtschorle zu, denn sie fühlte sich mit einem Mal sehr durstig. Das Milchaufschäumen mit der Profimaschine klappte zu Tonias Erleichterung auf Anhieb. Nachdem sie sich gestärkt hatte, begann sie das Erdgeschoss zu erkunden. Neben der Eingangstür befand sich ein kleines WC mit Dusche, was sicher praktisch war, wenn man vom Strand zurückkam und sich den Sand abspülen wollte. In einem Regal waren flauschige Handtücher aufgestapelt.

Eine Treppe führte vom Flur aus hinab in den Keller, der aus drei Räumen bestand. Eine Waschküche mit Waschmaschine, Trockner. Ein weiterer, besonders kühler Raum diente der Lagerung von Wein und weiteren Vorräten. Tonia fand mehrere Flaschen Olivenöl und ein paar Gläser selbstgekochte Feigenmarmelade. Auch ein Tiefkühlschrank befand sich dort, der aber ausgeschaltet und leer war.

Der dritte Raum war ein Abstellraum mit Ausgang nach draußen. Außer einigen Beuteln mit Grillkohle und mehreren Bunden Anzündhölzern war er leer. Die massive Holztür war abgesperrt. Aber der Schlüssel steckte von innen. Tonia öffnete die Tür, ging die Außentreppe hoch und fand sich am Fuß des Steilhangs wieder, der gleich hinter dem Haus lag. Sie ging zurück in den Keller, schloss die Türe wieder ab und ging nach oben in den Wohnraum. Die lange Wand wurde komplett durch ein Bücherregal abgedeckt, das reich bestückt war. Adelheid Steffens war also auch eine

Leseratte gewesen, wie sie selbst. Es gab einen imposanten Kamin, der aus dem demselben dunklen Lavagestein gemauert war wie die Fassade, ein Sofa aus hellem Leder und zwei gemütliche dazu passende Sessel. Die Schmalseite des Raumes wurde komplett durch Fensterflächen, mit Blick auf die Terrasse, eingenommen.

Die großzügige Terrasse war zum Teil überdacht und mit einigen ausgebleichten Korbmöbeln bestückt. Ein Jubelschrei entfuhr Tonia, als sie den kleinen strahlend weiß-blau gestrichenen Swimmingpool sah. Allerdings war er nicht gefüllt. Es gab keinen wirklichen Garten, sondern nur einige bepflanzte Amphoren. Helle Kieselsteine und dunkles Lavagestein war in kleinen Beeten angeordnet, in denen Kakteen wuchsen. Auf den Mauern und über das Gestein sah Tonia zahlreiche Eidechsen huschen. Der Anblick zauberte ihr ein Lächeln ins Gesicht. Sie nahm ihren Koffer und ging nach oben.

Neben einem komplett ausgestatteten Bad gab es drei Räume in der oberen Etage. Das Schlafzimmer, das im Wesentlichen aus einem wuchtigen Doppelbett und einem großen Kleiderschrank mit Schwebetüren bestand, ein Gästezimmer sowie ein großzügiges Büro mit Schreibtisch, Computer, Aktenschränken und Regalen. »Wie bei mir«, dachte Tonia, als sie das Büro näher in Augenschein nahm.

Sie untersuchte den Computer und stellte fest, dass es Internet gab. Wenn der Anschluss noch nicht abgemeldet worden war, würde sie ihn nutzen können. Die Ordner waren chronologisch sortiert und viele waren vergilbt. In ihnen waren die Spuren von Adelheids Arbeitsleben konserviert. In den letzten rund zehn Jahren war nur noch wenig hinzugekommen. Vermutlich hätte sie selbst es ganz ähnlich gemacht.

Sie ging hinüber ins Schlafzimmer und öffnete die Tür, die hinaus auf den Balkon führte. Von hier aus hatte sie vollen Meerblick. Adelheid war eine geniale Architektin gewesen. An diesem Hause war einfach alles perfekt. Es fügte sich vollkommen in die Umgebung ein. Der Blick aufs Meer mit dem kleinen Strand war grandios. Von hier aus konnte sie auch das Nachbarhaus sehen, ein gepflegtes traditionelles kanarisches Landhaus, das sich in etwa einem Kilometer Entfernung befand. Wer wohl dort wohnte?

Sie schaute auf ihre Uhr: halb fünf. Noch nicht zu spät für ein Begrüßungsbad im Atlantik, befand sie. Eilig packte sie ihren Koffer aus und belegte zwei Fächer im Kleiderschrank, dessen Inhalt sie irgendwann später genauer unter die Lupe nehmen wollte. Sie schlüpfte in ihren Badeanzug, nahm ein frisches Handtuch aus dem Bad und packte es in einen Beutel. Sie band ihr schulterlanges hellblondes Haar hoch, zog sich Trekkingsandalen an und machte sich auf den Weg. Als sie die Auffahrt zum Haus hinunterschritt, konnte sie den ausgetretenen Pfad, der hinunter zum Meer führte, gut erkennen und folgte ihm. Da er über scharfkantiges Lavagestein führte, war sie für ihre uralten Timberland-Trekkingsandalen dankbar.

Die groben Stufen waren gut begehbar. Unten angekommen, schaute sie sich in Ruhe um. Sie erkannte, dass diese kleine Bucht ohne die Stufen, die nach oben auf die Klippe führten, bei Hochwasser eine Todesfalle wäre. An den messerscharfen Felsen hätte man nicht herausklettern können, jedenfalls nicht ohne eine entsprechende Ausrüstung oder Training. Der Sand war wunderschön fein und durchzogen von dunklen Lavaspuren. Sie streifte sich das Longshirt, das sie übergezogen hatte, über ihren Kopf und zog die Sandalen aus. Vorsichtshalber platzierte sie ihre Sachen auf einem Felsen. Da der Sand heiß war, lief sie rasch zum Wasser. Der Atlantik war kühl, aber nicht zu kalt. Da sie um die Gefährlichkeit der Strömungen wusste, blieb sie in dem Bereich, wo sie noch so eben stehen konnte, und schwamm mehrere Bahnen parallel zum Strand. Sie wusste, dass nur wenige Hundert Meter weiter der Massentourismus tobte und die Strände sehr gut belegt waren. Davon war hier nichts zu hören. Dies erschien Tonia beinahe unwirklich. Sollte dieser Strand tatsächlich eines Tages ihr gehören?

Tonia kam aus dem Wasser, trocknete sich ab und zog die Sandalen wieder an. Das Longshirt band sie locker um ihre Schultern. Der nasse Sand rieb an ihren Zehen und Schuhsohlen. Barfuß zu gehen kam in Anbetracht der spitzen Steine aber nicht in Frage. Auf der Terrasse, beim Swimmingpool, fand sie eine funktionstüchtige Außendusche, wo sie ihre Füße wusch und vom Sand befreite.

Danach ging sie hinein, duschte und zog einen leichten Hausanzug über. Sie setzte sich einen Moment in die Abendsonne, um ihr Haar trocknen zu lassen. Dabei telefonierte sie mit Martin und berichtete begeistert über das Haus. Sie versprach, bald ein paar Fotos zu mailen.

Später bereitete sie sich ein Abendbrot aus einem trockenen wunderbar aromatischen Schinken, frischem Brot, ein paar Oliven und einem Glas Rotwein zu. Sie stellte alles auf ein Tablett und trug es hinauf auf den Balkon oben, wo sie den Sonnenuntergang genießen wollte. Während sie aß, überlegte sie, was sie am nächsten Tag tun wollte. Sie musste noch einen Vorrat an Lebensmitteln einkaufen und sie nahm sich vor, das Grab von Adelheid zu besuchen. Sie wollte in Ruhe einen Blick in alle Schränke werfen und hoffte, dabei auch auf ein Foto von Adelheid zu stoßen. Außerdem wollte sie sich Adelheids Auto anschauen. Doch fürs Erste nahm der traumhafte Sonnenuntergang sie gefangen.

Sie blieb draußen, bis die Dunkelheit sie völlig umfangen hatte, und lauschte dem Geschrei der Möven, die wohl unter dem sternenklaren Himmel jagten. Als es zu kühl wurde, räumte sie das Geschirr in die Spülmaschine und unternahm noch einen Rundgang durch alle Räume, um Fenster und Türen zu kontrollieren. Mit ihrem Laptop betrat sie das Büro von Adelheid, stöpselte das LAN-Kabel um und stellte die Internetverbindung her. Sie sendete die ersten Schnappschüsse, die sie mit ihrem Handy gemacht hatte, an ihre Eltern und an Martin. Während sie darauf wartete, dass die E-Mails übertragen wurden, musste sie herzhaft gähnen und wurde schlagartig hundemüde. Kurze Zeit später schaltete sie den Computer aus und ging zu Bett.

KAPITEL 8

Tonia erwachte von der Wärme der Sonnenstrahlen, die auf das Bett fielen, und griff nach ihrer Armbanduhr, die auf dem Nachttischchen lag. Neun Uhr. Sie hatte tief und traumlos geschlafen. Sie dehnte sich und schwang sich mit Elan aus dem Bett. Nach einer schnellen Dusche und sorgfältigem Eincremen mit Sonnencreme wählte sie ein leichtes Poloshirt-Kleid, verzichtete auf Schmuck, legte einzig ihre auffällige Armbanduhr, ein Chronograph, an, packte Portemonnaie, Handy und Sonnenbrille in ihre Handtasche, machte das Bett und ging hinunter in die Küche.

Ihr Frühstück bestand aus einer großen Tasse Milchkaffee und zwei Scheiben Brot mit Feigenmarmelade – eine Köstlichkeit, wie sie feststellte. Sie war gerade dabei, ihr Frühstück zu beenden, als Martin anrief: »Guten Morgen, meine Liebe, wie hast du geschlafen?« »Wie ein Murmeltier«, entgegnete Tonia. »Hast du dir schon die Fotos angesehen«?, fragte sie. »Das Anwesen ist ja vollkommen traumhaft. Du bist jetzt eine richtig gute Partie. Aber du weißt ja: Ich nähme dich auch, wenn du nichts hättest.« »Das ist gut zu wissen«, lachte Tonia. »Was hast du heute vor?«, erkundigte sich Martin.

»Als Erstes will ich die Trinkwasservorräte aufstocken und noch ein paar Lebensmittel einkaufen. Ich will außerdem sehen, ob ich in Adeje Adelheids Grab finde. Ich würde ihr gerne ein paar Blumen bringen. Und was tust du?« »Wir haben heute Kundenbesuch aus Dresden. Das wird bis heute Abend gehen. Ich fürchte, ich kann mich erst heute Abend später wieder bei dir melden.« »Das ist kein Problem. Du weißt ja, dass ich mich gut beschäftigen kann. Ich werde mich hier im Hause weiter umschauen und eine Bestandsaufnahme machen. Ich weiß auch noch nicht, was für ein Fahrzeug in der Garage steht. Vielleicht kann ich damit eine kleine Spritztour unternehmen. Außerdem möchte ich herausfinden, welche Hotels hier auf der Insel Adelheids Handschrift tragen. Ich möchte mir in den nächsten Tagen einige ansehen.« »Klingt nach einem Wochenprogramm«, lachte Martin. »Ach was«, sagte Tonia. »Ich mache, worauf ich Lust habe. Um meine Arbeit kümmere ich mich frühestens morgen wieder.« Sie verabschiedete sich von Martin.

Mit dem Seat fuhr sie bergauf in Richtung Adeje und hielt an einem Hiperdino-Supermarkt. Der Dinosaurier, der das Gebäude zierte, war schon reichlich ausgebleicht, aber das Warenangebot und die Preise waren in Ordnung. Binnen einer Viertelstunde hatte sie alles, was sie in den nächsten Tagen benötigen würde. Den Friedhof in Adeje fand sie sofort und auch einen Parkplatz davor. Es dauerte eine Weile, bis sie das System der Gräberanordnung verstanden und Adelheids Grab gefunden hatte. Vor der schmalen Grabkammer deponierte sie die erworbene Strelitzie und den Lavastein, den sie aus dem Garten mitgebracht hatte. Sie war überrascht, weil sie eine Vase mit einem frischen Strauß Rosen vorfand. Wer wohl an Adelheid gedacht hatte? Nach einem kurzen Moment der Besinnung kehrte sie zu ihrem Wagen zurück und fuhr zum Haus.

Rasch räumte sie ihre Einkäufe weg und nahm sich den Schlüsselbund, um die Garage zu öffnen. Als sie den alten Jimny sah, jubelte sie innerlich. So einen hatte sie sich in ihrer Jugend gewünscht – aber ihre vernünftigen Eltern und ihr damaliger vernünftiger Freund waren der Meinung, dass das Fahrzeug schnell eine Rostlaube wäre und nicht zu ihr passen würde. Sie solle sich doch lieber einen VW Polo oder Golf anschaffen. Damals hatte sie sich überreden lassen.

Der Wagen schien gut gepflegt, der Tank war halbvoll. Der leuchtend blaue Wagen verfügte über ein komplett abnehmbares Softtop. Bei schlechtem Wetter konnte er aber auch mit einer robusteren Abdeckung versehen werden. Spontan beschloss Tonia, eine Spritztour hinauf zum Teide zu unternehmen. Sie entfernte das Softtop bis auf den Windschutz. Danach holte sie im Haus ihre Tasche, eine Flasche Wasser und ihre Baseballkappe. Der Motor sprang anstandslos an und Tonia machte sich auf den Weg.

Als sie durch den Kreisverkehr auf die Autobahn in nordwestlicher Richtung auffuhr, stellte sie fest, dass die Straße seit ihrem letzten Besuch auf Teneriffa weiter ausgebaut worden war. Bald würde man wohl die ganze Insel auf der Schnellstraße umrunden können. Sie folgte dem Hinweisschild Parque Nacional del Teide, verließ die Autobahn und folgte einer schmaleren, sich aufwärts windenden, aber gut ausgebauten Straße Richtung Chío. An einer kleinen Tankstelle, die sie von früheren Aufenthalten kannte, ließ sie den Jimny volltanken und bat den Tankwart, Ölstand und Scheibenwaschanlage zu kontrollieren und aufzufüllen. Er freute sich über das großzügige Trinkgeld. Tonia musste sich an das ungewohnt robust zu fahrende Auto erst gewöhnen. Es war ein heißer und klarer Tag, sodass das Fahren mit offenem Verdeck bald einfach nur Spaß machte.

Die Straße schraubte sich in Kurven und Serpentinen den Berg hinauf. Sie passierte die landwirtschaftliche Genossenschaft von Guía de Isora, die mit jedem Jahr zu wachsen schien, passierte Chío und bog ab in Richtung Teide. Sie liebte den Vulkan mit seiner imposanten Kraterlandschaft, seit sie vor vielen Jahren das erste Mal auf Teneriffa Urlaub gemacht hatte. Nun hatte sie ein Fahrzeug zur Verfügung, das es ihr erlaubte, die Teerstraße auch mal zu verlassen. Sie beschloss sich eine Karte zu besorgen, die hinreichend detailliert war, dass man auch die zahlreichen Staub- und Schotterpisten, die die Corona Forestal und die Caldera durchzogen, erkennen konnte. Aber das hatte Zeit. Heute wollte sie einfach genießen und dem Teide »Hallo« sagen.

Nach gut einer Stunde Fahrt, in der Höhe von Chiguergue, dem Ort des jüngsten Vulkanausbruchs auf Teneriffa, lenkte sie den Jeep an den Straßenrand. Von dieser Stelle aus war der Anblick des höchsten Bergs Spaniens heute atemberaubend. Der Gipfel war von dünnen, wild geschlungenen Passatwolkenbändern gekrönt. Der Himmel war leuchtend blau, die Luft in der Corona Forestal klar und erfrischend, die aufgeworfenen Berge von schwarzer Lava leuchteten. Auf diesem so karg wirkenden Boden hatten zahlreiche winzige Pinien Fuß gefasst. Ihre langen weichen Nadeln, mit denen sie die Feuchtigkeit aus den Wolken melkten, leuchteten in zartesten Grüntönen. Für Tonia war dies ein lieblicher Anblick. Konnte es etwas Schöneres geben, als jetzt zu dieser Zeit an diesem Ort zu sein?

Sie ließ sich einen Moment unter einer großen alten Pinie nieder, deren Stamm noch deutliche Spuren vom letzten verheerenden Waldbrand aufwies. Der Baum hatte sich wieder prächtig erholt, wie sie erfreut feststellte. Sie schloss einen Moment lang die Augen und nahm die vollkommene Stille, die wärmenden Sonnenstrahlen und die Kühle der Luft in sich auf. Um sie herum begann es zu rascheln. Tonia lächelte. Sie wußte, wer da inzwischen neugierig herangekommen war, und blickte sich vorsichtig um, denn sie wollte diese scheuen Gäste nicht wieder vertreiben. Sie zählte insgesamt sieben Eidechsen in unterschiedlichen Größen und Farbschattierungen. Sie schaute in die kleinen klugen Augen. In eine Vertiefung auf einem Stein goss Tonia etwas Wasser aus ihrer Flasche und schnitt ihren Apfel klein und verteilte die Stücke. »Beim nächsten Mal bringe ich euch Weintrauben mit«, versprach sie. Der zauberhafte Moment verflog, als zwei Motorräder dicht hintereinander mit viel Lärm vorbeirasten. Die Tiere zogen sich blitzartig in ihre Verstecke zurück.

Tonia stieg wieder in ihren kleinen Geländewagen und ließ bald darauf die Corona Forestal hinter sich zurück und fuhr in den Parque Nacional del Teide ein. Sie hatte noch ungefähr eine halbe Stunde Weg durch die riesige Caldera vor sich. Sie durchquerte die Felder mit der Lava negra, der schwarzen Lava, und nahm die Abzweigung in Richtung Visitors' Center. Die Landschaft änderte sich dramatisch, je mehr sie sich auf den Teide zubewegte. Sie befand sich nun auf einer Höhe von rund 2400 Metern. Sie registrierte, dass die Luft trotz der größeren Höhe wieder wärmer geworden war. Die Caldera hatte sich mit vielen Farben geschmückt. An jeder Ecke blühten imposante Gewächse. Der helle Boden reflektierte das Spiel der Wolken und färbte sich jeden Augenblick neu. Mineralienhaltige Böden erzeugten allerlei Farbspiele.

Es waren viele Touristen unterwegs. Doch Tonia bemerkte sie kaum, so sehr genoss sie das Wechselspiel aus warmer Luft und Farbe. Ohne Probleme fand sie einen Parkplatz beim Visitors' Center. Inzwischen war es Mittag geworden und sie verspürte Appetit. Sie betrat das Bistro und wählte ein Baguette mit Seranoschinken, einen frisch gepressten Orangensaft und einen Café Cortado. Mit ihrem Tablett suchte sie sich einen Platz, von wo aus sie einen ungehinderten Blick auf den majestätischen Gipfel des Teide hatte, der rund weitere tausend Höhenmeter vor ihr aufragte. Ohne Zweifel war Teneriffa ein Kraftort, ein Ort, an dem die Elemente Feuer, Wasser, Luft und Erde in seltener Weise harmonierten und die Seele berührten.

Nachdem Tonia ihre Mahlzeit beendet hatte, wählte sie einen der vom Visitors' Center ausgehenden Wanderpfade für einen Spaziergang. Schon wenige Meter abseits wurde es still. Sie beobachtete Eidechsen, die es selbst hier oben gab, Bienen und Schmetterlinge. Nach einer halben Stunde kehrte sie zu ihrem Wagen zurück und fuhr über Villa Flor nach Hause zurück. Auf dieser Strecke boten sich spektakuläre Aussichten auf die Südseite der Insel und über den Ozean. Gegen fünfzehn Uhr kam sie in ihrem neuen Zuhause an.

KAPITEL 9

Sie hatte gerade den Wagen wieder in seiner Garage abgestellt und sich ein Glas Wasser eingeschenkt, als sie das Geräusch des Türklopfers zusammenfahren ließ. Der Mann, der vor ihrer Haustür stand, schwitzte in seinem dunklen Anzug.

»Hola, buenos días«, begrüßte sie ihn. Er antwortete ihr in fließendem, beinahe akzentfreiem Deutsch. »Guten Tag, Frau Hofmeister. Es freut mich, Sie kennenzulernen.« Er überreichte ihr eine Visitenkarte. »Ich bin Diego Valdes. Ich vertrete die Interessen der Luna-Hotelgruppe.« »Was führt Sie zu mir, Herr Valdes, und woher kennen Sie meinen Namen«?, erkundigte sich Tonia erstaunt. »Wenn Sie etwas Zeit hätten, würde ich Ihnen das gerne in Ruhe erklären, Frau Hofmeister.« »Kommen Sie herein. Was halten Sie davon, wenn Sie mir dies bei einem Glas eisgekühltem Tee oder einem Kaffee auf der Terrasse, wo es jetzt schön schattig ist, erzählen?« Tonia führte ihren Besucher auf die Terrasse und brachte kurze Zeit später eine Karaffe mit Eistee, den sie bereits am Morgen vor ihrem Ausflug angesetzt hatte.

Nach einem kurzen Austausch von Höflichkeiten kam Valdes zur Sache. »Die Luna-Hotels sind Ihnen ein Begriff, Frau Hofmeister?«, fragte er und fuhr fort, als Tonia nickte. »Luna hat mich beauftragt, interessante Baugrundstücke auf den Kanarischen Inseln aufzuspüren und aufzukaufen. Dies ist keine einfache Aufgabe, denn wirklich interessanter Baugrund, der sich für Hotelanlagen eignet, ist in den letzten Jahren knapp geworden. In den Neunzigerjahren haben die Behörden neues Bauland ausgewiesen. Hier auf Teneriffa wurde in dieser Zeit der Küstenabschnitt an der Playa del Duque geplant und bebaut, wie Sie vielleicht wissen. Das war eines der letzten bedeutenden Bauprojekte. Seither wurden nur noch kleinere Anlagen realisiert und vorhandene Baulücken geschlossen. Nicht interessant für die Luna-Gruppe.

Wir sind dafür bekannt, großzügige, luxuriöse Anlagen für höchste Ansprüche zu betreiben. Unser Publikum schaut nicht auf den Preis, sondern auf die Qualität.« Tonia nickte. »Ich habe bereits in einem Luna-Haus auf Santorini einen unvergesslichen Urlaub verbracht. Ich ahne, worauf Sie hinauswollen, doch fahren Sie bitte fort.« Valdes strahlte. »Nun, wir halten den Grundbesitz von Frau Steffens, Ihren Grundbesitz«, verbesserte er sich, »für die allerbeste Lage. Sehen Sie, die Playa del Duque ist nah. Die Strandpromenade ließe sich problemlos verlängern. Wir könnten unseren Gästen einen eigenen exklusiven Strand anbieten. Die Infrastruktur ist vorhanden. Alles ist perfekt. Wir hatten Frau Steffens, kurz bevor sie auf so tragische Weise ums Leben kam, ein äußerst großzügiges Angebot gemacht und hatten uns weitestgehend mit ihr geeinigt.«

Bei Tonia schrillten inzwischen alle inneren Alarmglocken. Ihr war, als hätte man ihr einen Eimer mit kaltem Wasser über den Kopf geschüttet. Es kostete sie Mühe, sachlich zu bleiben. Sie fragte höflich: »Wie kann ich Ihnen helfen, Herr Valdes? Ich bin nicht die Rechtsnachfolgerin von Frau Steffens. Ich bin eine entfernte Verwandte aus Deutschland, die hier ihren Urlaub verbringt.« »Sie sind – sind Sie denn nicht die Erbin?«, fragte er nach. »Herr Valdes. Das steht alles noch gar nicht fest. Es ist richtig, dass Frau Steffens mich in ihrem Testament bedacht hat« – »doch woher weißt du das«, fragte sie sich im Stillen. Laut fuhr sie fort: »Es ist aber noch nicht entschieden, ob ich das Erbe überhaupt antreten will. Ich bin gestern für ein paar Tage hierhergekommen, um Urlaub zu machen und um mir einen Eindruck zu verschaffen. Wissen Sie, mein Lebensmittelpunkt liegt in Deutschland.«

»Aber das ist doch ganz wunderbar, Frau Hofmeister. Bitte überlegen Sie es sich, ob Sie nicht doch Erbin dieses wunderschönen Stück Landes werden wollen, und wenn ja, würde ich es sehr begrüßen, wenn ich mit Ihnen in eine neue Verhandlung eintreten könnte.« Er schwieg einen kurzen Moment, bevor er hinzufügte: »Wir hatten Frau Steffens neben einer exorbitant hohen Summe für das Grundstück auch ein lebenslanges Wohnrecht für eine Suite im neuen Palazzo Luna Tenerife angeboten.« Er zwinkerte ihr zu. »Sie sind eine junge Frau. Vielleicht würden Sie dies gerne in Anspruch nehmen. Luxus pur, ohne weitere Verpflichtungen. Überlegen Sie es sich bitte, Frau Hofmeister. Zögern Sie nicht, mich anzurufen. Ich komme auch gern nach Deutschland und spreche mit Ihrem Anwalt, der Sie in der Sache vertritt.«

Tonia verabschiedete Valdes höflich und versprach, sein Anliegen sorgfältig und wohlwollend zu überlegen. Von ihrem Balkon aus beobachtete sie, wie er in seiner dunklen Limousine davonfuhr. In ihrem Magen hatte sich ein Knoten gebildet. Angst machte ihr vor allem, was Herr Valdes ihr nicht erzählt hatte: Woher kannte er ihren Namen, wie konnte er von der Erbschaft wissen, wie konnte er wissen, dass sie sich gerade jetzt auf der Insel befand? Und schließlich: Ein Mann wie Valdes, der einen maßgeschneiderten Anzug trug und einen Wagen in der 150.000-Euro-Kategorie fuhr, kam nicht einfach auf gut Glück bei ihr vorbeigefahren. Er hatte ganz genau gewusst, dass sie zu Hause war. Doch wer hatte es ihm erzählt?

Tonia hatte eine feine Antenne für Vorgänge, die auf den ersten Blick nicht sichtbar waren. An Urlaub und Entspannung war fürs Erste nicht mehr zu denken. Für den Abend nahm sie sich vor, Adelheids Akten durchzusehen. Sie wollte eine Liste der Hotels anfertigen, an deren Planung Adelheid beteiligt gewesen war. Sie hoffte, dass sie dabei auch auf Unterlagen zu diesem ominösen Kaufangebot stoßen würde. Der Notar, Herr Severin, hatte ihr nichts darüber erzählt. Hatte er es nicht gewusst? Hatte er mit Absicht geschwiegen? Stand er auf der Lohnliste der Luna-Gruppe? Was sprang für ihn heraus, wenn er Adelheids Erbin zum Verkauf bewegte?

KAPITEL 10

Ein Gedanke geisterte in Tonias Kopf herum: Was hatte es mit dem Ertrinken von Adelheid auf sich? Wie könnte sie an mehr Informationen gelangen? Als Erstes fiel ihr die lokale Presse ein. Es gab sogar eine rege deutschsprachige Presse und verschiedene Internetforen, die von Residenten aus Deutschland betrieben wurden. Adelheid war eine bekannte Person auf den Kanaren gewesen. Es hatte bestimmt einen Bericht anlässlich ihres Todes gegeben. Bevor sie jedoch ins Büro hinübergehen konnte, klingelte es erneut. Auf dem Parkplatz stand ein weißer Seat Altea XL. Sie hatte den Wagen nicht kommen hören. »Señora Hofmeister«, rief eine männliche Stimme zu ihr hinauf. »Bitte, hätten Sie kurz Zeit für mich? Es ist sehr wichtig.« Tonia schaute über die Brüstung nach unten.

Sie blickte in das freundliche, wettergegerbte Gesicht eines älteren Herrn. »Einen Augenblick, ich komme sofort herunter«, rief sie ihm zu. Sie öffnete die Haustüre und schaute ihn an. »Jetzt fällt es mir ein. Sie sind der Herr auf dem Foto.« Tonia hatte sich an das gerahmte Bild erinnert, das auf dem Kamin im Wohnzimmer stand. Die Aufnahme zeigte die strahlenden Gesichter eines älteren Paares. Die Frau war wohl Adelheid. Der Mann stand vor ihr. »Ja, Señora Hofmeister. Sie haben recht. Ich bin Ihr Nachbar und ich war ein sehr guter Freund von Adelheid.« Für einen Augenblick wirkte er bekümmert, fing sich aber rasch wieder. »Noch jemand, der weiß, wer ich bin. Langsam wird es mir unheimlich«, dachte Tonia.

»Dann gehört Ihnen also das Haus mit dem wunderschönen Kakteengarten.« Er nickte, während seine Augen aufleuchteten. »Das haben Sie also bemerkt«, sagte er leise. »Als ich heute Morgen hinauf nach Adeje gefahren bin, bin ich an Ihrem Haus vorbeigekommen. Was also kann ich für Sie tun, Señor?«

»Mein Name ist Luiz Jorge Munioz. Ich kam eben vom Angeln zurück. Da sah ich den Wagen von Valdes wegfahren. Ich muss in Ruhe mit Ihnen sprechen. Es ist wirklich wichtig. Was halten Sie von einem Abendessen? Würde es Ihnen morgen Abend recht sein, so gegen neunzehn Uhr?« Tonia überlegte kurz. Es schien dem Mann sehr wichtig zu sein. Außerdem hatte sie sonst nichts vor. »Ich danke Ihnen für Ihre Einladung und komme gerne.« Señor Munioz wirkte erleichtert und verabschiedete sich mit einem knappen Gracias und Buenas noches. Er winkte ihr kurz zu und eilte zu seinem Wagen zurück. Tonia sah ihm nachdenklich hinterher.

Wenig später stand sie vor dem Kamin und hielt das Foto der beiden in der Hand. Sie schätzte, dass die Aufnahme ungefähr fünf Jahre alt war. Adelheids Gesicht war mit kleinen Fältchen überzogen. Ihr Haar war kurz geschnitten, kräftig und leuchtend weiß. Ihre graublauen Augen strahlten lebendig. Sie wirkte vollkommen glücklich. Damals musste sie etwa fünfundsiebzig Jahre alt gewesen sein. Luiz Jorge Munioz war deutlich jünger als Adelheid. Tonia vermutete, dass etwa zehn Jahre zwischen den beiden lagen. Adelheid musste eine erstaunliche Frau gewesen sein. »Als Senior-Model hätte sie in der Werbebranche noch gutes Geld verdienen können«, dachte Tonia bewundernd und strich Adelheids Porträt über die Wange, bevor sie es wieder an seinen Platz zurückstellte.

Sie fragte sich, was wohl der besondere Klebstoff zwischen diesen beiden Menschen gewesen war. Nachdenklich ging sie nach oben ins Büro, wo sie drei Stunden ohne weitere Pause durcharbeitete. Zuerst beantwortete sie ihre E-Mails. Dann ergänzte sie ihre Notizen zu den Ereignissen dieses ersten Tages. Schließlich begann sie systematisch Schränke und Akten im Büro zu durchforsten. Am Ende hielt sie eine Liste mit über zwanzig Hotels in der Hand, die Adelheid in den Jahren vor ihrem Ausscheiden geplant hatte. Auf Teneriffa standen allein acht davon. Auch in der anderen Angelegenheit wurde sie fündig. Die schmale, unbeschriftete Mappe in der Hängeregistratur enthielt nur ein Blatt. Das Angebot der Luna Gruppe über den Kauf des Grundstücks. Als Tonia den Kaufpreis las, atmete sie zischend aus. Man hatte Adelheid annähernd viereinhalb Millionen Euro für ihren Grund und Boden angeboten. Nachdenklich ging sie ins Bett und schlief unruhig.

KAPITEL 11

Sie erwachte gegen acht Uhr. Sie öffnete die Glastür und blickte aufs Meer hinaus. Da es ganz ruhig war und der Himmel an diesem Morgen klar und wolkenlos, beschloss sie, den Tag mit einem erfrischenden Bad im Atlantik zu beginnen. Vielleicht würde das ihre innere Unruhe beheben.

Eine Stunde später bereitete sie sich in der Küche ihr Frühstück zu, als jemand den Türklopfer betätigte. Diesmal hatte sie allerdings eine Ahnung, wer es war. »Hola, buenos días, Señora Alvarez«, begrüßte sie ihre Besucherin. Maria Alvarez strahlte und erwiderte ihre Begrüßung. »Señora Hofmeister, haben Sie sich schon eingelebt?«, erkundigte sie sich auf Deutsch.

Maria Alvarez war die langjährige Haushälterin von Adelheid Steffens. Auch nach dem Tod ihrer Chefin hielten Maria und ihr Mann Gustavo Haus und Grundstück in Ordnung. Dafür bezogen sie ein Gehalt. Die Einzelheiten hatte Tonia den Unterlagen entnommen, die ihr Anton Severin überlassen hatte. Er hatte ihr auch geraten, sich an das Ehepaar zu wenden, wenn sie Hilfe benötigte.

Tonia hatte sich schon darauf gefreut, das Ehepaar zu treffen, das Adelheid gut gekannt hatte. Von Severin wusste sie, dass die beiden leidlich deutsch sprachen, da sie lange in Hotels gearbeitet hatten. Gustavo war inzwischen Rentner und verdiente sich durch Hausmeisterdienste etwas dazu. Maria war Hausfrau und arbeitete ein paar Stunden in der Woche bei Adelheid. »Kommen Sie herein, Señora Alvarez. Trinken wir doch erst einmal einen Kaffee miteinander. Ich habe mich schon gefreut, dass Sie heute kommen.« Maria strahlte und folgte ihr in die Küche. Tonia schenkte ihr Kaffee und frisch gepressten Orangensaft ein und legte noch ein Gedeck auf. »Mein Mann und ich waren schon sehr gespannt auf Sie, Señora Hofmeister«. »Nennen Sie mich doch einfach Tonia«, unterbrach Tonia ihren Gast. »Und ich bin Maria«, entgegnete diese. »Mit der Señora, mit Adelheid, war ich auch per Du. Sie war eine wunderbare Frau und eine gute Chefin. Ich habe über zehn Jahre lang für sie gearbeitet. Sie war zwar schon achtzig Jahre alt. Aber sie hatte noch so viel Power. Es war für meinen Mann und mich ein Schock, als wir erfuhren, dass sie plötzlich gestorben war – ertrunken. Wir konnten es erst gar nicht glauben. Die Señora war ein guter Mensch. Sie hat uns immer wieder unterstützt, sodass unser Sohn in

Madrid Medizin studieren konnte. Er lebt heute als Arzt auf Gran Canaria. Mir und meinem Mann hat sie sogar etwas Geld vererbt.« Sie schaute Tonia forschend an. Doch diese nickte ihr freundlich zu und bat sie fortzufahren.

»Der Anwalt aus Deutschland beauftragte uns damit, die Hauspflege und Verwaltung auch weiterhin zu übernehmen. Er hat uns informiert, dass er mit Ihnen Kontakt aufgenommen habe und dass Sie nach Teneriffa kommen würden.« »Maria, ich bin sehr froh, dass sie das Haus so gut gepflegt haben und nach dem Rechten sehen. Ich bin einfach überwältigt von alldem hier. Ich kannte Adelheid Steffens nicht einmal. Ich habe einiges nachzuholen. Als ich vor zwei Tagen hier ankam, dachte ich: Wie kann ich hier je wieder weggehen? Ich habe Teneriffa schon seit Langem ins Herz geschlossen, Maria. Ich war schon mehrmals als Urlauberin hier. Aber ich habe auch ein Haus und eine Familie in Deutschland. So ganz weiß ich noch nicht, wie das alles gehen soll.« »Ach, das wird sich schon finden«, Maria drückte ihre Hand. »Bleiben Sie hier. Sie sind doch Schriftstellerin, nicht wahr? Schreiben können Sie doch auch hier.«

»Ja. Schreiben kann ich auch hier. Aber gestern hatte ich Besuch von Herrn Valdes.« Marias sanfte Gesichtszüge verdunkelten sich. »Hat man Sie also schon belästigt?«, fragte sie. »Maria. Ich bin ein wenig beunruhigt. Können Sie mir etwas zu diesem angeblichen Verkauf sagen? Angeblich soll Adelheid schon zugestimmt haben, bevor sie starb.«

»No, no, no. Glauben Sie davon kein Wort. Adelheid wollte nicht verkaufen. Aber dieser Valdes hat Adelheid bedrängt und ich glaube auch bedroht. Adelheid war eine resolute Frau, die vor nichts Angst hatte. Aber in den letzten Wochen vor ihrem Tod war sie manchmal unruhig.« Maria schwieg einen Moment bedrückt. »Was werden Sie machen? Wollen Sie das Geld nehmen?«

Tonia seufzte. »Um ehrlich zu sein, ich weiß es noch nicht. Auf gar keinen Fall werde ich mich zu einer Entscheidung drängen lassen. Fürs Erste möchte ich gerne herausfinden, was genau passiert ist. Bisher kenne ich nur Bruchstücke. Ich will die ganze Wahrheit erfahren.« »Sie müssen mit Luiz Munioz sprechen. Er stand Adelheid nahe. Außerdem will Valdes sein Grundstück auch haben. Aber bei Adelheid haben sie mehr Druck gemacht, weil der Strand zu ihrem Land gehört. Außerdem geht es noch um etwas anderes. Etwas, was sich noch auf diesem Gebiet befindet. Aber dazu weiß ich nichts Genaues. Fragen Sie bitte Luiz. Er ist ein guter Freund.«

»Das werde ich tun. Ich bin heute Abend zum Abendessen beim ihm eingeladen.« Die beiden Frauen beendeten ihr Frühstück. Tonia informierte Maria darüber, wie lange sie bleiben würde, und erkundigte sich, wie der Swimmingpool befüllt wurde. Maria versprach ihren Mann zu bitten, den Pool vorzubereiten.

Dann nahm Tonia ihr I-Pad, ihre Tasche und eine Flasche Wasser und teilte Maria mit, dass sie nach Puerto de la Cruz wollte, um sich zwei Hotels anzuschauen, die Adelheid geplant hatte. Es waren ihre ersten Projekte gewesen. Vielleicht wäre ein Bildband eine gute Möglichkeit, um Adelheids Werk posthum zu ehren.

Für die Fahrt an die Nordküste wählte sie den Mietwagen. Sie fuhr auf die Autobahn, auf der sie ihr Ziel am schnellsten erreichen würde. Ihre Route führte sie vorbei an den Mega-Touristenzentren Costa Adeje, Las Américas und Los Christianos. Entlang der Autobahn, die auch am internationalen Flughafen Reina Sofía vorbeiführte, reihten sich Gewerbegebiete aneinander. Dahinter die karge, wüstenartige Landschaft des Südens, durchzogen von Tafel- und Kegelbergen.

Nach gut einer Stunde Fahrt auf der stark befahrenen Autobahn ließ Tonia die Inselhauptstadt Santa Cruz mit ihrem gewaltigen Hochseehafen rechts liegen und folgte der Schnellstraße, die sie an die Nordküste bringen würde. Auf dem Weg zur Nordküste änderte sich die Landschaft dramatisch. Man kam gleichsam aus der Wüste in die Oase. Hier überwog sattes Grün. Überall wuchsen Palmen und riesige Fici Benjamini. Ein Blütenmeer. Doch das frische Grün hatte auch einen Preis. Hier im Norden war es meist kühler. Nebel- und Wolkenbänke schoben sich vom Atlantik bis hinauf zum Teide. Es regnete häufiger. Tonia, die aus dem regenreichen Südwestfalen stammte, zog die kargen Lavalandschaften in Teneriffas Südens vor. Der Tourismus allerdings hatte in Puerto de la Cruz seinen Anfang genommen. Hier gab es die ältesten Hotels der Insel.

Adelheid hatte hier Anfang der Siebzigerjahre ihr erstes Hotel gebaut und Ende der Siebziger ein weiteres. Auch in den südlichen Metropolen standen einige Häuser, die sie geplant hatte, allerdings viel später in den Achtziger- und Neunzigerjahren. Diese wollte sich Tonia in den nächsten Tagen anschauen. Nach einer knappen weiteren halben Stunde verließ sie die Schnellstraße und steuerte auf das Zentrum von Puerto de la Cruz zu. Sie wusste, dass beide Häuser in bevorzugter Lage direkt am Meer lagen.

Daher fuhr sie in eine Tiefgarage in der Nähe des Hafens, wo sie ihr Auto abstellte. Sie ließ sich ihre Position auf Google Maps anzeigen, stellte fest, dass ihr erstes Ziel nur eine Querstraße entfernt lag, und machte sich auf den Weg.

Keine fünf Minuten später stand sie vor dem Hotel Flora und war geschockt. Das Haus war heruntergekommen und bedurfte einer dringenden Grundsanierung. Der Anstrich war abgeblättert. Fenster und Dach waren in einem beklagenswerten Zustand. Der Eingangsbereich wirkte ungepflegt und schmuddelig. Tonia machte ein paar Fotos mit ihrem I-Pad. Sie ließ den Anblick nochmals auf sich wirken und versuchte eine sachliche Analyse vorzunehmen. Das Gebäude war ein schlichtes, vollkommen schnörkelloses Hochhaus. Es musste, als es noch neu war, als supermodern gegolten haben. Die Siebzigerjahre hatten ihrer Meinung nach zahlreiche geschmackliche Verirrungen hervorgebracht. Aus heutiger Sicht verunzierte das Gebäude diese exzellente Lage direkt am Meer. Ein Investor würde es vermutlich schlicht abreißen und einen neuen Palast an die Stelle setzen. Doch Tonia konnte sich vorstellen, dass Investoren hier an der raueren Nordküste kaum Schlange standen. In den vergangenen zwei Jahrzehnten war fast ausschließlich im Süden investiert worden. Wo man sich in diesen Straßen auch umschaute, überall sah man Gebäude, deren Glanz verblasste. Das Hotel Flora befand sich in trauriger Gesellschaft. Einen Moment lang überlegte Tonia entmutigt, ob sie ihren Plan aufgeben und einfach nach Hause fahren sollte. Doch sie entschied sich dagegen und marschierte entschlossen auf den Eingang zu.

Sie erlebte eine Überraschung, als sie die Lobby betrat. Alles wirkte hier zwar etwas fadenscheinig, doch sauber und freundlich. An der Rezeption saß eine Dame in ihren Sechzigern. Sie war rundlich, aber gepflegt und hatte eine herzliche Ausstrahlung. Sie war Deutsche, wie sich schnell herausstellte, und die Besitzerin des Hotel Flora. Sie war als junges Mädchen nach ihrer Ausbildung als Hotelkauffrau nach Puerto de la Cruz gekommen, um sich hier ihre ersten beruflichen Sporen zu verdienen und um ihr Spanisch zu verbessern. Eigentlich wollte sie so schnell wie möglich weiter nach Ibiza, was damals bereits als Partyinsel galt.

Dann hatte sie ihren späteren Mann, einen Hotelier, kennengelernt und war geblieben. Ihr Mann war bereits vor zehn Jahren verstorben. Seither führte sie das Hotel gemeinsam mit ihrer Tochter. »Erinnern Sie sich noch an die frühen Jahre dieses Hotels?«, fragte Tonia. »Ja. Sehr gut sogar. Ich habe auch noch Erinnerungen an Frau Steffens. Sie ist auch nach der Eröffnung des Hotels noch häufig hier gewesen. Sie hat hier übernachtet, wenn sie auf Teneriffa zu tun hatte. Damals war sie nicht selbstständig, sondern arbeitete in einem Büro in La Palma auf Gran Canaria. Ich habe sie als eine freundliche und resolute Person in Erinnerung. Das musste sie auch sein. Denn sie war erstens eine Frau, zweitens Ausländerin und drittens arbeitete sie in einer absoluten Männerdomäne. Aber sie hatte Visionen und sie verstand ihr Fach. Darum haben die Männer sie zähneknirschend akzeptiert. In den Achtzigerjahren hatte sie dann eine Wohnung in Santa Cruz und baute dort ihr eigenes Ingenieurbüro auf. Das ist alles lange her. Heute kann man ja darüber sprechen. Es hieß, dass sie sehr tüchtig war, aber durchaus kein Kind von Traurigkeit. Jeder wusste von ihrer Beziehung zu Alfonso Surez.« »Surez«, hakte Tonia nach, »ist das nicht eine große Baufirma hier? Mir sind einige der Schilder auf den Baustellen aufgefallen.« »Ja. Die Firma wird jetzt in der dritten Generation geführt. Alfonso Surez war der Gründer des Familienunternehmens. Er hatte es in den Siebzigerjahren bereits zu Macht und Geld gebracht. Er hat Frau Steffens sicherlich geholfen, sich hier zu etablieren. Er war deutlich älter als sie. Es hieß, dass sie bis weit in die Achtzigerjahre hinein, also praktisch bis zu seinem Tod, liiert waren. Natürlich war Surez verheiratet. Er hatte mehrere Söhne. Eine Scheidung kam nicht infrage. So waren die Zeiten damals.

Mit der Erschließung von Los Christianos und Las Américas ließ der Tourismus bei uns hier im Norden nach. Erst spürten wir das kaum. Doch dann ging die Welle über uns hinweg und wir wurden abgehängt. Sehen Sie. Meine Tochter und ich können noch von diesem Hotel leben. Wir haben Stammgäste und Reisegruppen, die nur ein geringes Budget haben. Wir haben eine gute Küche. Alles einfach und schlicht. Aber wir haben auch etwas, was sie von der Straße aus nicht sehen können, und dafür bin ich Frau Steffens dankbar – dass sie uns damals Druck machte, ihren Vorschlag umzusetzen. Auch deshalb kommen die Leute auch heute noch gerne zu uns.«

Sie führte Tonia durch die Lobby zum hinteren Ausgang. Tonia trat nach draußen und stand in einer einzigartigen Badelandschaft. Das Meer brach sich an den Felsen und ergoss sich in mehrere natürliche Becken, die wie in die Felsen geschlagen schienen. In den hinteren Becken war die Flut so stark gebremst, dass selbst Kinder keinen Schaden nahmen, wenn das Wasser hineinschwappte. Die Kids quietschten vor Vergnügen. Es gab eine gemütliche Poolbar und jede Menge Sitz- und Liegemöglichkeiten. Tonia konnte sehen, dass die Badeterrasse stark frequentiert war. Sie bat um Erlaubnis, einige Fotos zu machen. Das Hotel Flora würde einen gebührenden Platz in ihrem Buch bekommen, beschloss Tonia. Sie bedankte sich herzlich und verabschiedete sich von der freundlichen Hotelwirtin. Wie gut, dass sie sich nicht von dem ersten Eindruck hatte abschrecken lassen. »Alfonso Surez, so, so.« Sie lächelte in sich hinein.

Das zweite Hotel, El Sol, lag nur etwa fünfzig Meter entfernt, allerdings in der zweiten Reihe. Es hatte keinen direkten Zugang zum Meer, dafür aber eine großzügige Poollandschaft. Der Baustil wies deutliche Ähnlichkeit mit dem Hotel Flora auf. Allerdings war dieses Gebäude innerhalb der letzten fünf Jahre gründlich saniert worden. Tonia sprach mit der Rezeptionistin. Diese versprach die Geschäftsleitung zu informieren. Tonia solle sich Ende der Woche telefonisch noch mal melden. Sie hinterließ ihre Visitenkarte und machte sich auf den Weg zurück zur Tiefgarage.

Ein Blitzen in ihrem Augenwinkel erregte ihre Aufmerksamkeit. Sie wendete den Kopf. Der Mann in dem Auto, das sie gerade passierte, hatte sich aber schon von ihr abgewandt und beugte sich über irgendetwas auf dem Beifahrersitz. Tonia stutzte innerlich, ging aber weiter, ohne sich etwas anmerken zu lassen. Sie war relativ sicher, dass der Mann sie fotografiert hatte. Außerdem kamen ihr Mann und der schwarze Wagen bekannt vor. Hatte sie ihn nicht gestern beim Visitors' Center gesehen? Es konnte dieser Mann gewesen sein. Wurde sie etwa beschattet? Von wem? Konnte die Luna so dreist sein?

Sie entrichtete die Parkgebühr und lenkte ihren Wagen aus der Tiefgarage heraus. Während der Rückfahrt schaute sie immer wieder in den Rückspiegel. Aber da war nichts Auffälliges. Sie machte sich nichts vor. Einen schwarzen Leon konnte man nicht so leicht erkennen. Dieses Auto wurde hier sehr häufig gefahren. Verdammt. Sie wollte nicht paranoid werden.

Gegen halb fünf parkte sie den Wagen wieder auf ihrem Grundstück. Sie spähte kurz um die Ecke und stieß einen Freudenschrei aus. Der Pool war mit Wasser gefüllt. Sie ging ins Haus und betrat die Terrasse wieder vom Wohnzimmer aus. Sie entledigte sich rasch ihrer verschwitzten Kleidung. Das Wasser war bereits von der Sonne erwärmt und angenehm temperiert. Sie schwamm einige Bahnen, legte sich dann aufs Wasser, wo sie eine Weile ihren Gedanken freien Lauf ließ. Schließlich wurde es Zeit, sich für das Abendessen mit Señor Munioz zurechtzumachen.

KAPITEL 12

Kurz vor sieben verließ Tonia das Haus. Bis zu ihrem Nachbarn war es nur ein kurzer Weg, den sie zu Fuß zurücklegte. Luiz Jorge Munioz besaß ein schönes Haus, eine traditonelle Finca. Tonia wurde von ihrem Gastgeber schon an der Tür erwartet und warmherzig begrüßt.

Das Haus war geschmackvoll eingerichtet. Antiquitäten und moderne Möbel harmonierten miteinander. Ihr Nachbar präsentierte sich als perfekter Gastgeber. Nach den letzten Tagen, die sie überwiegend allein verbracht hatte, genoss sie die Gesellschaft des gebildeten älteren Herrn, der überdies auch ein begabter Koch war, wie sie nach den ersten Bissen feststellte. So sehr sie sich auch über das leckere Essen freute, so brannte sie doch auch vor Neugier.

»Wie lange waren Sie und Adelheid Nachbarn, Señor Munioz?«, fragte sie schließlich. »Nennen Sie mich doch bitte Luiz. Ich kannte Adelheid fünfzehn Jahre lang. Als sie ungefähr Mitte sechzig war, dachte sie daran, sich zur Ruhe zu setzen. Gearbeitet hat sie aber dann noch ein paar Jahre länger. Sie hat ihren Beruf über alles geliebt. Zu dieser Zeit hatte sie gerade das Grundstück erworben und besuchte uns. Sie wollte ihre zukünftigen Nachbarn kennenlernen. Damals lebte meine Frau noch. Sie war schon seit vielen Jahren krank. Zwei Jahre später ist sie dann gestorben.« »Das tut mir leid«, sagte Tonia. Luiz sprach weiter. »Unsere beiden Kinder lebten damals bereits auf dem Festland. Sie haben in Madrid und Salamanca studiert und beide eigene Familien und Kinder. Ich habe schon fünf Enkelkinder. Stellen Sie sich das einmal vor«, lachte er. »Luca, mein älterer Sohn, ist Rechtsanwalt geworden. Salvatore arbeitet an der Universität. Er ist Altphilologe und kämpft darum, eine Professur zu erhalten. Ich bin sicher, dass er es packen wird.

Ich selber war Arzt in Santa Cruz. Da ich meine Frau betreut habe, konnte ich in den letzten Jahren nur noch auf einer halben Stelle arbeiten. Wir hatten noch eine Pflegerin engagiert. Es war eine schwere Zeit. Für meine Frau besonders, weil sie sich schämte, so hilflos zu sein. Aber auch für mich. Ich liebte meine Frau und es setzte mir sehr zu. Es ist schwer, damit klarzukommen, wenn man Arzt ist und den Menschen, die man am meisten liebt, nicht helfen kann. Neben der Verlustangst fühlt man sich noch als Versager. Es gab damals sehr dunkle Momente, in denen ich mir wünschte, meine

Frau wäre nicht mehr da. Und dann plötzlich tauchte diese Deutsche auf, die deutlich älter war als ich, und fegte wie ein frischer Wind in dieses Haus. Ich war sechsundfünfzig Jahre alt und hatte mich bis über beide Ohren in eine Frau verliebt, die ungefähr zehn Jahre älter als ich war. Adelheid war vollkommen anders als die spanischen Frauen, die ich kannte. Sie war selbstständig, selbstbestimmt, arbeitete und dachte wie ein Mann. Und dennoch war sie herzlich und liebevoll.

Sie liebte die Natur, das Meer, den Vulkan und Tiere. Kurz gesagt: Die Liebe brach noch einmal mit aller Macht in mein Leben ein und ich schäme mich nicht dafür. Ich hatte Fantasien wie ein Teenager. Doch ich habe meine Frau nicht hintergangen. Adelheid und ich sind erst zusammengekommen, als Sophia nicht mehr war. Ich besuchte sie in ihrem neuen Haus. Wir wurden bald unzertrennlich und verbrachten viel Zeit miteinander.«

»Haben Sie nie daran gedacht, zu heiraten und zusammenzuziehen?«, fragte Tonia. »Adelheid war nicht für die Ehe geboren. Sie brauchte Zeit und Raum für sich. Sie musste ihre Kreativität leben. Und ich war auch ganz froh, dass ich hier meinen Rückzugsort hatte. Wir waren eigentlich mehr bei ihr als hier bei mir. Adelheid sagte, dass hier immer noch der Geist von Sophia anwesend sei. Für mich ist das in Ordnung. Doch ich konnte auch Adelheid verstehen.«

»Was wissen Sie über das Kaufangebot der Luna-Gruppe, Luiz?« »Vor eineinhalb Jahren tauchte Valdes das erste Mal bei mir auf. Sehr höflich, aber auch sehr penetrant. Er wusste, dass ich als Witwer allein in diesem großen Haus lebe, und erkundigte sich, ob mir die Belastung nicht langsam zu viel würde. Er kam schnell zur Sache und teilte mir mit, dass seine Firma an diesem Küstenabschnitt gerne ein Hotel für exklusives Publikum errichten wolle. Er raspelte jede Menge Süßholz, bot mir an, dass ich auf Lebenszeit eine Suite bewohnen könne. Ich hörte ihm zu und dachte ernsthaft über sein Angebot nach. Valdes wusste aber auch von meiner Beziehung zu Adelheid. Es stellte sich heraus, dass sie eigentlich an Adelheids Grundstück interessiert waren.« »Warum das?«, erkundigte sich Tonia. »Sie müssen wissen, dass Adelheids Grundstück deutlich größer als meines ist. Zu Ihrem Grundbesitz gehört auch der Sandstrand, der auf einer felsigen Insel wie Teneriffa Gold wert ist. Nur wenige Hotels hier auf der Insel haben einen günstigen Zugang zum Strand.

Doch was mich wirklich aufbrachte, war, dass Valdes mich kaufen wollte.

Er bot mir eine hohe Provision dafür an, dass ich Adelheid dazu bewegte, ihren Grund an die Luna zu verkaufen.« Die Empörung stand Luiz ins Gesicht geschrieben. »Als Valdes merkte, dass ich nicht darauf ansprang, begannen sie, Adelheid unter Druck zu setzen. Einer alten, allein lebenden Frau könne leicht etwas passieren. Dies sagte ihr dieser unverschämte Mensch ins Gesicht. Ein paar Wochen später wurde Adelheid bei einem Einkaufsbummel in Las Américas in einem Parkhaus überfallen und niedergeschlagen. Die Polizei war an einer Aufklärung nicht wirklich interessiert, wie wir feststellen mussten. Adelheid war nicht ernsthaft körperlich verletzt, aber doch traumatisiert. Trotzdem hielt sie an ihrer Ablehnung des Kaufangebots fest. Aber sie hat gefühlt, dass das Leben – ihr Leben – zerbrechlicher wurde. Damals traf sie die Entscheidung, in ihrer Familie nach einer Person zu suchen, der sie zutraute weiterzukämpfen, wenn sie es nicht mehr konnte. Diese Person sind Sie, Tonia.«

»Aber Sie sind doch ein Liebespaar gewesen, warum hat sie nicht einfach Ihnen und Ihren Söhnen alles vermacht? Wäre das nicht naheliegend gewesen?« »Tonia, weil ich es nicht wollte. Weil ich die Verantwortung, die dieser Besitz mitbringt, nicht wollte. Ich wusste, wenn Adelheid vor mir sterben würde, würde mein Leben auch keinen Sinn mehr haben. Ich habe mich schlicht geweigert, in diese Richtung überhaupt zu denken.«

»Ich habe ein wenig im Internet recherchiert und bin nachdenklich geworden«, sagte Tonia. Für ein internationales Tourismusunternehmen hält sich die Luna-Gruppe erstaunlich bedeckt. Ich hatte geglaubt, dass es sich um ein spanisches Unternehmen handelt. Doch damit lag ich daneben. Sie wissen, dass die Gesellschaft ihren Sitz in Kolumbien hat?« Luiz nickte. »Adelheid hatte das auch herausgefunden.« »Wenn die Firma das ist, was ich vermute, dann haben wir es möglicherweise mit einem gefährlichen Gegner zu tun. Sie wissen ja wahrscheinlich, dass die Drogenbosse Kolumbiens, aber auch weltweit, große Probleme damit haben, die enormen Mengen an Drogengeldern zu waschen. Es gibt schlichtweg nicht genug Banken und Unternehmen auf der Welt, durch die man das Geld hindurchschleusen und legalisieren kann. Um Abhilfe zu schaffen, wurden in den letzten Jahren überall auf der Welt Unternehmen gegründet, die man an diesen Wirtschaftskreislauf angekoppelt hat. Dabei handelt es sich nicht unbedingt um reine Briefkastenfirmen, sondern um Firmen, die tatsächlich auch Wirtschaftsleistungen erbringen. Die Bauindustrie im Mittelmeerraum und in

Nordafrika ist beispielsweise stark von solchen Hybridfirmen unterwandert. Ich fürchte, dass die Luna auch ein Produkt dieser Schattenwirtschaft ist«, ergänzte Tonia. Luiz war blass geworden.

»Bevor ich eine Entscheidung hinsichtlich des Erbes treffe, wüsste ich gerne, worauf ich mich einlasse. Wie ist Adelheid gestorben? Ist sie tatsächlich einfach ›nur‹ ertrunken?«

Luiz seufzte. Tonia war sich bewusst, dass sie dem älteren Mann zusetzte. Aber er war die einzige Verbindung, die sie hatte. Sie berührte kurz seine Hand. »Ich kann mir vorstellen, dass die Erinnerung schmerzlich für Sie ist. Verzeihen Sie mir, dass ich Sie so bedränge, obwohl wir uns erst so kurze Zeit kennen. Ich sollte jetzt besser gehen und wir unterhalten uns ein anderes Mal weiter.« Sie machte Anstalten aufzustehen.

»Nein. Bitte bleiben Sie. Sie haben recht. Ich habe Adelheid an diesem Morgen gesehen. Das Meer war sehr ruhig an jenem Tag. Ich war oben in meinem Büro. Dort gibt es einen kleinen Balkon. Von dort aus kann man die Badebucht übersehen. Ich machte mir immer ein wenig Sorgen, wenn Adelheid dort allein schwimmen ging. Sie war eine ausgezeichnete Schwimmerin. Aber sie war eben auch schon in einem fortgeschrittenen Alter, wo das Herz nicht mehr so mitspielt. Die Küste hier ist nicht ungefährlich, wie Sie vielleicht wissen, Tonia. Es gibt kalte Strömungen. Es gibt Strömungen, die einen erfassen und weit hinaus ziehen können, sodass man aus eigener Kraft den Rückweg nicht schafft. Es können sich ohne Ankündigung hohe Wellen bilden. Adelheid und ich hatten eine Vereinbarung, die ganz gut mit unseren Gewohnheiten harmonierte. Wenn das Meer ruhig war, ging sie meist gegen neun Uhr morgens zum Baden. Um diese Zeit sitze ich für gewöhnlich in meinem Büro oben und erledige die Post, sortiere meine Briefmarkensammlung, surfe im Internet – was man als moderner Rentner so tut. Ich habe ein Fernglas bereitliegen und schaue dann ab und zu nach Adelheid. Wissen Sie: Ich kann ihr zwar auf diese Weise nicht zu Hilfe eilen. Aber ich kann den Rettungsdienst verständigen. Die Rettungsstation schickt einen Hubschrauber, der sehr schnell vor Ort ist.«

»Was war denn an diesem Morgen?«, fragte Tonia. »Zunächst war alles normal. Ich sah Adelheid zum Strand gehen. Obwohl sie mich nicht sehen konnte, winkte sie in meine Richtung und ging dann zügig ins Wasser. Sie schwamm nicht weit hinaus, vielleicht dreißig Meter. Plötzlich sehe ich, wie sie unruhig wird, beginnt um sich zu schlagen. Verfehlt die Richtung zum Strand, verliert offensichtlich die Orientierung. Sie geht unter, kommt wieder hoch. Ich habe die Nummer der Küstenwache bereits gewählt. Ich erkläre, was los ist. Sie versprechen, in wenigen Minuten da zu sein. Adelheid liegt regungslos auf dem Wasser. Ich renne nach unten, nehme mein Auto und rase los. Als ich ankomme, nähert sich bereits der Hubschrauber von der Küstenwache. Ihre Station ist in Costa Adeje, also quasi in der Nachbarschaft. Sie haben sie in Nullkommanichts aus dem Wasser geholt, starten die Wiederbelebung. Doch es ist zu spät. Sie konnten Adelheid nicht mehr zurückholen.

Sie haben mich nicht mehr zu ihr gelassen, so sehr ich auch darum gebeten habe. Ich wollte sie ein letztes Mal berühren, Abschied nehmen. Ich stand vollkommen neben mir. Doch ich habe etwas gesehen, was mir später niemand geglaubt hat. An Adelheids Armen und Beinen und an ihrem Hals waren rote Striemen, lange dünne Striemen.« »Hat die Obduktion das bestätigt?«, erkundigte sich Tonia. Luiz sank in sich zusammen. »Es gab keine Obduktion. Für die Behörden war der Fall klar. Eine alte Frau hat sich beim Schwimmen überschätzt und starb an einem Herzanfall. Wer wollte daran rühren? Ich wurde abgewiesen, weil ich kein Verwandter war. Für die Behörden bin ich nur der Nachbar.«

»Das war bestimmt sehr bitter für Sie, Luiz«, sagte Tonia mitfühlend. »Sagen Sie, haben Sie eine Erklärung dafür, wodurch die roten Striemen verursacht worden sind?« »Natürlich. Sehen Sie. Ich war doch selbst Arzt. Ich hatte solche Verletzungen schon bei Schwimmern gesehen, die mit einer bestimmten Quallenart in Berührung gekommen sind. Man nennt sie die Portugiesische Galeere.« Tonia nickte und sagte: »Ich hatte einmal während eines Urlaubs auf der Nachbarinsel La Palma eine Beinahebegegnung mit einem solchen Quallenschwarm. Sie sind beeindruckend, aber auch beängstigend. Ich hatte das Glück, schnell genug aus dem Wasser herauszukommen. Ein anderer Schwimmer wurde gestreift. Er hatte nur einen einzigen Striemen am Arm. Aber er hat vor Schmerzen geschrien und wurde ins Krankenhaus gebracht. Ich habe nicht gewusst, dass eine Begegnung auch tödlich verlaufen kann.«

»O ja. Sie kann. Wenn Sie von einem einzigen Tier gestreift werden, dann ist das schmerzhaft und quälend. Manche Leute werden ohnmächtig und ertrinken, wenn sie nicht herausgezogen werden. Wenn Sie mitten in einen Schwarm hineingeraten, haben Sie so gut wie keine Chance. Das Gift lähmt

Sie.« »Kommen diese Tiere denn hier unten im Süden der Insel häufig vor«?, hakte Tonia nach. »Ich habe von meinem Vater ein Fischerboot geerbt, mit dem ich heute noch manchmal herausfahre, wenn auch selten. Ich sage Ihnen: In zwanzig Jahren verirrt sich ein einziges Mal ein Schwarm in diesen Küstenabschnitt. An der Nordküste ist die Wahrscheinlichkeit einer Begegnung wesentlich höher und auch dort findet man sie nur an Küstenabschnitten, wo sich normalerweise kein Schwimmer aufhält.«

»Dann war es also ein Unfall«, stellte Tonia fest. »Das war die allgemeine Ansicht. Fakt ist aber, dass man den Leichnam von Adelheid nicht obduziert hat. Die Polizei hat sich geweigert, meinem Hinweis nachzugehen. Es zählte auch nicht, dass ich Arzt war. Ich war für sie nur ein Rentner, der sich etwas zurechtspinnt. Ich habe mir schließlich gesagt, dass es ein unglücklicher Zufall war, dass sich die Quallen gerade zu diesem Zeitpunkt dort aufhielten. Adelheid hatte einfach Pech. Aber da war auch immer eine Stimme in meinem Kopf, die mich gemahnte, nicht so bequem zu sein.«

Tonia ging ein schrecklicher Gedanke durch den Kopf. »Ist es möglich, einen Schwarm dieser Quallen irgendwo einzufangen und hier vor dem Strand auszusetzen?« Luiz dachte nach. »Von meinem Haus kann ich nur einen bestimmten Küstenabschnitt übersehen. Ich bin sicher, dass ich an jenem Morgen nichts Ungewöhnliches auf dem Wasser gesehen habe. Die einzige Möglichkeit, von wo aus die Tiere ungesehen freigesetzt werden könnten, ist die Nachbarbucht, die weder von Ihrem Haus noch von meinem eingesehen werden kann. Aber selbst wenn, so ist doch die Wahrscheinlichkeit, dass sie zum richtigen Zeitpunkt in die Nachbarbucht gelangen, ziemlich gering.«

Eine Weile schwiegen beide und hingen ihren Gedanken nach. Dann fragte Luiz: »Was werden Sie jetzt machen, Tonia?«

»Ich weiß es noch nicht, Luiz. Ich weiß nicht, ob ich dazu beitragen kann, dass Adelheid Gerechtigkeit widerfährt. Ein Teil von mir denkt daran, sich schnell aus dem Staub zu machen. Ein anderer Teil hat sich in dieses Stück Land und in dieses Haus verliebt und denkt ernsthaft daran, den Lebensmittelpunkt hierher zu verlegen.«

»Tonia«, Luiz nahm ihre Hand, »bevor Sie sich festlegen, muss ich Ihnen noch etwas Wichtiges zeigen, das sich auf Ihrem Grundstück befindet. Es ist sehr wichtig. Wenn Sie morgen Nachmittag etwas Zeit hätten, würde ich Sie sehr gerne dorthinführen.« »Sie machen mich neugierig,

Luiz. Ja, ich habe Zeit. Ich hatte ohnehin vor, morgen zu Hause zu arbeiten. Aber nun werde ich mich auf den Heimweg machen. Ich danke Ihnen für Ihre Gastfreundschaft und für Ihr Vertrauen.« Sie umarmte den alten Mann spontan. Sie spürte, wie sehr ihn dieses Gespräch mitgenommen hatte.

Nachdenklich machte sie sich auf den Heimweg. Da sie noch zu aufgewühlt war, um gleich ins Bett zu gehen, setzte sie sich noch eine Weile still auf den Balkon und lauschte der Brandung, die in dieser Nacht nur ein leises Schwappen war, denn der Wind war mit dem Sonnenuntergang schlafen gegangen. Einige Möwen jagten lautstark unter dem Sternenhimmel. Wenn sie sich über die Brüstung lehnte, konnte sie das Haus ihres Nachbarn sehen. Auch dort brannte noch Licht, das kurz darauf erlosch. »Schlaf gut, Luiz«, dachte sie und ging bald darauf selbst zu Bett.

KAPITEL 13

Tonia wachte zeitig und ausgeruht auf. Nach einigen Bahnen im Pool und einer anschließenden ausgiebigen heißen Dusche bereitete sie sich Kaffee und Müsli zum Frühstück zu und begab sich ins Büro. Sie beantwortete E-Mails, vervollständigte ihre Notizen über die Ereignisse und Beobachtungen der letzten Tage.

Es war bereits zwei Uhr, als sie ernsthaft Hunger bekam. Sie klappte ihren Laptop zu, ging nach unten in die Küche und belegte sich ein paar Brote, bereitete eine frische Kanne Eistee zu und suchte sich einen schattigen Platz auf der Terrasse, um zu essen und ein bisschen zu dösen. Schließlich hatte sie auch Urlaub.

Luiz kam um halb vier. Er hatte zwei starke Taschenlampen dabei, von denen er eine an Tonia weiterreichte. Er riet ihr, sich ein paar feste Schuhe anzuziehen. Er führte sie hinter das Haus, wo sich auch der Zugang zum Keller befand. »Hier müssen wir hoch«, sagte Luiz. »Haben Sie Höhenangst?« »Ja«, antwortete Tonia wahrheitsgemäß. Ihr Bauch begann bereits ängstlich zu rumoren »Wo genau müssen wir hoch? Sie meinen doch nicht, dass wir diesen Felsen hochklettern müssen?« »Doch, doch.« Luiz lachte. »Ruhig Blut und schauen Sie vor allen Dingen genau hin. Machen Sie das, was ich auch tue. Schauen Sie immer auf den Boden vor Ihnen, orientieren Sie sich an der Felswand. Richten Sie Ihren Blick nach oben. Nie nach unten. Der Boden ist heute vollkommen trocken. Es besteht keinerlei Gefahr abzurutschen.«

Während sie nach oben stiegen, redeten sie wenig, denn Tonia, die noch nie geklettert war oder auch nur eine anspruchsvolle alpine Wanderung mitgemacht hatte, musste sich konzentrieren, um festen Stand und Halt an dem Abhang zu finden. Sie war verblüfft, denn es war tatsächlich eine Art Pfad, den sie hinaufstiegen. Obwohl sie mehrfach um das Haus herumgegangen war, hatte sie diesen Pfad vollkommen übersehen. Nach ein paar Minuten wurde der Weg etwas breiter und bequemer. Tonia fasste sich ein Herz und schaute zurück. Von hier aus bot sich ein grandioser Ausblick auf das Meer, auf La Gomera, die Nachbarinsel, und auf die Metropolen der Südküste Costa Adeje, Las Américas und Los Christianos. Erstaunlich war, dass sie von diesem Standort aus ihr Haus nicht wirklich sehen konnte, denn es lag sozusagen unter einem Überhang. Rasch schloss sie wieder zu Luiz auf, der ihr signalisierte, dass sie es fast geschafft hatten.

Wenige Minuten später waren sie am Ziel. Vor ihnen öffnete sich der Berg wie ein Portal. Sie standen im Eingang einer sehr großen Höhle. Sie war annähernd oval. Tonia wusste sofort, dass es sich um eine Lavablase handelte. Solche natürlichen Höhlen im Tuffstein gab es auf Teneriffa häufig. Sie wurden in der Landwirtschaft schon seither als natürliche Lagerräume verwendet. Kleine Höhlen gab es unzählige und viele waren in regelrechten Systemen miteinander verbunden. Doch es gab auch Höhlen, die hallengroß waren. Die Höhle, die sie jetzt betraten, hatte solche Ausmaße. Da die Öffnung groß war, fiel auch viel Licht hinein, sodass sie einladend wirkte.

»Nun, was sagen Sie?«, erkundigte sich Luiz. »Ich bin überwältigt. Ich weiß nicht, was ich sagen soll«, antwortete Tonia. »Vielleicht ist diese Höhle nicht die größte auf Teneriffa. Aber ganz sicher gehört sie zu den schönsten«, erklärte Luiz. »Sie ist wirklich wunderschön«, sagte Tonia, während sie umherging und ihre Hände über den porösen Tuffstein gleiten ließ. »Der ideale Platz für ein Konzert. Ich sehe es förmlich vor mir. Wir beleuchten den Raum mit Öllampen und richtigen Fackeln. Ein sternenklarer Nachthimmel. Ein klassisches Kammerkonzert. Wir laden junge Nachwuchskünstler ein.« Luiz lächelte. »Sie haben von Ihrem Wesen her wirklich große Ähnlichkeit mit Adelheid. Sie hatte auch immer viele Ideen.« »Nun ja. Sie sind nicht ganz einfach umzusetzen. Wie sollen wir die Leute hierherbekommen? Nicht alle wollen einen halsbrecherischen Pfad erklimmen, um sich dann mit Kunstgenuss zu belohnen.«

»Kommen Sie mal her«, rief ihr Luiz vom Eingang her zu. »Sehen Sie hier. Der Pfad, der uns von Ihrem Haus aus nach oben geführt hat, verläuft hier am Eingang vorbei weiter den Hang hinauf. Dort oben verschwindet er unter Geröll, weil es bei einem Unwetter vor vielen Jahren zu einem Erdrutsch gekommen ist.« »Sie meinen, dass der Pfad dort oben weiterführt und man ihn ausgraben könnte?«, fragte Tonia. Luiz nickte und ergänzte: »Dort oberhalb führt die neue Schnellstraße vorbei. Es ist gar nicht weit.«

»Als Adelheid damals dieses Land erworben hat, wusste sie von der Höhle?« »Nein. Sie wusste es nicht und ich wusste es auch nicht. Aber Adelheid war ja mit Leib und Seele Bauingenieurin und so hat sie ihr Haus selbst eingemessen und ist überall herumgekrochen. Dabei ist sie auch auf den Pfad gestoßen und ihm gefolgt. So hat sie die Höhle gefunden. Da sie unbehelligt ihr Haus bauen wollte, hat sie diesen Fund zunächst für sich behalten. Als wir dann zusammengekommen sind, sind wir beide oft gemeinsam hierhergekommen. Kommen Sie, nehmen Sie Ihre Taschenlampe. Ich möchte Ihnen noch etwas zeigen, Tonia.«

Tonia folgte Luiz tiefer in die Höhle hinein. Als sie sie beinahe vollständig durchquert hatten, fiel ihr der Gang auf, der tiefer in den Berg hineinführte. Anders als die Höhle war dieser Gang von Menschen geschaffen oder zumindest bearbeitet worden. Die Wände waren geglättet worden. »Sehen Sie.« Luiz wies auf eine Zeichnung, die eine Spirale darstellte. Tonia sah genauer hin und stellte fest, dass die Wände mit Malereien übersät waren. Sie sah Abdrücke von Händen und Füßen, Zeichnungen von großen Tieren, darunter auch Giraffen und Büffel, was sie in Erstaunen versetzte.

»Wer waren die Menschen, die das hinterlassen haben? Das waren doch wohl kaum Guanchen«, sagte sie und spielte dabei auf die Ureinwohner Teneriffas an, die erst vor wenigen Hundert Jahren von den Spaniern besiegt worden waren. Tonia war bekannt, dass es Konsens war, dass die Guanchen von den Völkern Nordafrikas abstammten. »Dies hier ist viel, viel älter als die Guanchenkultur.« »Ich stimme Ihnen zu«, sagte Luiz. »Bitte verstehen Sie. Adelheid und ich waren alte Leute. Wir sind manchmal hierhergekommen und haben die besondere Ausstrahlung dieses Ortes genossen. Wir haben diesen Ort geschützt, indem wir nicht darüber gesprochen, sondern sein Geheimnis gehütet haben. Sie dagegen sind jung genug, um etwas daraus zu machen, um das Richtige zu tun.

Es gibt aber noch etwas, das ich Ihnen zeigen möchte«, fuhr er fort. Sie gingen ein Stück weiter. Dann hörte Tonia das Plätschern von Wasser. Sie betraten eine weitere, kleinere Kaverne. Wasser floss aus der Wand wie ein kleiner Wasserfall und ergoss sich in ein kleines natürliches Becken – wahrscheinlich eine Auswaschung des Gesteins – und floss daraus wieder in eine Rinne, die unter der gegenüberliegenden Felswand verschwand.

»Adelheid hat die Wasserqualität untersuchen lassen«, berichtete Luiz. Tonia sah ihn fragend an. »Es gibt ein Gutachten, das die hervorragende Qualität dieses Wasser bestätigt. Es ist Tiefenwasser. Es ist mehr als nur Trinkwasser. Die Analyse hat ergeben, dass es so ähnlich strukturiert ist wie zum Beispiel Lourdes-Wasser.« »Sie meinen, dass es sich um eine Heilquelle handelt«, ergänzte Tonia seine Ausführungen. »Ja. Genau dies ist das Ergebnis der Analyse. Ich habe eine Kopie des Dokuments. Das Original müsste sich in Adelheids Büro befinden.« »Bei dem Angebot der Luna befand es sich aber nicht. Diese Mappe enthielt sonst nichts.« »Das

Gutachten ist dort, schauen Sie einfach mal die Mappen durch. Möglicherweise ist es unter dem Namen des Instituts Aguadetect abgelegt. Sollte es nicht auffindbar sein, bekommen Sie meine Kopie.« Tonia beugte sich nach vorn, fing das Wasser in ihren Händen auf und nahm einen kräftigen Schluck. »Hm. Das tut gut.« Luiz tat es ihr nach. Nachdenklich kehrten sie in die Höhle zurück. Tonia schoss mit ihrem I-Phone, so weit es die Lichtverhältnisse zuließen, einige Fotos von der Quelle, den Zeichnungen und der Höhle. Danach machten sie sich schweigend an den Abstieg.

»Was halten Sie von einem kleinen Stärkungsimbiss, Luiz. Ich bin leider keine begnadete Köchin. Aber für ein paar belegte Brote reicht es schon.« Luiz grinste. »Das klingt verlockend.« Kurze Zeit später kehrte Tonia mit einer Platte appetitlich aussehender mit Schinken, Käse und Salami belegter Brote zurück. Dazu hatte sie eine kleine Melone aufgeschnitten und eine Karaffe mit frischem Eistee zubereitet. Sie nahmen ihr Mahl auf der Terrasse ein.

»Was denken Sie?«, fragte Luiz. »Ehrlich gesagt: Ich weiß noch nicht recht, was ich denken soll. Das Ganze kommt mir so unwirklich vor. So, als würde ich träumen und wäre plötzlich in diesem Traum gefangen und fände nicht mehr heraus. Eine unbekannte Verwandte vermacht mir ein wunderschönes Haus im Paradies. Plötzlich tauchen böse Jungs auf und wollen mir alles entreißen. Dann erfahre ich, dass das Paradies noch unentdeckte Schätze bereithält, und plötzlich bin ich nicht mehr bereit, den bösen Jungs mein Paradies zu überlassen – nicht für alles Geld in der Welt. Es muss einen Weg geben.« »Was meinen Sie«?, hakte Luiz nach. »Nun ja. Spielen wir es doch mal durch. Was würde die Luna mit der Höhle und mit der Quelle machen? Sicher ist, dass eine solche historische Stätte auf ihrem Grund und Boden ihnen eine Menge Ärger machen würde. Behörden treten auf den Plan. Teams von Archäologen würden anfangen, jeden Zentimeter Tuffstein zu untersuchen. Auf eine zügige Baugenehmigung für ihr geplantes Ressort brauchen sie nicht mehr zu hoffen.

Machen wir uns nichts vor, Luiz, diese Leute würden versuchen, mit allen Mitteln die Existenz der Höhle zu vertuschen. Sie würden sie schlicht und einfach sprengen und damit unwiederbringlich zerstören. Ich möchte nicht, dass dies geschieht. Es hört sich vielleicht für Sie kitschig an, aber dort oben hatte ich eine Art Vision. Dieser Ort ist ein Ort, den Menschen vor Urzeiten aufgesucht haben, um Heilung zu erfahren. Er wurde von

Priesterinnen gehütet. Dann geschah etwas. Vielleicht ein Vulkanausbruch oder eine schwere Sturmflut, der den Untergang dieser frühen Zivilisation herbeiführte. Die Höhle war verborgen. Nur wenige wussten noch um ihre Existenz. Sie geriet in Vergessenheit. Ich habe gespürt, dass dieser Ort heute wieder wichtig für diese Insel, ihre Bewohner und Gäste werden könnte. Man sollte den Menschen ermöglichen, hierherzukommen, sich eine Weile dort aufzuhalten und von der Quelle zu trinken. Das Vorhandensein einer Heilquelle könnte von großer Bedeutung für diese Urlaubsinsel sein, nicht wahr, Luiz?«

Ihr Nachbar nickte. »Tonia. Ich bin leider nicht mehr der Jüngste. Aber ich habe noch Kraft und ich habe Zeit. Ich werde Sie unterstützen, wo ich kann. Das bin ich Adelheid schuldig. Aber es ist nicht nur das. Ich bin überzeugt, dass Sie recht haben und dass es richtig ist, es wenigstens zu versuchen.« »Ich danke Ihnen, Luiz. Für Ihr Vertrauen und für die Freundschaft, die Sie mir anbieten.« Sie drückte seine Hand. »Doch jetzt lassen Sie uns überlegen, was als Nächstes zu tun ist. Wen könnten wir ins Boot holen? Mit wem sollten wir als Nächstes sprechen? Was ist mit der hiesigen Administration?«

»Die Kanarischen Inseln genießen einen gewissen autonomen Status, obwohl sie ein Teil von Spanien sind. Bevor wir uns an die Politik wenden, sollten wir wichtige Fürsprecher ins Boot holen. Solange diese Entdeckung nur uns beiden Privatleuten bekannt ist, könnte sich die Administration auf den Standpunkt stellen, dass der Bau eines exklusiven Ressorts einen höheren Stellenwert für das Gedeihen Teneriffas hat als der Schutz einer alten Lavablase, die auf der Insel zahlreich sind.« Tonia nickte. »Politik funktioniert überall auf die gleiche Weise, nicht wahr? Es geht immer um das Abwägen von Interessen. Das ist bei uns in Deutschland auch nicht anders. Doch wer könnte unsere Sache unterstützen, so, dass die hiesigen Politiker uns anhören müssen?«

»Ich hätte da vielleicht eine Idee«, antwortete ihr Nachbar. »In Santa Cruz gibt es ein archäologisches Museum mit einem angeschlossenen wissenschaftlichen Institut, das sehr angesehen ist. Seit etwa zwei Jahren leitet ein renommierter Archäologe und Experte für Frühgeschichte das Institut, Professor Serra, der vorher übrigens in Deutschland gearbeitet hat. Er war an einem berühmten Museum in Berlin tätig.« »Am Pergamonmuseum?«, erkundigte sich Tonia. »Ja, ich glaube«, bestätigte Luiz.

»Dann werde ich gleich morgen früh versuchen, Kontakt mit Professor Serra aufzunehmen und einen Termin mit ihm zu machen.« »Das halte ich für eine gute Idee«, sagte Luiz und ergänzte: »Ich werde mich morgen mal oberhalb des Grundstücks umschauen und sehen, wie weit man von oben an die Höhle herankommt und wie viel Aufwand es wäre, dort einen befestigten Weg oder eine Straße anzulegen.« Damit verabschiedete sich Luiz von Tonia und fuhr nach Hause.

Sie ging ins Haus und räumte die Spülmaschine, die inzwischen ihr Programm beendet hatte, aus. Danach ging sie nach oben ins Büro, surfte ein bißchen im Internet und informierte sich über Professor Miguel de Serra und notierte die Kontaktadresse des Instituts. Danach schaute sie Adelheids Hängeregistratur durch und fand das Gutachten der Aguadetect unter dem Firmennamen abgelegt. Sie scannte das Dokument auf dem Multifunktionsgerät ein und mailte es Martin, der von Hause aus Chemiker war, zu, damit er einen Blick darauf werfen konnte. Sie machte sich eine Kopie des Gutachtens, die sie zum Gespräch mit dem Archäologen mitnehmen wollte. Danach bearbeitete sie noch ihre eigene Post, brachte ihre täglichen Notizen auf den neuesten Stand und fügte auch die Fotos, die sie mit ihrer Handykamera aufgenommen hatte, hinzu. Gegen dreiundzwanzig Uhr ging sie zu Bett.

Der Beobachter auf seinem Posten weit oberhalb ihrer Villa nahm dies erfreut zu Kenntnis. Endlich konnte er sich auch mal früher aufs Ohr hauen. Dieser Job war wirklich langweilig. Die Frau war den ganzen Tag zu Hause gewesen. Am Nachmittag war der Nachbar erschienen. Dann waren die beiden hinter dem Haus verschwunden und irgendwann wieder auf der Terrasse erschienen, wo sie noch gemeinsam zu Abend gegessen hatten. Was die beiden die ganze Zeit getan hatten – ob der Alte etwas im Garten repariert hatte –, wusste er nicht. Es interessierte ihn auch nicht. Für heute war seine Schicht zu Ende.

KAPITEL 15

Professor Miguel de Serra ans Telefon zu bekommen, war beinahe unmöglich. Als sie an diesem Vormittag zum wiederholten Male mit seiner Sekretärin sprach, hatte diese wohl Mitleid mit ihr oder sie war genervt – oder beides. Jedenfalls sagte sie: »Der Professor wird gegen vierzehn Uhr wieder hier im Institut sein. Um vierzehn Uhr fünfzehn hat er den nächsten Termin. Vielleicht spricht er zwischendurch mit Ihnen. Könnten Sie um vierzehn Uhr hierherkommen?« Tonia schaute kurz auf ihre Armbanduhr. »Ja«, sagte sie rasch. »Das schaffe ich. Ich werde da sein. Vielen Dank, Señora.«

Tonia schnappte sich ihr Handy und ihre Tasche und fuhr mit dem Seat los. Sie hatte eine ungefähre Vorstellung, wo sich das Institut befand. Die Autobahn in Richtung Santa Cruz erschien ihr an diesem Tag besonders voll zu sein – ausgerechnet, wenn sie es eilig hatte. Glücklicherweise wurde es hinter Los Christianos etwas ruhiger und sie kam gut voran. Nach etwas mehr als einer Stunde Fahrzeit durch die wüstenartige Landschaft näherte sie sich der Ausfahrt. Das Institut befand sich in der Nähe des Kais, wo die Kreuzfahrtschiffe anlegten. Sie steuerte einen großen am Hafen gelegenen Parkplatz an.

Sie spürte ihre Nervosität, als sie das Institut betrat. Die freundliche Sekretärin begleitete sie zum Büro von Professor de Serra. Sie war gerade dabei, sich bei der hilfsbereiten Dame zu bedanken, als de Serra hinzukam.

Er schaute fragend seine Sekretärin an, die Tonia vorstellte. »Entschuldigen Sie bitte vielmals, Professor de Serra, dass ich Sie heute Mittag so einfach in Ihrem Büro überfalle. Aber es ist sehr wichtig. Ich möchte Sie kurz über eine Entdeckung informieren, die ich kürzlich auf meinem Grundstück gemacht habe. Ich verstehe, wenn Sie mich so kurzfristig nicht empfangen können. Aber vielleicht können wir einen Termin vereinbaren.« De Serra winkte ab. »Kommen Sie mit in mein Büro, Frau Hofmeister. Geben Sie mir eine Kurzfassung und dann sehen wir weiter.«

Tonia folgte ihm in sein Büro, das für einen Wissenschaftler erstaunlich aufgeräumt war. Auf säuberlich gestapelten Büchern und Zeitschriften lagerten Artefakte. Tönerne Venusfiguren mit voluminösen Schenkeln, Bäuchen und Brüsten, Gefäße aus Ton und Metall, Schmuckgegenstände, einfache Messer. Tonia war fasziniert an und dachte wehmütig an ihre eigene

Studentenzeit, die schon gut zwanzig Jahre zurücklag. De Serra war ein großer Mann mit wettergegerbter Haut, die ihn älter erscheinen ließ, als er vermutlich war. Tonia schätzte ihn für wenig älter, als sie selbst war, vielleicht Anfang fünfzig. Sein blondes kräftiges Haar war mit grauen Strähnen durchzogen. Erstaunlicherweise waren seine Augen goldbraun. Er war auf eine lässige Weise attraktiv und Tonia war sich sicher, dass ihm seine Studentinnen zu Füßen lagen.

De Serra befreite einen Hocker von seinem gefährlich hohen Papierstapel, ohne dessen Statik zu gefährden, und bat sie, Platz zu nehmen. »Bitte gestatten Sie, dass ich in Anbetracht der Kürze der Zeit sofort zur Sache komme, Herr Professor.« De Serra nickte und schaute sie erwartungsvoll an.

»Mein Name ist Tonia Hofmeister. Ich bin freischaffende Redakteurin und Autorin aus Deutschland. Eine entfernte Verwandte ist kürzlich verstorben und hat mir ihr Haus in der Nähe von Costa Adeje hinterlassen. Ich halte mich zur Zeit hier auf, um mir einen Überblick über alles zu veschaffen und um bald die Entscheidung zu treffen, was mit dem Erbe geschehen soll.« De Serra hob fragend die Augenbrauen. »Ich kannte meine Verwandte nicht. Sie kannte mich auch nicht. Sie hat sich einige Kriterien überlegt, die ich wohl erfüllt habe, sodass ihre Wahl auf mich fiel. Ein Notar aus Köln ist an mich herangetreten. Ich bin dann so rasch wie möglich hierhergekommen. Wissen Sie, meine Verwandte, Adelheid Steffens, war keine Unbekannte auf dieser Insel. Sie war eine namhafte Architektin und an zahlreichen Hotelprojekten beteiligt.«

De Serra räusperte sich. »Adelheid Steffens. Ich erinnere mich gut. Ich bin ihr ein paarmal begegnet. Sie war eine Frau mit Verstand und Herz. Sie hat immer mal wieder für unser Museum hier gespendet. Sie war mir sympathisch. Es tut mit leid, dass sie tot ist. Doch mir ist nicht klar, was genau Sie zu mir führt.«

»Ich komme sofort dazu. Das Anwesen liegt in der Nähe von Costa Adeje, direkt über einer Klippe an der Küste. Zur Villa gehört ein ziemlich großer Grundbesitz. Da der Grund fast ausschließlich aus Lavagebirge besteht, lässt sich nicht allzu viel damit machen. Dennoch hat das Grundstück einen hohen Wert, denn es gibt Kaufinteressenten.« »Sie wollen also das Anwesen verkaufen? Lassen Sie mich raten: Es soll das Wievielte All-inklusive-Ressort dort errichtet werden?«, unterbrach de Serra sie. »So ungefähr«, räumte Tonia ein. »Doch der Punkt, warum ich so dringend mit Ihnen sprechen wollte, ist ein anderer. Mein Nachbar, der zugleich ein enger Freund und Weggefährte von Adelheid war, hat mir gestern etwas gezeigt, das Sie sich unbedingt ansehen sollten, Professor de Serra. Auf dem Grundstück befindet sich eine sehr große Lavablase mit einem Höhlensystem und einer Quelle. Wir haben dort Wandmalereien gefunden, von denen ich annehme, dass sie sehr alt sind. Das Quellwasser wurde übrigens als Heilwasser klassifiziert. Dazu liegt ein Gutachten vor.«

De Serra schwieg einen Moment. »Woher wollen Sie wissen, ob die Wandmalereien tatsächlich alt sind? Heutzutage wird alles kopiert, auch frühzeitliche Höhlenmalereien. Es könnten sich irgendwelche Leute einen Scherz erlaubt haben«, warf er skeptisch ein. »Schauen Sie selbst.« Tonia hielt dem Professor ihr I-Phone hin und blätterte für ihn durch die Fotos. »Ich hatte leider keine andere Kamera verfügbar. Aber man kann auch auf diesen Fotos einiges erkennen.« De Serra runzelte die Stirn, während er das Handy nahm und selbst durch die Bilder scrollte. Er schwieg. »Ich will offen zu Ihnen sein, Herr Professor. Ich habe einen sehr hartnäckigen Kaufinteressenten, der Druck macht und mir eine erhebliche Summe für den Grund und Boden anbietet. Dieser Interessent hat ganz sicher keine Interesse an einer prähistorischen Höhle und einer Heilquelle. Er würde sehr schnell mit genügend Sprengstoff Fakten schaffen. Wenn ich mich diesen Leuten in den Weg stelle, dann wüsste ich schon gerne, wofür und ob es sich lohnt.«

»Um etwas dazu sagen zu können, muss ich mir selber vor Ort ein Bild machen. Allerdings bin ich nur noch eine Woche auf Teneriffa. Danach muss ich zurück nach Deutschland, um ein paar Dinge zu erledigen.« »Wann könnten Sie es einrichten?« Der Professor zögerte einen Moment. »Hätten Sie etwas dagegen, wenn ich morgen Vormittag vorbeikäme? Wenn Sie gestatten, würde ich meine Fotoausrüstung mitbringen.« »Natürlich. Ich kann Ihnen auch assistieren.« »Schön, dann ist es also abgemacht. Wir sehen uns morgen, Frau Hofmeister.« De Serra reichte ihr die Hand zum Abschied. Sie bedankte sich bei ihm, hinterließ bei der freundlichen Sekretärin ihre Adresse und trat kurze Zeit später auf die Straße hinaus.

Sie schaute sich um und fand ein kleines Straßencafé in der Nähe, wo sie einen Cortado bestellte. Sie griff nach ihrem Handy und rief Luiz an, um ihn zu informieren. Ihr Nachbar war begeistert und versprach, sie am kommenden Tag erneut zur Höhle zu führen. Tonia trank ihren Cortado aus, begab sich zu ihrem Wagen und fuhr, nach einem Tankstopp, zügig nach Costa Adeje zurück.

KAPITEL 16

Ein köstlicher Geruch nach gebratenen Eiern mit Speck erfüllte die Küche, in der Tonia herumwuselte. Sie hatte bereits Orangen ausgepresst und füllte den Saft in einen Glaskrug. Das Obst, das man hier bekam, war einfach fantastisch. Nicht zu vergleichen mit den Früchten, die man meist in den Supermärkten in Deutschland angeboten bekam. Sie hatte eine kleine Melone aufgeschnitten, Brot aufgebacken, eine große Kanne Kaffee gekocht und den Tisch auf der Terrasse für drei Personen gedeckt. Jetzt mussten nur noch die Eier gar werden und ihre Gäste kommen.

»Hm. Das riecht ja ganz wunderbar.« Luiz steckte den Kopf in die Küche. Er war über die Terrasse gekommen. »Schön, dass Sie da sind«, begrüßte Tonia ihren Nachbarn. »Ich bin ein bisschen früher gekommen, weil ich gerne noch mit Ihnen sprechen möchte«, erklärte Luiz. Tonia blickte ihn aufmerksam an. »Während Sie gestern in Santa Cruz waren, habe ich mich, wie wir besprochen hatten, ein bisschen oberhalb unserer Grundstücke umgesehen.« »Und, haben Sie den alten Weg wiedergefunden?«, unterbrach ihn Tonia erwartungsvoll. »Ja. Das habe ich. Das war auch gar nicht schwer. Ich habe ein paar Fotos gemacht, die wir nachher ansehen können. Aber ich habe noch etwas anderes gesehen.« Luiz schaute sie ernst an. »An der Stelle, an der ich mein Auto abstellen wollte, fiel mir ein anderer Wagen auf, der dort geparkt war. Normalerweise hätte ich dem gar keine Bedeutung beigemessen, doch unter den gegebenen Umständen wurde ich misstrauisch. Ich bin also vorbeigefahren, habe gewendet und ein Stück entfernt geparkt. Von dort aus habe ich das Gelände betreten und einen kleinen Umweg gemacht. Eigentlich hatte ich erwartet, dass irgendjemand auf dem Abhang seine Hunde laufen lässt oder Kaninchen jagt. Stattdessen saß ein Mann in aller Gemütsruhe auf seinem Campingstuhl und schaute durch ein Fernglas. Ich wartete eine halbe Stunde, beobachtete ihn und hielt mich im Gestrüpp versteckt. Um zwölf Uhr stand er auf und verließ das Gelände. Einen Moment später sah ich ihn mit seinem Wagen wegfahren. Den Campingstuhl hatte er zurückgelassen, was ich so deutete, dass er die Absicht hatte wiederzukommen. Wahrscheinlich wollte er zum Essen nach Hause oder sich etwas zu essen kaufen.« »Konnten Sie feststellen, was der Mann beobachtet haben könnte?«, fragte Tonia beklommen.

»Er hat zweifellos dieses Haus beobachtet. Allerdings kann er nur einen

Teil des Grundstücks einsehen. Von dort oben kann man beispielsweise den Swimmingpool sehen, nicht aber die Sitzgruppe auf der Terrasse. Er hat auch keine Sicht auf den Pfad, der hinauf zur Höhle führt. Der Pfad liegt verborgen hinter einem Felsüberhang. Allerdings kann man sehr gut sehen, wer sich dem Haus von der Vorderseite her nähert. Und ich nehme an, dass er den Auftrag hat, Besucher zu fotografieren und seinem Auftraggeber zu melden.«

»Meinen Sie, dass es jetzt an der Zeit ist, die Polizei einzuschalten?« Luiz schüttelte den Kopf. »Das bringt nichts, jedenfalls im Augenblick. Ich halte den Mann für nicht unmittelbar gefährlich. Er hatte keine Waffe dabei. Nur ein Fernglas und eine Kamera mit Teleobjektiv. Ich werde ihn im Auge behalten. Bewahren Sie einen kühlen Kopf, Tonia.«

»Seien Sie bloß vorsichtig, Luiz. Ich möchte nicht, dass Sie sich in Gefahr begeben. Und haben Sie vielen Dank.« Tonia drückte seine Hand. »Lassen Sie uns erst einmal frühstücken. Sehen Sie, da kommt ja auch Professor de Serra.« Tonia stand auf, um ihren neuen Gast zu begrüßen. »Hallo, Professor. Wie schön, dass Sie gekommen sind. Wir kümmern uns gleich um Ihre Ausrüstung. Bitte setzen Sie sich erst einmal zu uns und frühstücken Sie mit uns. Darf ich Ihnen Luiz Jorge Munioz, meinen Nachbarn und Freund, vorstellen? Er wird uns nachher zur Höhle führen.«

»Danke sehr, Frau Hofmeister. Das sieht köstlich aus. Ich sage nicht nein. Wenn ich ehrlich bin, hätte ich beinahe verschlafen. Gestern Abend ist es etwas später im Institut geworden. Wir haben eine Projektbewilligung erhalten und ein bisschen gefeiert. Ich fürchte, dass ich langsam zu alt dafür werde.« Während Tonia Kaffee einschenkte, erklärte sie: »Luiz Munioz ist der Lebensgefährte von Adelheid Steffens gewesen.« Zu Munioz gewandt sagte sie: »Wissen Sie, Luiz, dass Professor de Serra Adelheid gekannt hat?«

»Das ist wahr«, bestätigte der Professor. »Ich habe Frau Steffens auf einem Jubiläumsempfang des archäologischen Museums in Santa Cruz vor einigen Jahren getroffen und mich an diesem Abend lange mit ihr unterhalten. Sie war eine sehr beeindruckende Persönlichkeit und eine kluge Frau. Sie war außerdem großzügig, denn sie hat regelmäßig für das Museum gespendet. Ich hoffe also, dass ich mich ein wenig erkenntlich erweisen kann.

Was mich interessieren würde, Frau Hofmeister, ist Ihre Absicht. Wenn ich erst dort oben gewesen bin und mir ein eigenes Bild von Ihrem Fund gemacht habe, dann können Sie nicht mehr zurückrudern. Ich bin ein Mann der Wissenschaft. Wenn der Fund es wert ist, werde ich ihn verteidigen gegenüber den Ansprüchen einer Privatperson, auch wenn er sich auf Ihrem Grund und Boden befindet. Das sollte Ihnen ganz klar sein. Wenn Sie diesen Wirbel, der auf Sie zukäme, nicht wünschen, dann sollten Sie dies jetzt sagen. Ich würde dann gehen und die Fotos vergessen. Wenn wir erst einmal dort oben sind, besteht diese Option nicht mehr. «

»Ich habe den Stein ins Rollen gebracht, Herr Professor. Ich werde ihn ganz sicher nicht aufhalten. Wenn Sie zu der Überzeugung gelangen sollten, dass diese Höhle mit ihrer Quelle archäologisch wertvoll ist, dann werden Sie die Möglichkeit haben, Ihre Untersuchungen durchzuführen. Doch lassen Sie uns erst einmal unsere Arbeit machen und dann überlegen, was der nächste Schritt ist, der getan werden muss. « De Serra nickte zustimmend.

Während Tonia den Frühstückstisch abräumte, holten die beiden Männer de Serras Ausrüstung aus seinem Wagen. Kurze Zeit später machten sie sich zu dritt, unter der Führung von Luiz, an den Aufstieg. Tonia, die den Pfad nun zum zweiten Mal bestieg, merkte, dass der Weg ihr wesentlich leichter als beim ersten Mal fiel. De Serra blieb häufiger stehen und betrachtete die Ablagerungsschichten auf dem Hang. Er hatte eine kleine digitale Kamera immer griffbereit zur Hand.

Während die beiden Männer vor ihr hergingen und sich unterhielten, entfernten sich Tonias Gedanken von dem Geschehen vor ihr. Sie musste daran denken, dass weiter oben am Hang ein Mann postiert war, der sie auskundschaftete. Was hatte dieser Mann bisher beobachtet und welche Schlüsse hatte er daraus gezogen? Wer waren seine Hintermänner und wie finster deren Absichten? Sie fühlte eine diffuse Bedrohung. Tat sie das Richtige? Wäre es nicht besser gewesen, den Notar mit der Abwicklung des Verkaufs zu beauftragen, das Geld zu nehmen und fortan stärker die schönen Seiten des Lebens zu genießen? Mit dem Projekt, die prähistorische Höhle für die Öffentlichkeit zu erschließen, halste sie sich eine große Verantwortung auf. Wollte sie das wirklich?

An dem überraschten Schrei, der de Serra entfuhr, erkannte sie, dass sie das Ziel erreicht hatten. Der Professor bat darum, erst einige Fotos und Vermessungen machen zu dürfen, bevor sie die Höhle betraten. Tonia half ihm dabei, die Kameras und die Beleuchtung zu positionieren. Der Einsatz der Geräte musste sorgfältig durchdacht werden, da sie auf Akkubetrieb liefen und somit nur über eine begrenzte Einsatzzeit verfügten. De Serra nahm eine vorläufige Vermessung der Höhle vor. Tonia half beim Fotografieren der Abschnitte, die de Serra zuvor markiert hatte. De Serra nahm außerdem in jeder Sektion Proben von den Wänden und vom Boden. Nachdem sie mehrere Stunden konzentriert gearbeitet hatten, sagte Luiz: »Ich komme langsam an meine Grenze. Ich brauche mal eine Pause. Es tut mir leid. Das Alter zwingt einen, mit seinen Kräften hauszuhalten.«

Tonia umarmte ihn und sagte: »Luiz. Dank Ihrer Hilfe haben wir so viel geschafft. Ich denke, dass Professor de Serra und ich den Rest allein bewältigen können. Wollen Sie nicht nach Hause gehen und sich ein wenig ausruhen? Ich rufe Sie dann später an.« Luiz nickte, drückte ihr die Hand und verabschiedete sich von dem Professor, der ihm herzlich dankte. Luiz winkte ihnen noch kurz zu und stieg zügig ab.

De Serra arbeitete noch einige Zeit weiter, während ihm Tonia assistierte. Sie nahmen zahlreiche Proben vom Boden und von den Wänden. Tonia beschriftete die Probenbehälter sorgfältig und verstaute sie in einer speziellen Tasche. Schließlich waren sie fertig, zumindest vorerst.

Tonia seufzte. Sie war mit Staub überzogen und verschwitzt, genau wie der Professor. Sie gingen zur Quelle, um sich zu erfrischen und ein wenig Staub abzuwaschen. Das Wasser war eine Wohltat. De Serra bot ihr das »Du« an. Er lobte ihre tatkräftige Mitarbeit. Tonia bedankte sich für das Kompliment und fragte: »Miguel, wie geht es jetzt weiter? Ich meine: Was geschieht mit dem Material, das wir heute gesammelt haben, mit den Fotos?«

»Wenn ich Mitte nächster Woche von meiner Dienstreise zurück bin, werde ich mein Team im Institut dransetzen, die Fotos und die Proben zu analysieren. Es kann sein, dass wir kurzfristig noch einmal herkommen müssen, um einzelne Sektionen genauer zu untersuchen. Wie lange bleibst du auf der Insel?«

»Noch etwa eineinhalb Wochen. Dann muss ich erst einmal nach Deutschland zurück, um einige Dinge zu regeln. Du kannst jederzeit mit deinen Leuten hierherkommen. Wenn ich nicht hier bin, könnt ihr Luiz Bescheid sagen. Ich werde mit ihm und auch mit meinem Hausverwalter sprechen.«

»Sehr gut«, fuhr Miguel fort. »Sobald wir uns einen Überblick verschafft haben und die ersten vielversprechenden Analyseergebnisse vorliegen, werde ich einen Antrag für ein Forschungsprojekt stellen. Es gibt einen eigenen Fond für die Kanarischen Inseln, der sich aus Geldern der EU, aus nationalen Geldern und aus einem Beitrag unserer Provinzregierung zusammensetzt. Mein erster persönlicher Eindruck ist, dass du hier eine archäologische Sensation hütest, Tonia.«

»Was sagst du zu den Großwildzeichnungen? Kann man daraus schließen, dass es einen Landweg zwischen der nordafrikanischen Küste und den Kanarischen Inseln gegeben hat?« »Das wäre eine Möglichkeit, an die ich auch schon gedacht habe. Aber das ist nicht die einzige Möglichkeit. Es könnte auch sein, dass Menschen aus Nordafrika hierhergekommen sind. Sie kamen auf eine karge Insel, auf der es nur Eidechsen gab. Daher holten sie sich mit ihren Zeichnungen ihre Tiere zurück. Sie wollten ihre Erinnerung an eine glückliche Zeit der Fülle bewahren.« »Stimmt«, bestätigte Tonia. »Das ist ebenfalls eine plausible Erklärung.« Miguel sagte: »Ich bin sicher, dass es sich um das Relikt einer sehr alten Kultur handelt, älter als die Guanchenzeit, wesentlich älter.«

Er fügte hinzu: »Ich werde dich auf dem Laufenden halten, Tonia. Ich bringe dir auch den Forschungsantrag, den du als Grundstücksbesitzerin unterschreiben müsstest. Ich freue mich auf unser gemeinsames Projekt. Aber du musst wissen: Mit der Ruhe auf deinem idyllischen Anwesen wird es fürs Erste wohl vorbei sein. Wir sollten frühzeitig überlegen, was mit der Höhle geschehen soll, wenn die Untersuchungen beendet sind. Wenn wir ein gutes Nutzungskonzept haben, sollten wir dies im Forschungsantrag schon skizzieren. Das verbessert die Aussicht auf eine zügige Bewilligung erheblich.«

»Miguel. Ich bitte dich darum, sehr vorsichtig mit den Informationen umzugehen und nur Leute einzubeziehen, denen du absolut vertraust.« Der Professor schaute sie fragend an. »Lass uns zuerst die Ausrüstung nach unten bringen. Wenn du dann noch ein paar Minuten Zeit hättest, werde ich deine Fragen bei einer einer Tasse Kaffee, oder was immer du trinken möchtest, beantworten.« Miguel nickte: »Okay.«

Den Rückweg empfand Tonia mühevoller als den Hinweg. Da sie in beiden Händen Taschen mit Ausrüstung trug, konnte sie sich nicht an den Felsen festhalten und musste auf dem schmalen, unwegsamen Pfad balancieren, um nicht das Gleichgewicht zu verlieren. Sie bedauerte, dass sie nie in den

Bergen ernsthaft gewandert war, um auf solche Situationen gut vorbereitet zu sein. Nun, wie es aussah, würde sie künftig jede Menge Gelegenheit zum Üben haben. Als sie beim Haus ankamen, verstaute Miguel die Taschen und Behälter mit den Kameras, den Messgeräten und den Proben in seinem Wagen. Tonia verschwand in der Küche, wo sie Kaffee und ein paar belegte Brote zubereitete. Sie brachte außerdem eisgekühlte Limonade auf die Terrasse, wo sie sich zum Essen niederließen.

»Miguel, bitte sei umsichtig mit den Informationen über den Fund auf diesem Grundstück. Es gibt etwas, das du wissen solltest. Als ich vor ein paar Tagen angekommen war, erhielt ich Besuch von einem offensichtlich gut situierten Herrn. Er stellte sich als Repräsentant einer internationalen Hotelkette vor. Der Name des Konzerns ist Luna-Gruppe. Der Mann informierte mich darüber, dass er mit Adelheid Steffens in Verhandlungen über den Erwerb ihres Anwesens und des gesamten Geländes gestanden hätte und dass Adelheid verstorben wäre, just bevor sie den Vertrag unterzeichnet hätte. Nun wollen sie mich zum Verkauf des Grundstücks bewegen. Man bietet mir eine erhebliche Summe an, die es mir ermöglichen würde, mich zur Ruhe zu setzen und sozusagen den lieben Gott einen guten Mann sein zu lassen.« Miguel hörte ihr mit gerunzelter Stirn gespannt zu.

»Ich habe mich freundlich bedankt und ihm gesagt, dass ich gegebenenfalls auf sein Angebot zurückkommen würde. Innerlich war ich alarmiert. Ich fühlte, dass irgendetwas nicht stimmte. Kurze Zeit später haben Luiz und ich herausgefunden, dass das Haus permanent und ich selbst, wenn ich das Grundstück verlasse, partiell beschattet werden.

Ich habe dann im Internet recherchiert und herausgefunden, dass die Luna-Gruppe eine kolumbianische Muttergesellschaft hat, was auch immer das bedeuten mag. Von der Höhle und der Quelle habe ich tatsächlich erst am Tage, bevor ich dich im Institut aufgesucht habe, erfahren. Und nun frage ich dich, Miguel, was glaubst du, tut eine kolumbianische Hotelgesellschaft, die unbedingt auf Teneriffa ein luxuriöses Ressort erbauen möchte, mit einer uralten Lavablase? Und wie schätzt du ein, wie sich die Verantwortlichen in der Administration dazu stellen werden? Werden sie auf der Seite einer Deutschen sein, die hier ein Haus geerbt hat und ein bisschen Urlaub machen will, oder werden sie auf der Seite eines finanzkräftigen Konzerns sein, der hier eine Luxusanlage für zahlungskräftige Gäste bauen will?

Ich für meinen Teil glaube, dass die Luna-Gruppe nicht lange fackelt und den ganzen Hang hier hinter uns sprengt. Buff. Problem erledigt. Das Einzige, was sie abhält aktiv zu werden, ist die Tatsache, dass sie noch nicht wissen, wie ich mich entscheiden werde. Denn die wenigsten Probleme haben sie zu befürchten, wenn sie die Sache mit Geld regeln und ich verschwinde wieder nach Deutschland. Danach werden sie Luiz weichkochen, um sich auch sein Grundstück einzuverleiben. Dir sollte klar sein, Miguel, wenn du an die hiesige Administration herantrittst, um einen Forschungsantrag zu stellen, wird die Luna-Gruppe davon erfahren. Davor habe ich, ganz ehrlich, eine Scheißangst.«

De Serra hatte ihr aufmerksam zugehört und stieß nun einen leisen Pfiff aus. »Und du bist sicher, dass du überwacht wirst?«, erkundigte er sich. »Oben auf dem Berg ist ein Mann postiert. Er kann das Haus sehen, einen Teil der Terrasse – keine Sorge, nicht den Tisch, an dem wir sitzen. Das Wichtigste aber ist, dass er weder den Pfad sehen kann, der zur Höhle führt, noch die Höhle selbst. Natürlich wird er mitbekommen haben, dass du gekommen bist, wann Luiz wieder gegangen ist und wann du wieder das ganze Zeug eingeladen hast, genauso, wie er vermerken wird, wann du wieder wegfährst.« »Woher weißt du das so genau?« »Luiz hat ihn gestern überwacht und sich dort oben umgesehen. Er meint, dass der Mann für diesen Job angeheuert worden sei, dass aber keine Gefahr von ihm ausgeht. Was ich nicht weiß, ist, wie seine Auftraggeber diese Informationen bewerten und welche Schlüsse sie daraus ziehen.«

De Serra dachte einen Moment nach. Tonias Geschichte klang glaubhaft. »Du hast recht«, sagte er. »Unter diesen Voraussetzungen müssen und werden wir besonders vorsichtig agieren. Ich glaube, dass wir zum richtigen Zeitpunkt an die Öffentlichkeit gehen sollten. Lass uns das ein anderes Mal – möglichst bald – in Ruhe besprechen. Ich sehe es auch so wie du. Solange du nicht offiziell dem Notar gegenüber erklärt hast, dass du das Haus haben willst, werden sie sich bedeckt halten. In dem Moment, in dem das Haus dir gehört, werden sie dir Druck machen. Daher brauchen wir einen guten Plan.«

Tonia nickte. Miguel ergänzte: »Wir machen es so. Ich werde die Fotos und die Proben vorerst bei mir zu Hause lagern. Ich habe dort auch ein kleines Labor, in dem allererste Untersuchungen, zum Beispiel Altersbestimmungen der verwendeten Farbe, vorgenommen werden können. Die so gewonnenen Untersuchungsergebnisse sind nicht unumstritten. Sie würden einem fachlichen Diskurs nicht standhalten. Aber wir werden wissen, ob sie alt sind oder nicht. Es ist nicht mehr als eine erste grobe Annäherung. Doch wir werden Klarheit darüber gewinnen, ob es sich lohnt, für den Erhalt dieses Ortes zu kämpfen. Aber ich werde deine Hilfe benötigen.«

»Das ist kein Problem. Mach einen Vorschlag.« »Am Mittwoch kehre ich nach Teneriffa zurück. Normalerweise ist dann am ersten Tag, an dem ich wieder im Institut bin, viel los. Ich denke aber, dass ich mich Freitag freimachen kann. Dann hätten wir Freitag und Samstag. Das müsste genügen.« »Martin, mein Freund, der mich besuchen kommt, ist übrigens Chemiker«, sagte Tonia. »Umso besser. Dann wären wir zu dritt und damit schneller.« »Sehr schön«, bestätigte Tonia. »Dann würde ich am Freitag gemeinsam mit Martin zu dir kommen. Wohin sollen wir kommen?«

»Ich wohne in Güímar«, erklärte Miguel. »In Güímar? Wie interessant. Hast du auch etwas mit dem Pyramidenpark zu tun?« »Ja. Ich habe Thor Heyerdahl und die Leute von der Reederei Fred Olsen, die das Projekt maßgeblich finanziert haben, beraten und war als Gutachter tätig. Die Heyerdahls und ich sind quasi Nachbarn.« »Wohnt denn jetzt noch jemand in dem Haus? Thor Heyerdahl ist doch vor ein paar Jahren gestorben«, fragte Tonia. »Seine Familie benutzt das Haus noch. Sie managt den Park. Das sind alles interessante Leute.« Miguel zwinkerte ihr zu. »Wenn du dich entschließt, hier auf der Insel zu leben, könntest du einige überaus inspirierende Bekanntschaften machen.«

Tonia lachte. »An diesem Wochenende habe ich zweifellos eine äußerst inspirierende Bekanntschaft gemacht.« Miguel sagte: »Mit geht es genauso. Ich freue mich auf unsere Zusammenarbeit.« Er stand auf. »Es ist spät geworden. Ich mache mich jetzt besser auf den Heimweg. Und pass gut auf dich auf, Tonia.« »Das werde ich, Miguel.«

Danach nahm sie ihr Handy und rief, wie verabredet, Luiz an, der sich bereits nach dem ersten Klingeln meldete. Sie brachte ihn kurz auf Stand und erkundigte sich, wie er die Anstrengungen verkraftet hatte. »Mir geht es wieder bestens«, antwortete ihr Nachbar. »Ich habe ein bisschen Siesta gehalten. Nachdem ich aufgestanden bin, habe ich das Auto genommen und bin die Strecke oberhalb unserer Grundstücke nochmals abgefahren.« »Und, war er wieder da?«, fragte Tonia atemlos. »Alles wie gehabt, keine Bange. Tonia. Dasselbe Auto, derselbe Mann, der auf seinem Campingstuhl döste. Kein Grund zur Besorgnis.« Tonia atmete langsam aus. »Sie haben recht, Luiz. Die Arbeit wird mich ablenken. Ich denke, ich werde morgen mit Hotelbesichtigungen fortfahren.« »Das ist eine gute Idee. Hätten Sie etwas dagegen, wenn sich Ihnen ein alter, einsamer Mann anschließt?« »Auf gar keinen Fall. Es wäre mir ein Vergnügen, wenn Sie mich begleiteten. Darf ich Sie um elf Uhr abholen?« »Elf Uhr ist perfekt. Gute Nacht, Tonia, und schlafen Sie gut.« »Gute Nacht, Luiz, und danke für alles.«

KAPITEL 17

Tonia erwachte gegen neun Uhr. Als sie sich aus dem Bett schwang, spürte sie ein schmerzhaftes Ziehen im Rücken und in den Armen – Spuren der gestrigen Anstrengung. Nach einer langen heißen Dusche, einer Tasse starken Kaffees und einem Müsli ging es ihr schon wieder besser. Sie nahm sich die Liste mit den Hotels vor, die Adelheid auf Teneriffa geplant hatte. Unter Los Christianos waren insgesamt fünf Hotels aufgeführt. Tonia speicherte Namen und Adressen in ihrem I-Phone. Dann ließ sie sich die Straßenkarte von Los Christianos anzeigen und markierte die Lage der Hotels mit Fähnchen. Erfreut stellte sie fest, dass sie, wenn sie am Fährhafen parkte, alle Hotels zu Fuß erreichen konnte.

Jetzt gab es bloß noch die Frage zu klären, was sie zur Feier des Tages anziehen sollte. Trekkingshorts und Polohemd waren heute tabu, denn sie würde mit Luiz, einem Gentleman alter Schule, unterwegs sein. Sie entschied sich für ein leichtes, schwingendes Sommerkleid, zu dem sie farblich passende Ballerinas auswählte, die den Vorzug hatten, sehr bequem zu sein. Da sie den Jimny benutzen und mit offenem Verdeck fahren wollte, band sie sich locker einen Pulli um die Schultern. Ihr Haar hatte sie locker hochgesteckt und ein paar Strähnen ins Gesicht gezupft. Dazu ein dezentes Augen-Make-up und einen etwas kräftigeren Lippenstift und sie war mit ihrem Spiegelbild zufrieden. In der einen Woche, in der sie jetzt auf Teneriffa war, hatte ihr heller Teint eine frische Farbe angenommen, während Zahl und Ausprägung ihrer Sommersprossen quasi explodiert waren. Egal. Die Hauptsache war, dass sie sich wohlfühlte.

Kurze Zeit später lenkte sie den kleinen Geländewagen in die Einfahrt ihres Nachbarn. Luiz kam ihr lächelnd entgegen. »Tonia. Sie sehen fantastisch aus. Wäre ich nicht nicht so ein alter Mummelgreis, dann würde ich Ihnen den Hof machen.« »Danke schön, Luiz. Aber erstens: Sie sind alles andere als ein alter Mummelgreis! Zweitens: Das Kompliment gebe ich gerne zurück. Sie sehen sehr schick aus.« Luiz grinste geschmeichelt, als er zu ihr in den Wagen stieg. Tonia hatte ihr Kompliment ernst gemeint, denn Luiz machte in seinem eierschalenfarbenen Anzug mit passendem Hut eine gute Figur.

Sie fuhren auf die Autopista del Sur, die Südautobahn. Los Christianos, Las Américas und Costa Adeje waren so aufeinander zugewachsen, dass sie eigentlich eine einzige Metropole bildeten. Großstädtisch war auch das Verkehrsaufkommen. Tonia atmete auf, als sie auf den großen Parkplatz beim Fährhafen fuhren. Sie parkten den Wagen und befestigten das Verdeck, da Tonia das Auto ungern offen stehen lassen wollte. Auch hier im Süden von Teneriffa regneten sich gern unerwartet einzelne Wolken aus, damit sie an Höhe gewinnen konnten, um den mächtigen Teide zu überqueren.

Anders als Las Américas, das auf dem Reißbrett entstanden war, verfügte Los Christianos über einen alten Ortskern mit einem Dorfplatz und einer Kirche. Tonia und Luiz machten sich auf den Weg dorthin, denn im historischen Zentrum von Los Christianos befand sich das Hotel Buenavista. Sie kamen an dem deutschen Buchladen vorbei, den sie mit Martin gemeinsam bereits während eines Urlaubs besucht hatte. Tonia freute sich, dass es den schönen Laden noch gab, und nahm sich vor, ihm bald mal wieder einen Besuch abzustatten.

Wenige Minuten später kamen sie an dem gepflegten Dorfplatz an, der von mehreren saftig grünen, riesigen Fici Benjamini beherrscht wurde, die hier willkommenen Schatten spendeten. Einen Moment lang nahmen beide auf einer der schattigen Bänke Platz, um sich auszuruhen und den Blick schweifen zu lassen. Schließlich erspähte Tonia das Buenavista. Das Hotel war perfekt in das dörflich wirkende städtebauliche Umfeld eingefügt. Es war flächig gebaut und verfügte lediglich über drei Stockwerke. Die Fassade war strahlend weiß mit farbigen Fensterstürzen und passenden Fensterläden aus Holz. Es wirkte gepflegt und einladend. Luiz begleitete sie in die überraschend helle und großzügige Eingangshalle.

Als sie sich der Rezeption näherten, sprach sie ein Mann mittleren Alters an und erkundigte sich nach ihrem Anliegen. Tonia kam sofort zur Sache. Es stellte sich heraus, dass ihr Gesprächspartner der Besitzer und Direktor des Buenavista war. Seine Familie hatte schon immer ein Hotel in Los Christianos betrieben. Als sich der Fischerort zu einem wichtigen Touristenzentrum auf Teneriffa mauserte, wurde beschlossen, das Haus auszubauen. Der ursprüngliche Charakter des Hauses sollte dabei erhalten bleiben. Adelheid Steffens hatte dies mit ihrer Planung bewirkt. Der Ausbau war Ende der Achtzigerjahre erfolgt. Das Hotel war in einem Topzustand und wurde regelmäßig renoviert. Gegenüber den großen Häusern, die sich an der Strandpromenade entlangzogen, war es durchaus wettbewerbsfähig, wie der Direktor stolz versicherte. Das Buenavista sprach vorwiegend Gäste mittleren Alters an und hatte einen hohen Anteil an Stammkunden. Es war ein Kleinod inmitten der quirligen Strandmetropole. Natürlich wäre man sehr geehrt, in einem Bildband über Hotelarchitektur berücksichtigt zu werden. Tonia freute sich über die Herzlichkeit und Kooperationsbereitschaft des Hoteliers, der sich an Adelheid Steffens noch gut erinnern konnte.

»Das war ja eine angenehme Begegnung«, sagte Tonia, als sie wieder auf der Straße waren. Luiz nickte zur Bestätigung und meinte: »Ich gehe allerdings nicht davon aus, dass wir überall auf offene Ohren stoßen.« Damit sollte er recht behalten, wie sich nur allzu bald herausstellte. Die nächsten Häuser auf ihrer Liste waren »Bettenburgen«. Gesichtslos, ein wenig heruntergekommen, anonym. Tonia war enttäuscht, dass Adelheid auch solche Hotels geplant hatte. Sie machte pflichtschuldigst einige Fotos, hinterließ ihre Karte an der Rezeption und notierte sich die Namen der Direktoren und Ansprechpartner für ihr Projekt. Dabei versprach sie, bald das Konzept ihres Buches vorzulegen und gegebenenfalls die Erlaubnis für ein Fotoshooting einzuholen. Meist waren sie nach fünf Minuten schon wieder auf der Promenade.

Luiz bemerkte, dass sie enttäuscht war, und erklärte: »Adelheid war eine kluge und geschäftstüchtige Frau. Sie war kreativ und hatte wunderbare Ideen. Aber als Geschäftsfrau war sie auch pragmatisch, Tonia. Sie fing Ende der Siebzigerjahre an, für große Hotelbetriebe und Hotelketten zu arbeiten und war damit in die Entwicklung des Massentourismus hier im Süden Teneriffas und auch auf anderen Kanarischen Inseln integriert. Sie war in die großen Landerschließungsprojekte hier im Süden involviert. Sie begriff ihren Beitrag lange Zeit als Entwicklungshilfe für eine vernachlässigte spanische Provinz – und das war es auch. Wir waren lange Zeit die Hinterwäldler Spaniens. Mit ihren Entwürfen hat sie den Zeitgeist getroffen. Auch diese vordergründig hässlichen Kästen gehören zu ihrem Lebenswerk dazu. Damit hat sie ihr Geld verdient. Mehr, als sie später bei architektonisch hochgelobten Entwürfen verdient hat. In Costa Adeje haben wir zwei Hotels, die außergewöhnlich schön sind.«

Tonia nickte. Sie war müde geworden und verspürte Hunger. Sie wollte die »Pflicht« noch rasch erledigen und dann mit Luiz irgendwo zu Mittag essen. Luiz lächelte. »Ich glaube, bei unserem nächsten Kandidaten können wir das Angenehme mit dem Nützlichen verbinden.« Kurze Zeit später standen sie vor der Garden-Houses-Appartementanlage, die in der

Tat ihrem Namen alle Ehre machte. Auf dem weitläufigen, sehr gepflegten Grundstück, das wie ein Park angelegt war, befanden sich zahlreiche Bungalows im maurisch verspielten Stil. Die Anlage wirkte wie ein Palast aus Tausendundeiner Nacht. Überall hingen orientalische Laternen und Öllampen, die sicherlich in der Dämmerung alles in ein zauberhaftes Licht hüllten. Die Anlage erwies sich als das blanke Gegenteil zu den gesichtslosen Betonkästen, die sie zuvor besucht hatten. Tonia war angenehm überrascht und schoss Fotos aus verschiedenen Blickwinkeln. Luiz schien sich bestens auszukennen, denn er winkte dem Empfangschef zu und führte Tonia durch den Park hindurch in Richtung Strand. Sie kamen zu einer wunderschönen überdachten Sonnenterrasse mit Meerblick, die mit luxuriösen Korbmöbeln ausgestattet war. »Ein perfekter Ort zum Chillen«, dachte Tonia. Sie fragte: »Du scheinst dich hier gut auszukennen, Luiz. Warst du schon häufiger hier?«

»Adelheid und ich sind regelmäßig hergekommen. Hola, Enrico. Wie geht es dir?«, fragte er den Kellner, der zu ihnen an den Tisch gekommen war. »Danke, sehr gut, Luiz. Es tut mir sehr leid, was passiert ist. Wir alle vermissen Adelheid hier. Sie hat immer mit jedem geredet. Doch nun sag mir, alter Freund, wer ist deine charmante Begleitung?« Er reichte Tonia die Hand. »Das ist Tonia Hofmeister«, stellte Luiz sie vor. »Sie ist eine Verwandte von Adelheid aus Deutschland. Tonia ist in Deutschland eine bekannte Schriftstellerin und ich freue ich, dass sie meine Nachbarin wird. In den vergangenen Wochen sind wir Freunde geworden. Sie ist sich nicht zu schade, einen alten Mann wie mich zum Essen auszuführen.«

Tonia lachte. »Luiz kokettiert ständig mit seinem Alter. Dabei ist er fit wie ein Turnschuh. Ich bin sehr froh, dass ich so einen netten Nachbarn hier auf Teneriffa habe.« »Haben Sie vor, sich auf Teneriffa niederzulassen, Frau Hofmeister?« »Nun, ich bin hergekommen, um alles kennenzulernen. Wissen Sie, ich kannte Adelheid persönlich gar nicht. Momentan begleitet mich Luiz liebenswürdigerweise, während ich ein wenig in Adelheids Spuren wandele und versuche, dies nachzuholen.« »Weißt du, Enrico, Tonia will ein Buch über Adelheids Arbeit schreiben.« Enrico sah sie fragend an. »Ja«, bestätigte Tonia. »Ich bereite ein Buch über Hotelarchitektur auf den Kanarischen Inseln vor. Es soll eine Hommage an die Arbeit von Adelheid werden. Heute haben wir mehrere Hotels hier in Los Christianos besucht. Ich will Ihnen freimütig gestehen, dass das Garden Houses die mit

Abstand schönste Anlage ist.« Enrico lächelte geschmeichelt. »Das hören wir natürlich sehr gerne. Und glauben Sie, dass Sie unser Haus in Ihrem Buch erwähnen könnten?«

»Davon gehe ich fest aus, sofern ich die Erlaubnis der Direktion bekomme, denn es würde ein professionelles Fotoshooting durchgeführt werden.« »Meine Erlaubnis haben Sie«, antwortete Enrico. Luiz beeilte sich zu erklären: »Enrico ist der Besitzer der Garden-Houses-Anlage, Tonia. Er liebt es, am Wochenende seine Gäste hier persönlich zu bedienen.« »Das ist ja fantastisch«, rief Tonia begeistert. »Daraus machen wir eine schöne Geschichte, wenn Sie erlauben, Enrico.« »Ja, sehr gerne.« Enrico gab Tonia seine Karte. »Rufen Sie mich einfach an, wenn Sie so weit sind. Und nun: Was darf ich euch bringen?«

Da beide hungrig waren, wählten sie eine Paella nach Art des Hauses. Tonia, die Paella eigentlich gar nicht besonders mochte, war begeistert: »Ich glaube, das ist die beste Paella, die ich bisher in meinem Leben gegessen habe.« Luiz nickte. »Enricos Küche ist auf der Insel berühmt dafür. Aber der gegrillte Fisch ist auch nicht zu verachten. Den musst du beim nächsten Mal probieren.« Luiz hatte ihr bei einem Glas Wein das Du angeboten, worüber Tonia sich gefreut hatte. Wie viele warmherzige und hilfsbereite Menschen sie nun schon in dieser einen Woche getroffen hatte. Nun hatte sie bereits einen echten Freund gefunden. Ihre Entschlossenheit, das Haus zu behalten, wuchs stetig. Aber sie war sich im Klaren, dass es nicht einfach werden würde. Sie hatte einen mächtigen Gegner. Einen Gegner, der offensichtlich alles über sie wusste oder herauszufinden entschlossen war und über den sie im Gegenzug fast nichts wusste. Das musste sich unbedingt ändern.

Sie bemerkte, dass Luiz müde aussah. »Luiz, ich glaube, heute hast du dir deine Siesta redlich verdient. Zeit, aufzubrechen.« Sie beglich die Rechnung, obwohl Luiz heftig protestierte. »Wenn es dir Spaß macht, darfst du mich gerne ein anderes Mal ausführen«, besänftigte sie ihn. Keine zwanzig Minuten später fuhr sie die Auffahrt zu seinem Grundstück hinauf und ließ ihn vor seiner Haustür aussteigen. Sie winkten sich kurz zu, danach wendete sie den Wagen und fuhr zu ihrem eigenen Haus hinüber. Am Strand war Betrieb. Tonia zählte ungefähr zwanzig Personen, die sich über die gesamte Bucht verteilt hatten, darunter einige Kinder, die den Strand entlang und im Wasser tobten. Luiz hatte ihr erklärt, dass Adelheid, obwohl der Strand ihr Eigentum war, den Leuten stets gewährt hatte, hier am Wochenende schwimmen zu gehen. Es waren meist Einheimische, die herkamen. Touristen verliefen sich nur sehr selten hierher.

Tonia beschloss, spontan am Nachmittag das zu tun, was sie schon lange hatte tun wollen, aber wozu sie bisher nicht gekommen war: schnorcheln zu gehen. Unter so vielen Menschen fühlte sie sich sicher. Sollten tatsächlich giftige Quallen auftauchen oder andere Gefahren aus dem Meer, würden diese Leute wissen, was zu tun wäre. Sie beeilte sich, schlüpfte in ihren Badeanzug, band sich die Haare zu einem festen Pferdeschwanz zurück und griff ihre Taucherbrille mit Schnorchel und ihre Taucherflossen, packte diese Utensilien gemeinsam mit einem großen Handtuch in einen Beutel und eilte zum Strand hinunter, wo ihr die Leute freundlich zunickten, was sie lächelnd erwiderte.

Sie deponierte den Beutel mit ihrem Handtuch in einem Felsspalt, sodass er sicher vor Gischtspritzern oder Sand war. Danach unterzog sie ihren Schnorchel einer Inspektion und hakte ihn am Befestigungsband ihrer Taucherbrille ein. Sie streifte das Kunststoffband über ihren Hinterkopf und zog ihren Pferdeschwanz hindurch, der dem Band zusätzlichen Halt geben würde. Die Taucherbrille saß nun fest auf ihrer Stirn. Sie setzte sich auf einen Felsen, der sich ganz nah an der Wasserlinie befand, und quälte sich in ihre Taucherflossen. Nun kam das Schwierigste: einigermaßen elegant ins Wasser hineinzukommen. Am besten ging dies rückwärts. Mit den langen Flossen ließ es sich nur sehr schlecht vorwärtsgehen. Da man bei der Brandung leicht das Gleichgewicht verlieren konnte, hob man meist die Füße nicht hoch genug und blieb hängen. Es bestand die Gefahr, hinzufallen oder sich übel die Füße zu vertreten. Rückwärts ging es besser – wenn auch nicht unbedingt eleganter. Man brauchte dann bloß auf die Brandung zu achten und darauf, dass man keinen anderen Schwimmer bedrängte. Glücklicherweise schwappten die Wellen an diesem Nachmittag sachte ans Ufer. Der Wasserstand war hoch und das Wasser glasklar. Leider war es ziemlich kühl, knapp zwanzig Grad, wie Tonia feststellte.

Sie benetzte ihren Oberkörper, ließ sich dann vollständig ins Wasser gleiten und schwamm einige kräftige Züge, wobei sie sich auf die Schwimmflossen erst wieder einstellen musste. Als sie sich an die Temperatur gewöhnt hatte und das kühle klare Wasser genießen konnte, legte sie sich auf den Rücken, nahm die Taucherbrille vom Kopf benetzte sie mit ihrem Speichel und mit Meerwasser. Danach setzte sie sie auf. Sie pustete kräftig den Schnorchel durch und tauchte ein. Dass das kalte Wasser nun auch ihren Kopf bedeckte, war zunächst ein kleiner Schock, den sie aber rasch überwand. Ihre ersten Atemzüge durch den Schnorchel waren noch vorsichtig. Als sie merkte, dass er dicht war und zuverlässig seine Aufgabe erfüllte, schwamm sie beherzt, unterstützt von der Kraft ihrer Schwimmflossen, los, entfernte sich schon bald vom Strand und ließ die fröhlichen Kids mit ihren Eltern hinter sich. Ihr Ziel war es, die Klippe links von ihr zu umrunden und wieder zurück zu sein, bevor die Ebbe einsetzte. Wenn sich das Wasser zurückzog, würde es eine starke Strömung geben und es würde viel mehr Kraft erforderlich sein, um wieder an den Strand zurückzukehren.

Tonia war eine gute und kraftvolle Schwimmerin und sie wusste um die Tücken des Atlantiks, der auch bei den Kanarischen Inseln unversehens seine Muskeln spielen lassen konnte. Das Meer war launisch. »Die Elemente sind nicht anders als die Menschen auch«, dachte Tonia. Sie kam gut voran und hielt sich in respektvoller Entfernung von den Felsen. Fasziniert konnte sie im klaren Wasser verschiedene Fischschwärme sehen. Sie schätzte, dass die Wassertiefe ungefähr fünf Meter betrug. Da das Wasser heute besonders klar war, konnte sie bis auf den Grund hinabsehen.

Sie entdeckte seltsame Stiele, die aus dem Sand herausragten. Es handelte sich dabei um Aale, die in den küstennahen Gewässern relativ häufig vorkamen. Von ihnen musste sie sich fernhalten, denn sie waren giftig. Sie beobachtete, wie sich unter ihr eine stattliche Muräne zwischen den Felsen versteckte, und sie konnte große rote Krabben auf den Felsen erkennen.

Tonia schwamm ohne Probleme um die Klippe herum und konnte einen Blick in die Nachbarbucht werfen. Diese war nicht sehr breit, aber tief und hatte abgesehen von einem schmalen Saum aus groben Steinen keinen Strand. Die Felsen fielen senkrecht ins Meer ab. Vom Klettern einmal abgesehen gab es keinen Weg, um an Land zu kommen. Aber die Bucht war tief genug, dass hier ein Boot, ungesehen vom Nachbarstrand, vor Anker gehen konnte. Wahrscheinlich war die Bucht ein ergiebiger Grund für lokale Fischer. Selbst bei Niedrigwasser würde die Tiefe für ein Fischerboot noch ausreichend sein. Tonia ruhte sich einen Moment aus, legte sich auf den Rücken und schob die Taucherbrille hoch. Sie sog die Wärme der Sonne, die soeben hinter einer großen Passatwolke hervorgekommen war, auf. Aber lange währte der sorglose Moment nicht: Wenn in diesem Augenblick ein Schwarm Portugiesischer Galeeren aufgetaucht wäre, hätte sie keine Chance gehabt, zu entkommen. Um wieder an den Strand zu gelangen, musste sie erst um die Klippe herumschwimmen und dabei gegen die Strömung arbeiten. Das war ohne Taucherflossen kaum zu schaffen. Tonia fröstelte plötzlich trotz der Sonnenstrahlen. Sie befestigte erneut ihre Taucherbrille und machte sich auf den Rückweg.

Kurze Zeit später stieg sie erschöpft aus dem Wasser und ließ sich für einen Moment auf einem Felsblock nieder. Die Sonne wärmte sie rasch wieder auf und trocknete ihren Schwimmanzug. Sie stand auf, legte ihre Tauchutensilien ab und wickelte sich das Handtuch um. Während sie noch einmal den Strand auf und ab ging, entschied sie, dass sie einen Neoprenanzug benötigte. Das tiefere Wasser war einfach zu kühl. Kurze Zeit später packte sie ihre Sachen zusammen, stieg den Pfad hinauf und ging zum Haus zurück.

KAPITEL 18

Tonia erwachte früh, ging nach unten in die Küche, öffnete die Tür zur Veranda und ließ die frische Morgenluft herein. Während sie ihr Frühstück zubereitete, hörte sie, wie die Haustür geöffnet wurde. Maria Alvarez rief: »Buenos días, Tonia. Nicht erschrecken. Ich bins, Maria.« »Buenos días, Maria«, antwortete Tonia. »Ich bin in der Küche. Möchtest du auch einen Kaffee?« »Ja, gern«, sagte Maria und kam herein. Die beiden Frauen umarmten sich herzlich. »Und, was hast du in den letzten Tagen gemacht?«, erkundigte sich die Haushälterin. »Ich bin in Los Christianos auf Adelheids Spuren gewandelt.« Sie erklärte Maria, dass sie ein paar Erledigungen machen wollte, aber in etwa zwei Stunden wieder zurückkäme. Die beiden Frauen beendeten ihren Morgenkaffee und Maria begann im Haus herumzuwirtschaften.

Tonia griff nach dem Einkaufskorb und verließ das Haus. Sie holte den Jimny aus der Garage und fuhr nach Costa Adeje zum großen Supermarkt. Während sie ihre lange Einkaufsliste abarbeitete, erlitt sie beinahe einen Kälteschock. Die Klimaanlage kühlte den Laden beinahe auf arktische Temperaturen herunter. Martin würde übermorgen eintreffen. Er war ein begeisterter Koch und nicht ganz selbstlos sorgte Tonia dafür, dass es in der Küche an nichts mangeln würde. Fisch und Fleisch würde sie einfrieren. Am Blumenstand im Eingang der Shoppingmall erwarb sie noch einen frischen Blumenstrauß. Danach tankte sie den Jimny und fuhr hinauf zum Friedhof von Adeje. Die verwelkten Blumen hatte bereits jemand entfernt, wie Tonia feststellte. »Luiz«, dachte sie, während sie frisches Wasser in die Vase füllte und ihre Blumen hineinstellte. Sie verweilte noch einen Augenblick. Dann brachte sie ihre Einkäufe nach Hause.

Dort räumte sie die Lebensmittel an ihren Platz, nahm sich eine große Flasche mit Mineralwasser und eine kleinere mit Apfelsaft und ging hinauf ins Büro, in dem Maria bereits sauber gemacht hatte. Während ihr Notebook bootete, schaute sie aus dem Fenster. Irgendetwas irritierte sie. Eigentlich konnte man Luiz fast jeden Vormittag dabei beobachten, wie er im Garten herumwerkelte. Außerdem schien er einem festen Plan zu folgen, nach dem er die Fensterläden öffnete und schloss, um die Sonneneinstrahlung zu regeln. »Komisch«, dachte Tonia. Die Fensterläden auf der der Sonne zugewandten Seite waren alle geöffnet.

Der Computer signalisierte, dass er betriebsbereit war. Sofort kehrte Tonias Aufmerksamkeit zu ihrer Arbeit zurück. Sie begann mit der Sichtung ihrer E-Mails und war schon bald von ihrer Arbeit gefangen genommen. Gegen Mittag verkündete Maria, dass sie fertig sei. Tonia unterbrach ihre Tätigkeit, ging hinunter, um sich von Maria zu verabschieden, denn am kommenden Montag würde sie bereits auf dem Weg zurück nach Deutschland sein. Sie versprach, möglichst bald zurückzukehren, um den Nachlass zu regeln und sich zu melden.

Sie holte sich in der Küche eine Nektarine und kehrte ins Büro zurück, wo sie die Glastür öffnete und die Loggia betrat. Sie registrierte besorgt, dass die Fensterläden noch immer offen standen. Von Luiz war nichts zu sehen. Ein ungutes Gefühl beschlich sie. Vielleicht hatte der ältere Mann einen Kreislaufkollaps erlitten und lag nun hilflos irgendwo. Tonia griff zum Telefon und wählte Luiz Nummer. Besetzt. »Gott sei Dank«, dachte sie. »Er telefoniert.« Doch es ließ ihr keine Ruhe. Ein paar Minuten später versuchte sie es wieder. Das Besetztzeichen ertönte. Kurz entschlossen griff sie nach den Autoschlüsseln, sprang in den Jimny, den sie draußen stehen gelassen hatte, und brauste zum Haus ihres Nachbarn.

Dort betätigte sie den großen Türklopfer und rief: »Luiz, bist du da?« Nichts rührte sich. Sie ging um die Ecke herum. Niemand zu sehen. Sie bemerkte aber, dass Gartengeräte herumlagen. Da sie ihren Nachbarn als ordentlichen Menschen kannte, vermutete sie, dass irgendetwas Luiz bei der Gartenarbeit gestört hatte. Er war wohl dabei gewesen, die Palmen von vertrockneten Blättern zu befreien. Dann sah sie Luiz und war einen Augenblick später zu dem am Boden liegenden Mann geeilt. Sie rief seinen Namen und berührte ihn. Er atmete, er lebte. Neben seinem Kopf war eine kleine Blutlache, wie Tonia erschrocken registrierte. Er stöhnte leise. Sie streichelte seine Wange und sagte: »Bleib ganz ruhig liegen. Ich bin da. Gleich kommt ein Krankenwagen.«

Hektisch kramte sie ihr Handy aus der Tasche. Glücklicherweise hatte sie die Nummer der deutschsprachigen Notrufzentrale darauf gespeichert. Sie hatte den Zettel mit der Nummer an Adelheids Kühlschrank kleben gesehen und sich gedacht, dass es einmal nützlich sein könnte, die Nummer parat zu haben. Mit dem ersten Klingeln wurde abgehoben und sie zwang sich zur Ruhe, während sie die Situation schilderte und die Adresse nannte.

Der Rettungswagen traf wenig später ein, während Tonia wie auf heißen Kohlen gesessen hatte. Da die Terrassentüre offen stand, war sie in die Küche gelaufen und hatte ein Tuch mit kaltem Wasser befeuchtet und damit Luiz' Schläfen betupft. Sie hatte festgestellt, dass er langsam zu sich kam. Die beiden Rettungssanitäter untersuchten ihn kurz und spritzten ihm ein Mittel zur Stabilisierung des Kreislaufs. Es schien nichts gebrochen zu sein. Luiz hatte wohl eine Gehirnerschütterung und eine Platzwunde am Hinterkopf davongetragen, die stark geblutet hatte. Die Sanitäter vermuteten, dass Luiz von der Leiter gefallen war, als er seine Palmen beschnitten hatte. Er hatte Glück im Unglück gehabt, denn wenn er auf die scharfkantigen Lavasteine aufgeschlagen wäre, die den Weg säumten, wären die Verletzungen schlimmer gewesen. Der Sanitäter, der Luiz untersucht hatte, meinte, dass die Kopfwunde weniger schlimm sei, als es den Anschein habe, weil Platzwunden dazu neigten, stärker zu bluten. Wegen der Gehirnerschütterung müsse Luiz zur Untersuchung und Beobachtung ins Krankenhaus nach Los Christianos. Wenig später war der Nachbar sicher auf der Trage fixiert und wurde in den Krankenwagen gebracht. Der Sanitäter fragte Tonia, ob sie mit ins Krankenhaus fahren wolle. Tonia bedankte sich, verneinte aber und sagte, dass sie noch ein paar Sachen für den Krankenhausaufenthalt einpacken wolle und später nachkommen würde. Der Rettungswagen brauste los.

Tonia dankte Gott, dass sie ihrer Intuition gefolgt war, und betrat das Haus. Sie fühlte sich unwohl dabei, in Luiz' privates Reich einzudringen. Auf der anderen Seite war es ihr wichtig, dass er, der so viel Wert auf seine äußere Erscheinung legte, auch im Krankenhaus seine Würde bewahren konnte. Sie musste ein wenig suchen, bis sie im Schlafzimmer eine Reisetasche fand. Sie öffnete den großen Kleiderschrank, fand mehrere säuberlich gefaltete Pyjamas, die sie einpackte, dazu Unterwäsche und Socken, ein Paar Hausschuhe. In den Kulturbeutel, der sich in der Reisetasche befunden hatte, packte sie, was sie im Badezimmer vorfand: Rasierzeug, Deo, Zahnbürste, Shampoo und Rasierwasser. Auf dem Nachttisch hatte sie zwei verschiedene Sorten Tabletten gefunden, die sie ebenfalls mitnahm. Sie schaute sich aufmerksam im Haus um, fand schließlich im Wohnzimmer das Nintendo, auf dem Luiz gerne Schach spielte, und packte das Gerät ebenfalls ein. Sie vergewisserte sich, dass die Elektrogeräte ausgeschaltet und die Fenster und

Türen geschlossen waren. Sie fand den Haustürschlüssel an einem Schlüsselbord im Flur und schloss hinter sich die Haustür ab.

Zwanzig Minuten später fuhr sie auf den Parkplatz des Krankenhauses. Sie stellte den Wagen ab und eilte zum Haupteingang. Der Pförtner verwies sie an die Aufnahme der Notfallambulanz, die sich im Untergeschoß befand. An der Patientenaufnahme der Notfallambulanz erfuhr sie, dass Luiz bereits untersucht und auf ein Zimmer im dritten Stock verlegt worden war. Kurze Zeit später klopfte sie an die Tür des Krankenzimmers. Luiz lag mit bandagiertem Kopf am Fenster. Er war wach und blickte ihr gequält entgegen. Das zweite Bett im Raum war leer.

Tonia eilte zu ihm und umarmte ihn vorsichtig. »Wie geht es dir? Hast du starke Schmerzen? Gott, bin ich froh, dass du lebst.« Luiz brachte ein schiefes Grinsen zustande. »Ach, du weißt doch, Unkraut vergeht nicht – so sagt ihr Deutschen doch«, scherzte er. »Nun bitte ich dich, mir ein wenig auf die Sprünge zu helfen. Ich weiß nur noch, dass ich auf der Leiter stand. Dann bin ich gefallen. Als ich wieder zu mir kam, war ich im Krankenhaus. Wie bin ich hierhergekommen?«

»Ich war oben bei mir im Büro und habe gearbeitet«, berichtete Tonia. »Du weißt, dass ich von dort oben dein Haus sehen kann?« Luiz nickte. »Jedenfalls fiel mir auf, dass du die Schlagläden nicht geschlossen hattest und keinerlei Anstalten machtest, sie zu schließen, obwohl die Sonne auf den Fenstern stand. Ich hatte plötzlich so ein mulmiges Gefühl und fragte mich, ob du vielleicht Hilfe brauchst. Ich beschloss, nach dir zu schauen, und so habe ich dich dann gefunden. Du lagst unter einer Palme in deinem Garten, an der du offensichtlich gearbeitet hattest, und warst bewusstlos. Dein Kopf lag in einer Blutlache. Ich habe mich ganz schön erschrocken.« Tonia nahm seine Hand. »Dann rief ich die Ambulanz und nun bist du hier. Was sagen die Ärzte?«

»Ich bin dir sehr dankbar, dass du so gut auf einen alten Mann aufpasst. Ich weiß gar nicht mehr genau, was eigentlich passiert ist. Nur noch, dass ich fiel. Also: Ich habe Glück gehabt, wie es aussieht – aber leider fühlt es sich nicht so an«, fügte er hinzu. »Es ist nichts gebrochen. Aber ich habe ein paar üble Prellungen an der Wirbelsäule und die tun höllisch weh, trotz Schmerzmittel. Der Arzt sagt, dass das nicht gefährlich ist. Aber es wird wohl ein paar Wochen dauern, bis die Schmerzen verschwinden.

Außerdem habe ich einen Brummschädel, der sich anfühlt, als hätte ich ein paar Nächte durchgemacht. Eine Gehirnerschütterung. Doktor Cabrera, der mich untersucht hat, meinte, dass ich von Glück sagen könne, einen solchen Dickschädel zu besitzen. Er verlangt, dass ich mich ein paar Tage ausruhe. Dann würde auch die Erinnerung an das Geschehen vollständig zurückkehren.

Stell dir vor: Sie wollen mich die ganze Woche hierbehalten. Nie und nimmer bleibe ich hier.« »Doch, Luiz. Sei nicht unvernünftig. Ich habe dir hier einige Sachen zusammengepackt, mit denen du ein paar Tage zurechtkommen wirst. Schau: Hier ist sogar dein Nintendo. Ich packe die Wäsche in deinen Spint. Wenn du mir sagst, was du sonst noch haben möchtest, besorge ich dir das morgen. Es tut mir leid, dass ich einfach so in dein Haus eingedrungen bin. Aber ich habe keine andere Möglichkeit gesehen. Ich habe übrigens alle Fenster zugemacht und die Eingänge abgeschlossen. Du brauchst dir also keine Sorgen zu machen. Den Schlüssel findest du hier in der Tasche.«

Luiz hatte Mühe, seine Rührung zu verbergen. Er sagte: »Danke, Tonia. Danke, dass du so eine gute Freundin bist.« Er seufzte: »Dann werde ich wohl ein paar Tage hierbleiben.« Auf Tonias skeptischen Blick entgegnete er: »Keine Angst. Ich laufe schon nicht weg.« Tonia leistete ihm noch beim Kaffee Gesellschaft. Danach verabschiedete sie sich und versprach, ihn am Abend anzurufen. Sie speicherte die Nummer des Telefons an seinem Bett auf ihrem Handy und lächelte ihn beim Herausgehen aufmunternd zu. »Armer Luiz«, dachte sie. »Da wirst du noch ein paar Tage lang ziemliche Schmerzen haben.«

Als sie wieder bei ihrem Wagen war, überkam sie mit einem Mal ein heftiges Hungergefühl. Sie schaute auf ihre Uhr und hoffte, dass sie um diese Tageszeit beim Torre del Mirador noch ein warmes Essen bekommen würde. Dann holte sie ihr Handy hervor und rief Martin in seiner Firma an.

»Kannst du gerade sprechen?«, erkundigte sie sich, weil sie wusste, dass oft Mitarbeiter in sein Büro kamen. Als er bejahte, berichtete Tonia von Luiz' Unfall. Martin unterbrach sie nicht. Als sie geendet hatte, fragte er: »Was sagt Luiz dazu, wie es passiert ist?« »Er kann sich nicht erinnern. Er weiß nur, dass er gefallen ist. Er ist das erste Mal ein wenig zu sich gekommen, als ich ihm mit einem kühlen Tuch das Gesicht abgerieben habe.

Kurze Zeit später trafen die Sanitäter ein.« »Und was glaubst du, was passiert ist?«, hakte Martin nach. »Ich bin mir nicht sicher. Zuerst habe ich gedacht – na ja. Luiz ist nicht mehr der Jüngste. Er hat sich übernommen und einen Sonnenstich oder eine Kreislaufschwäche bekommen und ist deshalb gestürzt. Aber dann fiel mir ein, wie trittsicher und wieselflink er vor mir den steilen Abhang hoch- und wieder hinuntergeklettert ist. Luiz ist in einer guten körperlichen Verfassung. Er ist fitter als ich. Vielleicht hat ihn etwas erschreckt. Aber ich habe keinen Anhaltspunkt dafür entdecken können.« »Pass gut auf dich auf«, sagte Martin.

Tonia seufzte, beendete ihre Mahlzeit und bat den Kellner um die Rechnung. Wenig später war sie zu Hause. Sie umrundete wachsam das Haus, registrierte, dass Terrasse und Pool blitzsauber waren, und ordnete das dem Wirken von Maria Alvarez zu. Hier war alles in Ordnung. Tonia schlüpfte in ihren Badeanzug und schwamm ein paar Runden im Pool. Sie duschte kurz und zog ein Paar Shorts und ein Polohemd über. In der Küche versorgte sie sich mit einem Krug Eistee, den sie mit nach oben ins Büro nahm. Arbeit war eine gute Ablenkung. Gegen acht Uhr rief sie Luiz an und erkundigte sich, wie es ihm ging. »Ach, weißt du. Hier gibt es so viele wunderhübsche Damen, die mich umsorgen, dass ich langsam Geschmack daran finde. Ja, ich glaube, dass ich noch ein paar Tage hierbleiben werde.« Tonia lachte und wünschte ihm eine gute Nacht. Wenig später ging sie auch zu Bett.

KAPITEL 19

Um sieben Uhr wurde Tonia unsanft von ihrem Handy geweckt. Müde tastete sie nach dem Telefon, wurde fündig und nahm den Anruf entgegen. Es war Luiz. »Tonia, es tut mir leid, wenn ich dich geweckt habe. Aber ich habe mich eben erinnert. Ich bin aufgestanden, um mir die Zähne zu putzen. Dabei fällt mir der Deckel der Zahnpastatube aus der Hand und rollt auf den Boden. Ich bücke mich. Mir wird für einen Moment schwindelig und mit einem Mal war die Erinnerung wieder da.« »Kein Problem. Ich wollte sowieso gerade aufstehen«, log Tonia. »Sprich weiter.« »Ein Motorradfahrer. Er tauchte plötzlich in meinem Garten auf. Er trug seinen Helm noch. Ich wunderte mich und fragte mich: Wieso hat er den Helm noch auf? Das ist doch unhöflich. Ich war oben auf der Leiter und war eben mit der Palme fertig. Man muss ja ab und zu die trockenen Blätter entfernen.

Er kam auf mich zu, noch ehe ich die Leiter herunter war, und erkundigte sich nach dem Weg nach La Caleta. Er sei falsch abgebogen. Ich bin mir nicht sicher, ob er mit Absicht die Leiter angestoßen hat. Ich weiß nur, dass ich fiel und mir den Kopf angeschlagen habe. Dann war ich erst mal weg, bis du gekommen bist.«

Tonia sagte: »Du solltest mit der Polizei sprechen.« »Ich denke darüber nach. Aber ich sage dir ehrlich: Ich erwarte mir nicht viel davon. Erstens bin ich nicht sicher, ob ich angegriffen wurde oder ob es ein Unfall war. Zweitens kann ich den Mann schlecht beschreiben. Ich habe ihn nur aus dem Augenwinkel gesehen. Drittens haben sie sich für die Umstände, die zu Adelheids Tod geführt haben, nicht interessiert.« Luiz seufzte: »Das ist das Problem, wenn man alt wird, Tonia. Man wird nicht mehr ernst genommen – egal wer oder was du mal gewesen bist.«

Tonia entgegnete: »Umso wichtiger ist es, dass wir aufeinander aufpassen. Wie lange sollst du noch im Krankenhaus bleiben?«, fragte sie. »Wenn die Ärzte weiterhin mit meinem Dickschädel zufrieden sind, dann werde ich am Donnerstag wieder entlassen.« »Okay«, sagte Tonia, »dann hole ich dich übermorgen ab. Ich melde mich wieder.«

Jetzt war sie wach und beschloss einen kleinen Ausflug zu machen, um nachzudenken. Eine knappe Stunde später saß sie unter einer alten majestätischen Pinie am Rande der Corona Forestal mit Blick auf das Bergdorf Villaflor. Hier oben war die Luft kühl und etwas feucht. Eine Wolkenbank schob sich erstaunlich schnell den Berg hinauf und nahm ihr den Blick zur Küste. Sie war allein – aber nicht lange. Sie beobachtete, wie auf dem nahe gelegenen Parkplatz Kleinwagen hielten, aus denen Touristen entstiegen und sich auf den Weg zu dem imposanten Baum machten. Der Baum hatte ein Gesicht, eigentlich eine auffällige Wucherung. Tonia mochte diesen Baum und besuchte ihn regelmäßig, wenn sie auf Teneriffa war. Doch jetzt befand sie sich bei seinem Zwilling, der sich etwas versteckt, sozusagen bescheiden, im Hintergrund hielt. Diese Pinie war nicht weniger imposant, doch sie war nicht in den Reiseführern erwähnt. Daher fanden weniger Touristen den Weg hierher, was Tonia sehr recht war.

Sie spürte die Präsenz des mächtigen Baumes. Ihre Gedanken beruhigten sich. Was geschah hier auf dieser Insel? Sie war voller Freude und Begeisterung hergekommen, beglückt über das Geschenk, das das Leben ihr bot. Dann stellte sich heraus, dass Adelheids Tod nicht aufgeklärt worden war, dass ihr Nachbar von einem Rowdy angegriffen und verletzt worden war und jemand ihr Haus rund um die Uhr überwachen ließ. Wuchs ihr hier nicht alles über den Kopf? Entpuppte sich der Inseltraum langsam als Albtraum? Was sollte sie tun? Sollte sie ihren Traum aufgeben und das Geld nehmen, das die Luna-Gruppe ihr bot? Wäre es nicht besser, das Erbe nicht anzunehmen? Sie musste eine Entscheidung treffen. Viel Zeit blieb ihr dafür nicht mehr.

Plötzlich spürte sie, wie ihr wieder wärmer wurde. Sie dachte an Martin. Morgen um diese Zeit würde er landen. Die Nebelbank verschwand, so schnell sie gekommen war. Tonia fühlte, wie die Sonnenstrahlen ihr Gesicht streichelten. Sie fühlte sich mit einem Mal getröstet. Sie stand auf, umrundete den Baum ein letztes Mal und berührte seine Rinde. Wenig später steuerte sie den Jimny wieder zurück zur Küste. Sie fuhr zu Luiz' Haus und schaute sich kurz auf dem Grundstück um. Alles war unverändert. Niemand hatte die Abwesenheit des älteren Mannes ausgenutzt und war eingebrochen. Erleichtert kehrte sie nach Hause zurück. Sie schwamm einige Runden im Pool, arbeitete ein paar Stunden am Schreibtisch und verbrachte den Abend vor dem Fernseher.

KAPITEL 20

Am nächsten Morgen ließ sich Tonia viel Zeit im Bad. Danach genoss sie ein ausgiebiges Frühstück auf der Terrasse, telefonierte mit ihren Eltern und meldete sich auch bei Luiz, der eine gute Nacht verbracht hatte. Sein behandelnder Arzt hatte ihm bei der Visite mitgeteilt, dass er am nächsten Tag entlassen würde. Sie versprach, ihn am nächsten Tag abzuholen, und bot ihm an, ein paar Tage bei ihr zu wohnen, so lange, bis er sich wirklich wieder fit fühlte. Davon wollte Luiz aber nichts hören.

Als sie das nächste Mal auf ihre Armbanduhr schaute, war es dreizehn Uhr fünfzehn, Zeit zum Aufbruch. Martins Flugzeug sollte genau in einer Stunde auf dem Flughafen Reina Sofía in Teneriffa Sur landen.

Für die Strecke benötigte sie eine knappe halbe Stunde. Sie kaufte sich einen Cortado und ging hinauf zur Besucherterrasse, von wo sie die Starts und Landungen beobachten konnte. Kaum zu glauben, wie dicht die Frequenz der Chartermaschinen war. Martins Flieger landete pünktlich. Sie beobachtete, wie die Boing 737 ausrollte und zu ihrem Halteplatz am Gate rollte. Tonia trank ihren Kaffee aus, warf den leeren Becher in einen Abfallkorb, ging ins Flughafengebäude zurück und fuhr mit dem Fahrstuhl hinunter in den Ankunftsbereich, wo sich schon die Reiseleiter mit ihren Klemmbrettern drängelten, um die Touristen auf die bereitstehenden Busse aufzuteilen. Es dauerte noch fast zwanzig Minuten, bis Martin herauskam. Er winkte ihr zu, während er seinen Koffer hinter sich herzog. Einen Moment später umarmten sie sich herzlich. »Schön, dass du da bist«, sagte Tonia. Wenige Minuten später waren sie beim Auto. Martin bewunderte ausgiebig den Jimny. Sie verstauten Martins Gepäck und fuhren bei geöffnetem Verdeck nach Costa Adeje zurück.

»Wow«, entfuhr es Martin, als sie sich dem Anwesen näherten. »Ich hatte mir einiges vorgestellt. Aber ich hatte nicht gedacht, dass es so großartig ist«, gestand er ihr, als sie aus dem Auto gestiegen waren und vor dem Haus standen. Rasch schafften sie sein Gepäck ins Haus. Danach führte Tonia ihn herum. Sie bereitete für beide einen kleinen Imbiss aus Brot, Käse und Schinken zu. Dazu gab es Eistee und hinterher Kaffee. »Das tut gut«, sagte Martin, nachdem er an dem starken Gebräu genippt hatte. »Was wollen wir machen?« »Ich hätte zwei Vorschläge anzubieten«, lachte Tonia. »Wir könnten hinunter zum Strand gehen und eine Runde schnorcheln oder wir statten der Höhle einen Besuch ab. Es hängt davon ab, wozu du mehr Lust hast. Allerdings möchte ich später noch Luiz im Krankenhaus abholen. Das habe ich ihm versprochen. Er rechnet damit, dass er nach der Visite, die am späten Nachmittag stattfindet, entlassen wird.«

»Da komme ich selbstverständlich mit«, sagte Martin. »Lass uns zur Höhle hinaufgehen. Ich bin schon sehr gespannt.« »Okay«, stimmte Tonia mit Blick auf seine eleganten Slipper zu. »Aber du solltest dir feste Schuhe anziehen. Der Weg ist tückisch.« »Ich packe schnell meinen Koffer aus und ziehe mich um«, stimmte Martin zu. Zehn Minuten später waren sie unterwegs. Diesmal war es Tonia, die vorwegging und Martin Anweisungen gab. Da er, anders als sie selbst, keine Höhenangst kannte und zudem sportlich war, kamen sie gut voran. Schließlich hatten sie den Eingang der uralten Höhle erreicht. Das einfallende Sonnenlicht zauberte ein faszinierendes Spiel aus Licht und Schatten an die Wände. Martin fehlten die Worte. »Das ist ja unglaublich«, sagte er leise. »Was für ein mystischer Ort.«

Sie gingen hinein. Fasziniert betrachtete Martin die Wandmalereien vom Großwild. »Was hat das zu bedeuten?«, fragte er. Und fuhr fort: »Das würde ja bedeuten, dass hier einst Giraffen, Elefanten und Löwen gelebt hätten. Und dieses Tier hier: Ist das wirklich eine Eidechse? Sie ist größer als ein Elefant gezeichnet.«

»Richtig, lediglich die Eidechsen fallen aus dem Rahmen. Miguel de Serra, den du übermorgen kennenlernen wirst, hält den Fund für außerordentlich bedeutsam. Er ist ziemlich sicher, dass das hier echt ist und richtig alt. Ich würde gerne dazu beitragen, dies zu bewahren und den Bürgern und Touristen zugänglich zu machen.«

Martin legte seinen Arm um sie. »Das wird dein Leben und wahrscheinlich auch mein Leben ganz schön verändern. Ich werde dich unterstützen, so gut ich kann. Deine Eltern sind noch fit. Sie können sich um dein Haus in Deutschland kümmern. Deinen Job kannst du von hier aus erledigen.« Tonia umarmte ihn spontan. »Ich bin froh, dass du es so siehst. Komm mit. Wir sind hier noch nicht fertig. Ich möchte dir noch etwas zeigen.« Sie führte ihn weiter zu dem Raum mit der Thermalquelle. »Was hältst du von einer Erfrischung?«

Wenig später machten sie sich auf den Weg zum Krankenhaus. Luiz hatte schon gepackt, als sie eintraten. Man konnte ihm die Erleichterung ansehen, dass er nun wieder nach Hause durfte. »Können Sie sich vorstellen, wie ein Mensch sich erholen und gesund werden soll, wenn er schon morgens um halb sechs unsanft geweckt wird und sich waschen soll?«, fragte er Martin, der lachte und bestätigend den Kopf schüttelte. Tonia registrierte zufrieden, dass sich die beiden sympathisch waren. Sie bot Luiz an, dass er die erste Nacht bei ihnen übernachten solle, falls er nicht allein sein wollte oder Hilfe brauchte. Doch davon wollte ihr Nachbar nichts wissen. Sie setzten ihn bei sich zu Hause ab. Jedoch bestand Tonia darauf, ihn ins Haus zu begleiten und nachzusehen, ob alles in Ordnung war. Sie stellte außerdem fest, dass noch ausreichend Lebensmittel vorhanden waren. Sie ermahnte ihn, dass er sich sofort melden solle, wenn es ihm nicht gut ging oder wenn ihm irgendetwas befremdlich vorkäme.

KAPITEL 21

Tonia und Martin verbrachten einen unbeschwerten Urlaubstag am Teide. Nach einem späten Frühstück hatten sie Jimny von seinem Verdeck befreit und waren in Richtung des höchsten Berges von Spanien aufgebrochen. Martin fuhr und Tonia genoss es, einfach nur den warmen Wind auf ihrer Haut zu spüren. Gegen die starke Sonnenstrahlung waren sie mit ausreichend Creme, Baseballcap und Sonnenbrille geschützt. Beide trugen leichte Poloshirts, Jeans und robuste Trekkingschuhe. Die Sonne strahlte an diesem Tag unerbittlich. Die Spitze des Teide war von einer kleinen wattigen Rundwolke umgeben.

Tonia hatte Martin gebeten, über Chío de Isora zum Nationalpark Teide zu fahren. Sie wollte nach einem verdächtigen Fahrzeug Ausschau halten, um daraus schließen zu können, ob ihr Haus noch immer überwacht wurde. Als sie an der Stelle vorbeifuhren, von der Luiz ihr berichtet hatte, konnte sie aber weit und breit kein Auto sehen. Spionierten sie ihr noch nach? Das einzige Ereignis, das ein Beobachter gestern hätte vermerken können, war die Ankunft von Martin und eventuell, dass ihr Nachbar wieder zu Hause war. Tonia beschloss, wachsam zu bleiben, aber Martin nicht zu beunruhigen.

Sie fuhren weiter, nahmen einen Snack im Visitors' Center, wo sie auch den kleinen Shop untersuchten, der neben dem üblichen Kitsch auch interessante einheimische Produkte anbot. Sie erwarb eine schöne Kette mit einem geschliffenen Anhänger aus einer Muschel, den sie ihrer Mutter mitbringen wollte. Für ihren Vater kaufte sie ein Buch über einen bekannten Dramatiker, der viele Jahre auf der Insel gelebt hatte und den ihr Vater bewunderte. Martin erwarb ein Taschenmesser mit einer spitzen Klinge, die in einem wunderschönen Perlmuttgriff verschwand. Es handelte sich um ein traditionelles Hirtenmesser.

Sie schlossen sich dem nie enden wollenden Strom der Touristen an und ließen sich zum sogenannten Finger Gottes treiben, einer imposanten Felsformation am Fuße des Teide. Sie entschlossen sich zu einem kurzen Spaziergang und schlugen einen steinigen und holperigen Pfad ein, der sozusagen seitlich ins ausgetrocknete Gebüsch führte. Nach wenigen Metern auf diesem recht unwegsamen Pfad war von den Menschenmassen, die die Felsen bestaunten, weder etwas zu sehen, noch etwas zu hören. Dies gehörte für Tonia auch zu den Wundern auf Teneriffa. Man befand sich in dem einen Moment eingeschlossen in der Masse und nur ein paar Meter weiter oder einige Minuten entfernt konnte man in völlige Einsamkeit eintauchen, in der nur noch das ewige Wispern des Windes und das Huschen der in der Natur allgegenwärtigen Eidechsen zu hören war.

Sie folgten einem Rundweg, der sie eine halbe Stunde später wieder zum Parkplatz beim Visitors' Center zurückführte. Sie hatten den Weg beinahe schweigend zurückgelegt. Tonia wusste, dass Martin die Ruhe brauchte, um richtig anzukommen und seinen stressigen Alltag hinter sich zu lassen. Sie beide brauchten diesen Tag, um ihren Lebensrhythmus wieder miteinander zu synchronisieren.

Wenig später verließen sie den Parkplatz, bogen rechts ab, um die Caldera in nördlicher Richtung zu durchfahren. Diese Strecke bot besonders spektakuläre Ausblicke. Nachdem sie an der Talstation der Seilbahn vorbeigefahren waren, achtete Tonia besonders auf die Veränderungen in der Landschaft. So stellte man sich gerne die eisigen Wüstenlandschaften auf dem Mond vor. In der Tat hatten sich viele Filme die eigenwillige Landschaft rund um den Teide herum zunutze gemacht. Hier oben war beispielsweise »Planet der Affen« gedreht worden. Aber auch viele andere Science-Fiction-Filme und Western waren in diesem Gebiet entstanden.

Nach kurzer Fahrt erreichten sie das Visitors' Center am Nordrand des Nationalparks. Hier gab es neben einer Ausstellung über den Vulkanismus auf den Kanarischen Inseln auch einen sehenswerten botanischen Garten. Beides hatten sie bei ihren bisherigen Aufenthalten auf Teneriffa ignoriert. Nun wollten sie die Gelegenheit zur Besichtigung nutzen. Während Martin Jimny einparkte, kramte Tonia ihr I-Phone hervor und wählte die Nummer von Professor de Serra. Er meldete sich sofort.

»Hola, Miguel. Störe ich dich gerade?« »Nur bei meiner Siesta«, lachte er. »Wie ist es dir ergangen, Tonia?« »Bestens. Danke der Nachfrage. Martin ist bei mir. Wir sind oben beim Teide und schauen uns die neue Ausstellung im Visitors' Center an. Ich nehme an, dass du daran nicht ganz unschuldig bist?« »Wir haben die Leute vom Nationalpark beraten, aber umgesetzt haben sie es selbst. Ich muss gestehen, dass ich schon länger nicht mehr oben war.« »Wie war deine Reise?«, erkundigte sich Tonia. »Sie war weniger interessant, als ich erwartet hatte. Aber ich war auch nicht immer so ganz bei der Sache. Ich musste oft an unser gemeinsames Vorhaben denken.« »Deswegen rufe ich an«, bestätigte Tonia. »Bleibt es dabei, dass wir morgen zu dir nach Güímar kommen?« »Ja. Wir machen es wie geplant. Martin weiß, was auf ihn zukommt?« »Ja. Er ist schon ganz wild darauf«, lachte Tonia mit Blick auf ihren Freund. »Wann sollen wir kommen?« »Könnt ihr um zehn Uhr hier bei mir sein?« Tonia bestätigte dies.

Auf dem Rückweg wählte Tonia Luiz' Nummer und war erleichtert, dass sich ihr Nachbar nach dem zweiten Klingeln meldete. Es war alles in Ordnung. Tonia schlug ihm ein gemeinsames Abendessen im Torre del Mirador vor, was Luiz gerne annahm. Als sie zu Hause ankamen, hatten sie noch gut zwei Stunden bis zum verabredeten Zeitpunkt für das Abendessen Zeit, um sich zu erholen und frisch zu machen.

Um zwanzig Uhr fuhren sie bei ihrem Nachbarn vor. Tonia registrierte, dass sich ihr Freund in Schale geworfen hatte. Martin wirkte in seinem Ralph-Lauren-Polohemd und seiner Boss-Jeans fast schon underdressed neben dem älteren Mann. Tonia war froh, dass sie sich für ihr »kleines Schwarzes« entschieden hatte. Obwohl sie nicht vorbestellt hatten, gab ihnen der Inhaber des Torre einen sehr guten Tisch. Es wurde ein entspannter und fröhlicher Abend. Um zweiundzwanzig Uhr dreißig waren sie wieder zu Hause und gingen zeitig zu Bett, denn morgen lag ein anstrengender und spannender Tag vor ihnen.

KAPITEL 22

Die Fahrt entlang der Südküste nach Güímar verlief zügig. Tonias I-Phone führte sie zuverlässig zu dem Anwesen von Miguel de Serra. Der Garten zeigte den inseltypischen Charakter. Mehrere Zitronenbäume trugen reiche Frucht, daneben Fici Benjamini, Kakteen. Eine wohlgenährte schwarze Katze mit weißen Pfoten strich um die Hausecke.

Miguel de Serra hatte ihre Ankunft bemerkt und empfing sie im Eingang. »Miguel, darf ich dir meinen langjährigen Freund Doktor Martin Berg vorstellen«, machte sie die beiden Männer miteinander bekannt. »Hola, buenos días. Es freut mich sehr, dich kennenzulernen, Martin. Ich darf doch Du sagen«, brach Miguel das Eis. »Buenos días. Selbstverständlich. Ich freue mich auch, Miguel. Dein Haus und der Garten sind ein Traum. Schön, dass wir hier bei dir arbeiten können«, antwortete Martin. »Ich habe das Haus von meinen Eltern geerbt«, erklärte Miguel. »Kommt, ich führe euch ein wenig herum. Ich wohne erst wieder hier, seit vor ein paar Jahren meine Eltern gestorben sind. Meine Schwester lebt in Santa Cruz. Sie ist übrigens mit dem Bürgermeister verheiratet. Außerdem ist sie Anwältin mit eigener Kanzlei. Sie ist zwei Jahre älter als ich und lässt mich das auch heute noch gern spüren. Aber das Haus hier wollte sie nicht. Sie und ihr Mann haben ein älteres Hafengebäude zu einem großzügigen Loft ausgebaut. Es ist fantastisch. Wir stehen uns nahe.«

Wenig später betraten die drei, ausgestattet mit großen Gläsern Eistee und einem Teller süßen Gebäcks, Miguels Labor. Martin pfiff anerkennend. »Deine Ausstattung ist nicht von schlechten Eltern.« »Ich habe das Geld bewusst investiert, weil ich mich ein Stück unabhängig vom Institut machen und nicht für jede kleine Untersuchung einen hundertseitigen Antrag schreiben wollte. Ihr wisst, was ich meine. Ihr habt ja beide selbst an der Universität und in Forschungseinrichtungen gearbeitet. Eure Erfahrung wird uns sehr zugutekommen. Denn wenn wir heute ein positives Ergebnis erzielen, dann werden Forschungsanträge geschrieben werden müssen und wir werden mit den zuständigen Behörden und Institutionen sprechen müssen.«

»Das ist mir bewusst.« Tonia nickte. »Deshalb sind wir hier. Sag uns, wie es laufen soll.« »Also gut. Wie du weißt, Tonia, haben wir einige Proben der Höhlenwände und des Erdreichs genommen. Wir haben außerdem

Fotos der Sektionen, in die wir die Höhle für unsere Probennahme unterteilt haben. Drittens haben wir die Ergebnisse der vorläufigen groben Vermessung der Höhle. Mithilfe der Messdaten und der Fotos habe ich eine einigermaßen maßstabsgerechte Skizze angefertigt. Sie hängt hier an dem Whiteboard. Darauf können wir die Untersuchungsergebnisse der einzelnen Proben eintragen.« Martin und Tonia schauten sich die Skizze an. »Das ist eine gute Arbeit«, kommentierte Martin anerkennend. »Was hältst du davon, wenn ich aus der Skizze und den Eintragungen eine 3-D-Zeichnung erstelle?« »Du kannst so was?«, erkundigte sich Miguel staunend. »Das wäre natürlich perfekt und würde uns Zeit und viel Geld sparen.« »Ja. Ich muss beruflich schon mal selbst ein Bauteil konstruieren. Also ich denke, dass ich das hinkriege«, bestätigte Martin.

»Okay. Dann lasst uns anfangen. Wir arbeiten uns systematisch durch die einzelnen Sektionen der Höhle hindurch und untersuchen die zugehörigen Proben, also hauptsächlich die Farbpigmente von den Wänden, und schauen, was uns ihre Zusammensetzung verrät. Wenn wir die Zusammensetzung der Proben bestimmt haben, gebe ich die Ergebnisse in eine Datenbank ein, die einen weltweiten Abgleich mit anderen Funden erlaubt. Landen wir einen Treffer, so heißt das, dass ähnliche Pigmente bereits woanders gefunden wurden. Die Chance ist groß, dass wir durch den Vergleich auch Rückschlüsse auf die zeitliche Einordnung ziehen können. Damit gewinnen wir zumindest erste, belastbare Hinweise, die dann später mit den Möglichkeiten des Instituts verifiziert werden müssten.«

Tonia nickte. Sie wusste, worauf Miguel anspielte. Sogenannte radiometrische Methoden messen, wie hoch der Anteil natürlich vorkommender radioaktiver Elemente und eventuell ihrer Zerfallsprodukte in einer Probe ist. Da die Halbwertszeit der radioaktiven Elemente bekannt ist, kann daraus das Alter der Probe berechnet werden. Bekannt ist die Radiokohlenstoffdatierung, die aber nur auf organische Materialien angewendet werden kann. Sie ist gut geeignet, um etwa das Alter von Knochen zu bestimmen. Bei Artefakten wie zum Beispiel Keramiken hilft diese Methode nicht. Bei den Farbpigmenten, die sie in der Höhle von den Wänden gekratzt hatten, half die Methode unter Umständen, je nachdem, ob die Farben tierischen, pflanzlichen oder mineralischen Ursprungs waren. Die Chancen, dass man vor vielen Tausend Jahren auf Teneriffa bereits pflanzliche oder tierische Farben verwendet hatte, sind hoch. Noch heute wird auf den Kanarischen Inseln die Farbe Purpur aus einer bestimmten Laus gewonnen.

Miguel fuhr fort: »Bei der Radiokohlenstoffdatierung wird der Gehalt an radioaktivem Kohlenstoff 14C, der eine Halbwertszeit von 5730 Jahren hat, gemessen. Damit sind Altersbestimmungen bis zu 60 000 Jahren möglich. Bei älteren Proben ist der 14C-Anteil bereits zu gering, um noch gemessen werden zu können. Eine Schwierigkeit dieser Methode ist, dass der Anteil von 14C in der Erdatmosphäre nicht konstant ist. Er schwankt mit den Veränderungen der Sonnenaktivität, die wir aber erst seit rund dreihundert Jahren systematisch beobachten.«

»Es gibt aber auch noch andere Probleme mit der Methode«, unterbrach ihn Martin. »Man unterstellt, dass die 14C-Konzentration in der Probe gleich hoch ist wie in der umgebenden Atmosphäre zum Zeitpunkt des Eintritts des Todes. Allerdings besteht durchaus die Möglichkeit, dass das Fundstück mit jüngerem oder mit älterem Material verunreinigt ist.«

»Wie ist das möglich?«, hakte Tonia nach. »Es könnte sein, dass sich jüngere Mikroorganismen in der Probe ausgebreitet haben«, erklärte Martin. »Sie werden mitgemessen, was zur Folge hat ...« »... dass man das Alter der Probe als zu jung bestimmt«, vollendete Tonia seinen Satz. »Ganz genau«, bestätigte Miguel. »Aber auch der gegenteilige Fall ist denkbar. Wir messen hier in meinem Massenspektrometer das Verhältnis des stabilen Kohlenstoffisotops 12C zum radioaktiven instabilen Kohlenstoffisotop 14C. Je größer das gemessene Verhältnis 12C zu 14C ist, desto älter ist die Probe – so unsere Schlussfolgerung. Es könnte aber genauso gut möglich sein, dass sich die 14C-Isotope leichter aus der Probe herausgelöst haben als die 12C-Isotope.« »Ich verstehe«, ergänzte Tonia. »Dies würde bedeuten, dass wir die Probe systematisch als zu alt bestimmen würden.« Beide Männer nickten zustimmend.

»Aus diesem Grund werden wir im Verlauf der wissenschaftlichen Untersuchung der Höhle verschiedene Untersuchungsmethoden komplementär einsetzen müssen, sodass wir unsere Hypothese absichern können«, fuhr Miguel fort. »Heute konzentrieren wir uns auf die Farbpigmentproben.«

Etliche Stunden später kauten sie zufrieden an der Pizza, die Miguel ins Haus bestellt hatte. »Ich kann es nicht fassen«, murmelte Tonia zum wiederholten Male. »Es ist eine Sensation«, bestätigte Miguel. »Wir haben hier die ältesten Hinweise auf eine frühzeitliche Kultur, die je auf den Kanarischen Inseln gefunden wurden.« »Aber wieso hier?«, unterbrach ihn Tonia. »Woher kamen diese Menschen?« »Auf jeden Fall nicht aus Afrika«, antwortete Martin. »Nein. Nicht aus Afrika«, bestätigte Miguel.

»Aber Leute: Womit haben wir es hier genau zu tun? Entgegen allen Vermutungen haben die Pigmentproben keinerlei Verwandtschaft mit bekannten Höhlenzeichnungen in Nordafrika oder der Sahara-Region ergeben. Wie kann das sein?« Martin sah Miguel fragend an.

»Ich habe keine wirkliche Erklärung dafür«, antwortete er. »Die einzige Vermutung, die ich dazu habe, ist, dass die Kanarischen Inseln nicht wirklich zum afrikanischen Kontinent gehört haben, sondern sozusagen Bruchstücke einer eigenen, zusammenhängenden Landmasse waren. Vielleicht sind Teile dieser Landmasse oder großen Insel im Meer versunken, zum Beispiel nach einem Vulkanausbruch oder dem Einschlag eines Asteroiden.«

»Dann haben wir also eine Spur von Atlantis gefunden«, spekulierte Tonia. »Wenn man Atlantis als Synonym für untergegangene Welten verwendet, dann ja«, nickte Miguel und fuhr fort. »Aber wir sollten vorsichtig sein und keine solchen Spekulationen in der Öffentlichkeit verlauten lassen. Ich möchte als Wissenschaftler nicht in eine esoterische Ecke gestellt werden und ein neues prominentes Mitglied der Atlantis-Gläubigen werden. Das, was wir heute herausgefunden haben, ist vorläufig. Wir müssen die Ergebnisse im Institut verifizieren. Wir haben heute fundierte Hinweise auf das Alter der Anlage und auf ihren Bestimmungszweck herausgearbeitet. Das genügt, um ein Gespräch mit Vertretern der Regionalregierung zu führen und mit den Medien zu sprechen. Die Höhle systematisch zu untersuchen, wird schätzungsweise zwei Jahre dauern. Dafür benötigen wir Geld aus öffentlicher Hand. Als Erstes müssen wir wichtige Politiker davon überzeugen, dass kein Superluxushotel auf dem Gelände gebaut werden darf. Lasst uns, bevor wir schlafen gehen, noch die Strategie für morgen besprechen.«

»Okay. Wie gehen wir vor?«, erkundigte sich Tonia. »Wie ich schon sagte, kenne ich den Bürgermeister von Santa Cruz, er ist mein Schwager«, erklärte Miguel. »Sein Name ist Stefano Cervantes.« »Das mag ja sein«, warf Martin ein. »Aber hat er auch Einfluss in Adeje?« »Lass mich erst einmal erklären«, forderte Miguel. Tonia nickte ihm auffordernd zu. »Cervantes hat viel Einfluss auf der Insel. Sicher, er spricht für die Sozialisten.

Aber er ist Realpolitiker, kein Fantast. Er hat einen exzellenten Ruf als Wirtschaftspolitiker weit über die eigenen Parteigrenzen hinaus. Er hat einigen Einfluss bei Banken und könnte für uns etwas bewegen. Ich halte ihn für absolut vertrauenswürdig und ich weiß, dass er Korruption und Mauschelei hasst«, fügte er mit Blick auf Tonias skeptische Miene hinzu. »Ich werde versuchen, dass wir noch an diesem Wochenende mit ihm sprechen können, also noch bevor du nach Deutschland fliegst.« Tonia entspannte sich. »Ja, das wäre gut.«

»Tonia. Du könntest auch etwas tun«, fuhr er fort. Sie schaute ihn fragend an. »Adelheid Steffens war meines Wissens gut befreundet mit dem mächtigsten Bauunternehmer der Kanarischen Inseln.« Tonia staunte: »Woher weißt du das? Es stimmt. Im Rahmen meiner Hotelrecherche für den Bildband habe ich davon gehört.« Miguel grinste. »Das weiß hier jeder, der zur besseren Gesellschaft gehört. Mit der begnadeten Architektin aus Deutschland an der Seite hat Alfonso Surez in den goldenen Jahren des Aufbaus ein Vermögen verdient.«

»Worauf willst du hinaus?«, unterbrach ihn Martin. »Ich meine, dass Tonia zu den Surez-Brüdern gehen sollte.« »Was soll das bringen?«, fragte Tonia skeptisch. »Nun. Die Kolumbianer werden ganz bestimmt zu Surez gehen. Ich wette, dass sie schon bei ihm waren und das Ferienparadies für die Luna bereits in Planung ist und Surez davon ausgeht, dass er den Auftrag in der Tasche hat.« »Wenn das so ist, wie du sagst, Miguel – ich vertraue dir und du kennst die hiesigen Verhältnisse –, werden sie mich denn überhaupt empfangen? Werden sie nicht vielmehr daran interessiert sein, dass nichts über die Höhlen nach außen dringt? Sie werden ihren Auftrag nicht gefährden wollen. Außerdem könnten Animositäten bestehen. Surez' Mutter war doch ganz gewiss keine Freundin von Adelheid Steffens.«

»Auf der anderen Seite sind die Surez Geschäftsleute«, warf Martin ein. »Es kommt darauf an, was du ihnen anbietest.« Miguel nickte. »Ich verstehe«, sagte Tonia. »Ich biete ihnen an, dass sie die Erschließung, Umgestaltung und den Ausbau des gesamten Terrains übernehmen. Aber kann dieser Auftrag sie denn locken? Finanziell wäre sicher bei dem Hotelprojekt der Kolumbianer mehr für die Firma herauszuholen.«

»Die Surez-Familie ist eine stolze und patriotische Familie. Sicher geht es diesen Leuten auch ums Geschäft. Aber sie sind auch fest davon überzeugt, ihrem Land zu dienen. Ich bin sicher, dass unser Projekt von großem

Interesse für sie ist und dass sie es als hervorragende Werbung begreifen werden«, schloss Miguel. »Okay«, sagte Tonia, »ich machs.« »Wie willst du vorgehen?«, fragte Martin. »Ich nehme den Bildband zum Anlass. Ich bitte um ein Gespräch. Ich möchte die unternehmerische Perspektive hinter den Hotelprojekten erkunden. Wie kam die Zusammenarbeit mit der deutschen Architektin zustande? Warum hat sie über Jahrzehnte funktioniert? Was ist die menschliche Seite daran?«

»Das ist eine geniale Idee«, bestärkte Miguel sie. »Dann weiß also jeder, was seine Aufgabe ist. Bleibt nur noch, die Presse zum richtigen Zeitpunkt ins Spiel zu bringen.« »Ich halte es für das Wichtigste, den richtigen Zeitpunkt dafür zu bestimmen, wann wir an die Öffentlichkeit gehen wollen«, merkte Martin an. »Was hältst du für den richtigen Zeitpunkt?«, fragte Tonia. Er antwortete: »Wir sollten zuerst das Gespräch mit dem Bürgermeister führen. Da wir die politische Unterstützung bei der Realisierung des Projektes unbedingt brauchen, sollten wir diese Leute nicht vor den Kopf stoßen, indem wir zuerst mit der Presse sprechen. Wenn wir das machen, stehen sie mit dem Rücken zur Wand, und dann ist es schwer, eine konstruktive Zusammenarbeit aufzubauen. Auf der anderen Seite darf nicht zu viel Zeit vergehen. Die Presse mit ins Boot zu holen, baut Druck auf, schafft öffentliche Aufmerksamkeit und Kontrolle und ...« »... und es schützt uns vor möglichen Angriffen der Luna«, beendete Tonia an seiner Stelle den Satz.

»Ich kenne den Lokalredakteur der wichtigsten Tageszeitung auf dieser Insel«, meldete sich Miguel zu Wort. »Er hat verschiedentlich über unsere Arbeit im Institut und über aktuelle Ausstellungen im Museum berichtet. Ich habe ihn als einen angenehmen und an der Sache orientierten Menschen kennengelernt. Er ist zudem ein scharfer Kritiker der Erschließung weiterer Flächen an der Südküste für den Tourismus. Ich kann mir vorstellen, dass ihm beides entgegenkommt: unsere Absicht, den Bau eines riesigen Hotelkomplexes an einem der letzten noch intakten Küstenstreifen an der Südküste zu verhindern. Und eine prähistorische Stätte zu erschließen und der Öffentlichkeit zugänglich zu machen. Wenn man ihm anbietet, dass er das gesamte Vorhaben journalistisch begleitet, dann lässt er bestimmt mit sich reden und unterstützt uns.« »Würdest du mit ihm reden?«, fragte Tonia. Miguel nickte und sagte: »So. Leute. Ich bin hundemüde. Ich muss mich hinlegen und versuchen, noch ein bisschen Schlaf zu kriegen. Bitte seid meine Gäste heute Nacht. Das Gästezimmer steht euch zur Verfügung.«

KAPITEL 23

Am nächsten Morgen wurde Tonia von den Harfenklängen ihres I-Phones geweckt und sie schwang sich aus dem Messingbett, das einen klagenden Laut von sich gab. Martin schlief noch fest. Sie trat ans Fenster und blickte hinunter in Miguels wunderschönen Garten und beobachtete einen Moment lang die aufgehende Sonne, unter deren Strahlen die vom Nachthimmel verbliebenen Wolkenbänder wegschmolzen. Es versprach ein klarer, sonniger Tag zu werden – zumindest in diesem Teil der Insel. An anderen Küstenabschnitten konnte das ganz anders aussehen. Teneriffa war wie ein kleiner Kontinent und verfügte über verschiedene Klimazonen. Das Wetter im Norden und im Süden war so gut wie nie gleich, was den Vorteil hatte, dass man mit dem Auto binnen einer guten Stunde von einer Küste an eine andere flüchten konnte, zumindest, wenn man im Urlaub war.

Als sie Miguel unten in der Küche wirtschaften hörte, beschloss sie, ihm mit dem Frühstück zu helfen. »Guten Morgen, Miguel.« »Hola, buenos días, Tonia. Wie hast du geschlafen?« »Wunderbar. Wenn mein Handy mich nicht geweckt hätte, hätte ich weitergeschlafen. Aber wir haben ja heute einiges vor. Kann ich dir mit dem Frühstück helfen?«

»Nein, lass mal. Geh ruhig ins Bad. Ich jogge erst einmal meine kleine Morgenrunde und bringe frisches Brot mit. Alles andere steht schon bereit.«

»Alles klar, Miguel,« antwortete Tonia und verschwand im Gästebad. Stirnrunzelnd betrachtete sie ihre Klamotten. Es war ihr nicht angenehm, in die Bluse vom Vortag schlüpfen zu müssen. Aber dies war nicht zu ändern.

Kurze Zeit später trat sie ans Bett und betropfte den Schläfer mit ihren noch feuchten Haaren. Er gab protestierende Laute von sich. »Marsch, ins Bad. Wir müssen sehen, dass wir in die Puschen kommen.« »Jawoll, Frau Kapitän«, maulte Martin. Kam aber dann doch unter der Decke hervorgekrochen.

Während Martin duschte, ging Tonia nach unten in Miguels geräumige Küche, wo der Tisch bereits gedeckt war. Auf der Arbeitsplatte fand sie eine stylische Orangenpresse aus Edelstahl nebst Früchten. Sie holte drei Gläser aus dem Schrank und presste Orangen aus.

Schon kurze Zeit später hörte sie, wie die Haustüre aufgeschlossen wurde. Miguel trat verschwitzt herein und drückte ihr eine Tüte mit hellem Brot und Brötchen in die Hand. Er eilte die Treppe hinauf und rief ihr zu, dass er noch rasch duschen wollte. Aber das würde bei ihm nur drei Minuten dauern.

Und wirklich: Wenige Minuten später saßen alle drei an Miguels rustikalem Küchentisch und ließen es sich schmecken. »Bevor wir aufbrechen, sollten wir noch unsere Hausaufgaben machen«, sagte Miguel. »Ich rufe gleich meinen Schwager, den Bürgermeister, an. Vielleicht klappt es ja noch heute mit dem gemeinsamen Gespräch.« »Gut. Dann versuche ich es bei den Surez«, schloss sich Tonia an. »Ich würde dann Luiz auf dem Laufenden halten. Er macht sich bestimmt Sorgen«, bot Martin an.

Miguel verschwand in seinem Büro. Kurze Zeit später hörten sie ihn lautstark auf Spanisch telefonieren. Tonia hatte im Telefonbuch die Nummer der Surez-Bauunternehmung mit Sitz in Santa Cruz herausgesucht. Leider erwies es sich als ausgesprochen schwierig, den gewünschten Gesprächspartner ans Telefon zu bekommen. Die resoluten Damen in der Telefonzentrale hatten sie bereits mehrfach abgewimmelt. Zuletzt hatte sie die Verbindung unterbrochen, als Miguel pfeifend aus seinem Büro kam.

»Also, Leute. Es hat geklappt. Stefano hat Zeit für uns. Wir treffen ihn zum Mittagessen in Santa Cruz. Gegen dreizehn Uhr. Lasst euch also Zeit. Ich breche jetzt auf. Ihr findet mich dann im Institut. Du weißt noch, wie ihr fahren müsst?«, wandte er sich an Tonia. »Vielen Dank, Miguel, ich weiß Bescheid. Ich möchte gern noch telefonieren. Wir sehen uns dann heute Mittag«, antwortete sie. »Hier hängt der Haustürschlüssel.« Miguel deutete auf das Schlüsselbord neben der Küchentür. »Bitte überprüft die Türen und Fenster hier im Erdgeschoss, bevor ihr aufbrecht. Den Schlüssel werft bitte in den Briefkasten.« »Machen wir«, antwortete Martin und winkte ihm zu.

Tonia unternahm einen neuen Versuch, um mit einem der Surez-Bosse zu sprechen. Schließlich landete sie bei Alfonso Surez' Sekretärin. Martin hatte das Internet befragt und herausgefunden, dass Alfonso der CEO des Baugiganten war. Das Unternehmen war in Südspanien und auf den Kanaren tätig und in den letzten Jahren stark nach Marokko expandiert. Tonia berichtete der Sekretärin von ihrem geplanten Buch über Hotels auf den Kanarischen Inseln. Bei ihren Recherchen sei sie darauf gestoßen, dass die Firma Surez einige dieser Hotels gebaut habe. Daher würde sie gerne einmal mit Alfonso Surez sprechen und seine Sicht als Unternehmer kennenlernen.

Tonia verwies auf den Werbeeffekt, der dem Unternehmen Surez zugutekommen würde, wenn es in dem Buch gewürdigt würde. Die gewiefte Sekretärin biss an, denn sie wusste, dass ihr Boss nichts lieber tat, als sich im Licht der Öffentlichkeit zu sonnen. »Warten Sie bitte. Ich verbinde Sie nun mit Herrn Surez.« Dies waren ihre magischen Worte. Tonia atmete durch und bekämpfte ihre Nervosität.

Alfonso Surez hatte eine tiefe, volltönende Stimme. Nachdem sie sich vorgestellt und für die Störung entschuldigt hatte, kam sie auf ihr Buchprojekt zu sprechen. Sie schaffte es, begeistert über die architektonischen und baulichen Besonderheiten der Hotels zu sprechen, die die Firma Surez errichtet hatte. Sie erwähnte kurz den Namen der Architektin Adelheid Steffens, die an vielen Projekten beteiligt gewesen war, verriet aber in keinem Augenblick ihre eigene innere Beteiligung. Sie berichtete Surez, der sich aufgeschlossen zeigte, dass sie sich bereits in der nächsten Woche in Deutschland mit ihrer Agentin treffen wollte, um das Projekt in trockene Tücher zu bringen – was stimmte. Aus diesem Grunde ersuchte sie höflich, ob Surez bereit sei, sich kurzfristig mit ihr zu unterhalten. »Nein. Leider ist es heute ganz ausgeschlossen. Ein hochrangiger Vertreter des spanischen Bauministeriums hat sich für heute angesagt. Morgen leite ich unsere Betriebsversammlung. Da geht es auch nicht. Aber ich möchte Ihnen einen Vorschlag machen. Wie wäre es am Sonntag? Ich verbringe den Sonntag in meinem Haus in Adeje. Besuchen Sie mich dort. Sagen wir, gegen elf Uhr am Vormittag. Würde Ihnen das angenehm sein?«

Tonia notierte die Adresse und ließ sich die Anfahrt beschreiben. Es hörte sich ein wenig kompliziert an. Aber dafür gab es Google Maps. Sie bedankte sich freundlich und beendete das Gespräch. Martin blickte sie skeptisch an. »Willst du da wirklich hin?« »Wieso. Da ist doch nichts dabei. Was befürchtest du?« »Nun. Du weißt nicht, wie Surez reagiert, wenn er die ganze Geschichte erfährt.« »Dann werden wir uns gemeinsam überlegen, wie ich es ihm beibringe. Du bist von uns beiden der Taktiker«, sagte Tonia und kniff ihn leicht in die Wange. Sie fügte hinzu: »Komm, lass uns aufbrechen.«

Tonia lenkte den Jimny sicher durch die schmalen Straßen der quirligen Inselhauptstadt. Martin hatte fast während der gesamten Fahrt mit Luiz telefoniert und ihn auf den neuesten Stand gebracht. Luiz war ein paarmal am Haus vorbeigefahren, hatte aber nichts Auffälliges festgestellt. Martin beendete das Telefonat und fragte: »Glaubst du, dass wir in den letzten Tagen beschattet wurden?« Tonia überlegte einen Moment, bevor sie antwortete. »Als wir nach Güímar aufgebrochen sind, habe ich immer wieder in den Rückspiegel gesehen. Wenn uns jemand oder ein Team gefolgt sein sollte, dann waren sie sehr professionell. Auf der anderen Seite glaube ich aber auch nicht, dass sie es aufgegeben haben. Möglicherweise orten sie unsere Handys oder ...« »... oder sie haben uns einen Tracker ans Auto geheftet«, führte Martin ihren Satz zu Ende.

»Wenn sie darüber informiert sind, dass wir einen bekannten Archäologen besuchen, der zuvor schon mal als unser Gast registriert wurde – was werden sie daraus schließen? Was würdest du daraus schließen?« »Das, was naheliegt«, erklärte Martin. »Die Autorin aus Deutschland recherchiert im Zusammenhang mit einem neuen Buch, das sie plant. Das passt hundertprozentig zu dem, was du diesem Valdes von der Luna-Gruppe erzählt hast. Er kennt dich als Autorin. Als sie dich das letzte Mal beschattet haben, hast du über die Hotels recherchiert, die deine Verwandte geplant hat. Wenn die Beschatter auch nur mit einem deiner Gesprächspartner gesprochen haben, dann wissen sie, dass du einen Bildband zum Andenken an Adelheid Steffens und ihre Verdienste für Teneriffa vorbereitest. Alles, was du tust, ist für sie bisher stimmig. Deswegen lassen sie die Zügel bei der Überwachung ein bisschen schleifen.«

KAPITEL 24

Tonia parkte den kleinen Geländewagen geschickt in einer schmalen Parklücke in Sichtweite zum archäologischen Institut. Sie entgegnete: »Das wird sich bestimmt ändern, wenn Valdes und seine Leute erfahren, dass wir uns heute mit dem Bürgermeister von Santa Cruz treffen.« »Da könntest du recht haben«, stimmte ihr Martin zu.

Sie betraten das Institut und meldeten sich an. Da Tonia von ihrem ersten Besuch her den Weg zu Miguels Büro noch kannte, durften sie sich allein auf den Weg dorthin machen. Miguel war sehr beschäftigt, wie sie sehen konnten. Da bis zum vereinbarten Treffen mit Cervantes noch rund eineinhalb Stunden Zeit blieben, winkte Tonia Miguel nur kurz zu und rief: »Miguel, hast du etwas dagegen, wenn sich Martin und ich die Exponate ansehen, die ihr in der Ausstellung habt?« »Nein, natürlich nicht. Aber meldet euch bei Natalia Duarte. Sie hat ihr Büro zwei Zimmer weiter auf der linken Seite. Ihr könntet mir ihr unsere Untersuchungsergebnisse besprechen. Natalia ist meine rechte Hand. Sie ist hochkompetent und vertrauenswürdig. Ich möchte, dass sie an unserem Projekt von Beginn an mitarbeitet. Denn ihr wisst ja, dass ich nicht immer hier bin, um mich um alle Details kümmern zu können.« »Alles klar«, sagte Tonia. »Wir sehen uns dann nachher.«

Natalia Duarte war eine rundliche Frau von Mitte fünfzig. Sie trug rote Pumps zu Jeans mit einer passenden taillierten Bluse, die ihre Figur vorteilhaft betonte. Sie trug ihr schwarzes, dichtes Haar schulterlang. Tonia spürte, dass Natalia nicht nur Miguels rechte Hand war. Sie lächelte in sich hinein. Sie machten sich bekannt. Die drei wurden rasch miteinander warm. Natalia gab ihnen wertvolle Hinweise für die Erstellung der 3-D-Zeichnungen der Höhle. Sie besprachen die nächsten Schritte, die zu unternehmen waren, damit das Projekt als staatliches Forschungsprojekt anerkannt wurde und in den Genuss einer Förderung kam. Natalia schlug vor, neben der öffentlichen Hand auch nach privaten Sponsoren zu suchen. Sie wusste genau, wie dies auf Teneriffa gelingen konnte. Nach einer guten Stunde kam Miguel hinzu. »Hallo, ihr Lieben. Wie ist es gelaufen?« Er küsste Natalia auf den Mund. »Meine Liebe, ich muss die beiden nun für ein, zwei Stunden entführen.« »Kein Problem, mein Schatz. Wir sind für heute auch fertig. Martin kann mich jederzeit anrufen, wenn er Fragen hat.«

Tonia und Martin bedankten sich und verabschiedeten sich herzlich von Natalia, die ihnen sofort das Du angeboten hatte. »Es ist gut, wenn ihr euch mit meinen Leuten vertraut macht«, sagte Miguel. »Denn ihr werdet in den nächsten Jahren bestimmt einige Zeit hier verbringen.« Tonia nickte. Sie konnte sich in etwa vorstellen, was da auf sie zurollte. Bevor sie Autorin geworden war, hatte sie viele Jahre als wissenschaftliche Mitarbeiterin auch teils in leitender Position in Projekten und Forschungsvorhaben zugebracht. Dasselbe konnte Martin auch von sich sagen. Er war Hochschulassistent gewesen, bevor er in die freie Wirtschaft gewechselt war. Sie beide fühlten sich unter Forschern wohl. Ein wenig war es, wie zu den eigenen Wurzeln zurückzukehren. Es fühlte sich gut an.

Miguel führte sie in eine nahe gelegene kleine, aber feine Tapasbar. Sie durchquerten das Restaurant und steuerten die Terrasse im Innenhof an, wo mehrere Tische eingedeckt waren. Die meisten Tische waren noch leer. Ein Kellner führte sie an den Tisch, den Miguels Sekretärin am Morgen reserviert hatte.

Stefano Cervantes war pünktlich. Der Mann trug mit Würde seinen beeindruckenden Leibesumfang. Tonia musterte ihn, während Miguel ihn überschwänglich begrüßte. Die beiden Männer umarmten sich und redeten gleichzeitig lautstark aufeinander ein. Trotzdem wirkte die Freundlichkeit zwischen ihnen echt und nicht zur Schau gestellt. Tonia würdigte den perfekt sitzenden maßgeschneiderten Anzug und die glänzenden Schuhe, von denen sie vermutete, dass sie ebenfalls Maßanfertigungen waren. Sie registrierte eine schlichte Armbanduhr, die er am rechten Handgelenk trug. Eine Patek Philippe. Ohne Zweifel. Dieser Mann gehörte zum Geldadel Teneriffas. Sie musste ihre Beobachtung vorübergehend einstellen, denn Cervantes wandte sich ihr zu, um sie herzlich zu begrüßen. Er sprach sie auf Deutsch an. Als sie ihn nach seinen hervorragenden Deutschkenntnissen fragte, lachte er und antwortete: »Wissen Sie, wenn Sie Bürgermeister von einer Inselkommune sind, auf der sich beinahe ebenso viele Deutsche wie Teneriferos aufhalten, dann sollten Sie die Sprache ihrer Gäste erlernen. Für mich ist das ein Zeichen des Respekts. Wir leben davon, dass Menschen zu uns kommen. Sie sollen wissen, dass sie hier willkommen sind und sich wohlfühlen.

Miguel hat mir erzählt, dass Sie und Ihr Freund Neubürger auf unserer schönen Insel werden. So heiße ich Sie herzlich willkommen. Ich kannte Ihre Verwandte, Frau Steffens, persönlich. Sie war eine außergewöhnliche und sehr fähige Frau.«

Die Unterhaltung plätscherte eine Weile dahin. De Serra und Cervantes hatten offensichtlich viele Themen zu besprechen. Martin, der bemerkt hatte, dass Tonia zunehmend unruhiger wurde, drückte ihre Hand und flüsterte: »Hab Geduld, meine Liebe. Du weißt, wir sind hier im Süden. Wir Deutschen sind wahrscheinlich das einzige Volk auf der Welt, das mit der Tür zuerst ins Haus fällt.« Nachdem der Kellner weitere Getränke gebracht und ihre Bestellung aufgenommen hatte, wandte sich Cervantes wieder Tonia zu. »Und nun erzählen Sie mir von Ihrer wichtigen Entdeckung. Miguel hat mir am Telefon nichts gesagt. Nur, dass es sehr wichtig wäre.«

Tonia gab ihm die Kurzfassung. Sie erzählte von der überraschenden Erbschaft, ihrem Beschluss, das Erbe erst einmal in Augenschein zu nehmen und ihre Gönnerin posthum kennenzulernen. Sie berichtete von der Entdeckung des Höhlensystems mit der Thermalquelle auf ihrem Grundstück, der Einbeziehung von Professor de Serra und dem bisherigen Stand der Überlegungen, wie die Höhle erforscht, erhalten und genutzt werden könnte auf eine Weise, dass sowohl die Wissenschaft als auch die Einwohner der Insel und auch der Tourismus davon profitieren könnten. Cervantes hörte zu, ohne sie zu unterbrechen. Nachdem sie zum Ende gekommen war, sah er sie ruhig an.

»Okay«, sagte er schließlich. »Und nun verraten Sie mir endlich, welche Rolle Sie mir zugedacht haben.« Tonias Hoffnungen stürzten in sich zusammen. Wie sollte sie die Geschichte mit der Luna-Gruppe überzeugend vermitteln? Für den Moment warf ihr Miguel die Rettungsleine zu, indem er sich in das Gespräch einschaltete. »Stefano, wie du schon richtig vermutest, gibt es da noch etwas, wofür wir deinen Rat benötigen.«

»Als ich nach Teneriffa gekommen bin, stand ein Mann namens Diego Valdes vor meiner Haustür und bat um eine Unterredung. Señor Valdes ist Anwalt und vertritt eine kolumbianische Gesellschaft mit Namen Luna-Gruppe. Die Luna-Gruppe ist eine Investmentgesellschaft, die in der Tourismusbrache aktiv ist. Die Investoren möchten hier auf Teneriffa ein Luxusressort errichten und suchen einen geeigneten Küstenabschnitt dafür. Herr Valdes hat mir erklärt, dass sich Adelheids Anwesen vorzüglich als Standort eignen würde. Er hat mir ein Kaufangebot unterbreitet, bei dem man normalerweise nicht zweimal überlegen würde. Da ich Zeit gewinnen wollte, habe ich ihm gesagt, dass ich bis dato noch keine Entscheidung darüber getroffen hätte, ob ich das Erbe überhaupt annehmen würde. Ich würde mir während meines Aufenthaltes ein Bild machen und mich entscheiden, wenn ich wieder in Deutschland wäre.« »Das war doch vernünftig«, warf Cervantes ein. »Ja. Sicher«, fuhr Tonia fort. »Aber natürlich ist man auch alarmiert, wenn man erfährt, dass es eine kolumbianische Investmentgesellschaft auf das eigene Haus abgesehen hat. Was ist denn der Sinn einer solchen Investmentgesellschaft? Ich meine, es ist nicht von der Hand zu weisen, dass hier Geld aus Drogengeschäften angelegt werden soll.« »Fahren Sie fort«, sagte Cervantes.

»Bei der Sichtung von Adelheids Papieren habe ich festgestellt, dass die Luna-Gruppe ihr ein ähnliches Angebot unterbreitet hatte. Doch nicht nur das. Ein Freund von Frau Steffens erklärte uns, dass sie keineswegs gewillt gewesen wäre, auf das Angebot einzugehen. Sie wollte ihren Grund und Boden auf gar keinen Fall verkaufen. Es ging ihr darum zu verhindern, dass die Höhle zerstört wird. Unser Informant berichtete, dass sich Adelheid zunehmend unter Druck gesetzt gefühlt habe. Man hat sie wohl wieder und wieder zum Verkauf gedrängt.

Sie sollten wissen, dass es während unserer Anwesenheit hier mehrere beunruhigende Vorkommnisse gegeben hat. Das Haus wird beschattet, ich wurde verfolgt, unser Nachbar wurde bedrängt und erlitt sogar einen Unfall. Ich glaube nicht an Zufälle«, schloss sie. Cervantes schwieg einen Augenblick. Dann sagte er: »Das ist starker Tobak. Ihren Ausführungen entnehme ich, dass Sie Repressalien befürchten, wenn bekannt wird, dass Sie das Grundstück behalten wollen. Okay. Einen Teil Ihres Grundstücks möchten Sie der Öffentlichkeit zur Verfügung stellen. Das ehrt Sie. Aber Sie haben Angst, dass man Ihnen oder Ihren Lieben etwas antut. Das wäre durchaus verständlich.« Miguel schaltete sich in das Gespräch ein: »Ich würde gerne deine Einschätzung hören, Stefano. Wie bewertest du die Situation? Sind dir diese Leute schon mal begegnet?«

Cervantes seufzte. »Ist der archäologische Fund, den ihr gemacht habt, wirklich so bedeutend, Miguel?« »Stefano. Ich versichere dir: In meiner bisherigen Laufbahn ist mir nichts auch nur annähernd so Einzigartiges wie hier auf den Kanaren begegnet. Wenn diese Höhle richtig erforscht und genutzt wird, strahlt dies in viele Bereiche unseres öffentlichen Lebens hinein.« »Du weißt, Miguel, wie sehr ich dich als meinen Schwager, aber auch als meinen Freund schätze. Aber du bist auch ein Idealist – wie deine Freunde hier übrigens auch. Wenn dieser Fund auf die falsche Weise und den falschen Leuten präsentiert wird, werden wir das Erstarken eines tumben Separatismus erleben. Es könnte dazu führen, dass die Nationalisten die politische Bühne entern und lautstark die Trennung von Spanien fordern.« »Ich verstehe, was du meinst«, antwortete Miguel lakonisch. »Aber ich verstehe langsam gar nichts mehr«, dachte Tonia bei sich. Sie musste ihren aufwallenden Zorn kontrollieren, damit sie nichts Unbedachtes sagte. Cervantes war ihr egal. Aber sie wollte Miguel nicht vor den Kopf stoßen. Stattdessen sagte sie nur: »Sie haben Miguels Fragen noch nicht beantwortet.«

»Ich komme gleich darauf«, entgegnete Cervantes keineswegs beleidigt. »Seien Sie nicht ungeduldig mit mir. Ich möchte mich nur Ihrer Absichten versichern. Ich möchte wissen, mit wem ich es zu tun habe, denn ich kann Ihr Projekt nur unterstützen, wenn ich verstehe, was Sie antreibt und was Sie beabsichtigen. Aber um Miguels Frage zu beantworten: Ja, ich kenne diese Leute. Sie sind umtriebig. Seit etwa zwei Jahren sind sie auf Teneriffa aktiv. Wir brauchen uns nichts vorzumachen. Die Kanarischen Inseln sind nicht der Garten Eden. Der Höhepunkt des Baubooms ist sicherlich überschritten. Aber es gibt noch immer eine ganze Reihe von Investmentgesellschaften, die in Immobilien investieren wollen. Die Luna-Gruppe gibt sich seriös. Die Gesellschaft ist in allen größeren Kommunen auf Teneriffa vorstellig geworden und hat sich nach geeignetem Baugrund erkundigt. Nur: Dieser wird langsam verdammt knapp. Die wirklich guten Grundstücke, die sich für exklusive Hotel- oder Wohnanlagen eignen, sind längst verkauft oder sogar schon bebaut. Die offenen Flächen, die es hier unten an der Südküste noch gibt, sind nicht geeignet, weil sie geologisch oft nicht stabil sind. Es ist zu gefährlich und nicht zu verantworten, dort große Gebäudekomplexe zu errichten. Der Grund, auf dem sie stehen, könnte buchstäblich in sich zusammenstürzen.

Dass sich die Luna-Gruppe also so intensiv um Ihr Land bemüht, Frau Hofmeister, verwundert hier niemanden, denn es ist eine der wenigen Freiflächen, die zur Bebauung wunderbar geeignet sind.« Tonia schnaubte empört. »Warten Sie. Ich bin noch nicht fertig. Ich bin auch nicht gegen Sie. Ganz im Gegenteil. Ich glaube, dass wir gemeinsam unsere persönlichen Interessen verfolgen und dennoch auch dem Gemeinwesen dienen können. Insofern ist es ein Glücksfall, Miguel, dass du zu mir gekommen bist.« »Okay, Stefano. Mach es bitte nicht so spannend.« Die innere Anspannung war Miguel anzumerken.

»Also gut. Ich glaube, dass es einen Weg gibt, dass Frau Hofmeister ihr Haus behalten kann, du ein attraktives Forschungsprojekt starten wirst und eure Höhle ein Publikumsmagnet werden wird. Und auch für die Kolumbianer könnte das eine Alternative sein, auf die sie sich eventuell einlassen würden. Und ich selbst wäre auch nicht unglücklich, denn ich würde, ehrlich gesagt, durchaus nicht ungern mit der Luna-Gruppe ins Geschäft kommen, und zwar völlig legal und zum Wohle meines Wahlkreises Santa Cruz.« Miguel rollte genervt mit den Augen. »Gleich, gleich, mein Freund«, sagte Cervantes in seine Richtung. Und zu Tonia und Martin gewandt: »Was liegt am östlichen Rand von Santa Cruz?« Tonia überlegte einen kurzen Moment, dann antwortete sie: »Atlantikseitig verfügt Santa Cruz über einen großen Hochseehafen, daran schließt sich ... schließt sich daran nicht die Playa de las Teresitas an? Dieser wunderschöne Strand, wo wir, weißt du noch Martin«, wandte sie sich an ihren Freund, »schon mal einen schönen Strandtag verbracht haben?« Martin nickte: »Ich erinnere mich.«

»Exakt«, sagte Cervantes. »In unmittelbarer Nähe zum Strand gelegen, verfügt die Stadt über ein Brachland, auf dem noch einige Lagerhallen stehen, die schon lange nicht mehr benutzt werden und bereits ziemlich verfallen sind. Allerlei Unrat hat sich in den letzten Jahren dort angesammelt. Diese Umgebung hat sich zum Anziehungspunkt für, sagen wir, allerlei Volk mit nicht ganz so integren Absichten entwickelt. Viele Familien aus Santa Cruz fahren lieber bis hinunter nach Adeje, um baden zu gehen, nur um ihre Kinder fernzuhalten. Wir haben viele Beschwerden und Eingaben im Stadtrat bekommen. Der Zustand ist unhaltbar geworden. Kurzum: Meine Kollegen und ich hätten nichts dagegen, dieses vernachlässigte Anwesen an die Luna-Gruppe zu veräußern.« »Ja, meinen Sie denn, dass dies funktionieren könnte?«, fragte Tonia nach.

»Ich glaube, ich weiß, um welches Grundstück es sich handelt«, warf Miguel ein. »Wenn man sich die alten Hallen und den Müll wegdenkt, ist die Lage wirklich top. Ruhig gelegen am schönsten Strand von Teneriffa und trotzdem stadtnah und nah an einem der schönsten Landstriche der Insel, dem Anaga-Gebirge. Das könnte funktionieren.« Cervantes nickte. »Wenn wir uns einig sind, lasst uns besprechen, wie wir weiter vorgehen.«

»Was schlagen Sie vor?«, fragte Martin. »Ich möchte gern die Höhle mit meinen eigenen Augen sehen«, sagte Cervantes. »Natürlich«, antwortete Tonia, »wann immer Sie wollen.« »Wie wäre es gleich morgen Nachmittag?«, fragte der Bürgermeister.

Tonia und Martin nickten. »Kein Problem.«

»Ich könnte meinen Parteifreund Caesare Cusa anrufen«, sagte Cervantes. »Caesare ist der neu gewählte Bürgermeister von Adeje. Im Südwesten und in der gesamten Region Abona gilt er als einflussreicher Mann und geschickter Politiker. Caesare ist noch jung und begeisterungsfähig. Ich glaube, dass Sie in ihm einen guten Verbündeten hätten, Señora Hofmeister.« »Das halte ich für eine ausgezeichnete Idee«, unterstützte Miguel seinen Schwager. Tonia nickte begeistert.

»Gut. Dann freue ich mich auf unsere nächste Begegnung«, sagte Cervantes und erhob sich. Er warf einen Blick auf seine Uhr. »Bitte entschuldigen Sie mich jetzt. Mein nächstes Meeting fängt gleich an.« Er nahm Tonias Hand und deutete einen Handkuss an, klopfte den beiden Männern kurz auf die Schultern und entfernte sich mit eiligem, festem Schritt. »Jetzt haben wir gar nicht mehr darüber gesprochen, was wir machen werden, wenn Herr Cusa nicht kann«, bemerkte Tonia.

Miguel lachte und sagte: »Ihr Deutschen müsst immer alles schriftlich machen und bis ins letzte Detail vorausplanen. Aber ihr könnt euch darauf verlassen. Stefano und Caesare Cusa werden beide kommen. Stefano kann sehr überzeugend sein, wenn er sich einer Angelegenheit annimmt. Und ihr müsst eines bedenken: Stefano ist motiviert, weil er seine eigenen Interessen niemals aus den Augen verlieren wird. Er will eine kommunale Liegenschaft, die zur Belastung geworden ist, an diesen Investor verkaufen. Glaubt mir: Wenn ihm dies gelingt, werden ihm seine Wähler in Santa Cruz zu Füßen liegen. Also, ihr beiden. Ich muss mich auch verabschieden. Im Institut wartet noch viel Arbeit auf mich. Wir sehen uns dann morgen.« Miguel erhob sich. Tonia stand ebenfalls auf und umarmte den Freund herzlich. »Miguel, du hast in dieser kurzen Zeit schon so viel für uns bewegt. Wie kann ich dir danken?« »Indem du das tust, was du begonnen hast: nämlich dich mit deiner ganzen Kraft unserem Projekt zu widmen.« Er winkte ihnen noch kurz zu und entfernte sich dann rasch.

Tonia sank auf den Stuhl zurück und griff nach Martins Hand. »Ich glaube, ich brauche noch einen Café Cortado, und du?«, fragte sie. »Ich schließe mich an«, antwortete Martin, während er dem Kellner zuwinkte. »Bitte bringen Sie uns noch zwei Cortado und machen Sie uns dann die Rechnung fertig.«

»Was hältst du von Cervantes?«, wollte Tonia wissen. »Er ist ein Vollblutpolitiker, was mich zugleich beruhigt und beunruhigt.« »Wieso beunruhigt?« Martin fuhr fort: »Ein solcher Mann hat immer noch ein Ass im Ärmel. Er lässt sich nie vollständig in die Karten schauen. Er schöpft seine Motivation aus bedeutenden Zielen, die er erreichen will und die mit seinem Namen verknüpft sind. Uns kommt entgegen, dass er selbst ein Grundstück an die Luna-Gruppe verkaufen möchte.«

KAPITEL 25

Tonia war gerade mit Tischdecken fertig, als sie Luiz' Wagen in der Auffahrt hörte. Sie ging ihm entgegen und begrüßte ihn herzlich. Luiz hatte einen selbst gebackenen frischen Mandelkuchen dabei – zum Nachtisch. »Adelheid hat diesen Kuchen geliebt. Ah. Martin. Ich sehe, du hast den Grill gefunden. Den haben wir oft benutzt. Wir haben meist abends warm gegessen und dazu Fisch und Gemüse gegrillt.« Einen Moment lang schien der alte Mann wehmütig in seine Erinnerungen einzutauchen. Doch dann veränderte sich seine Miene. Das Lachen in seinen Augen kehrte zurück und er sagte: »Wie schön, dass wieder Leben in dieses Haus eingekehrt ist und dass ihr mich daran teilhaben lasst.«

Martin berührte kurz seine Schulter, bevor er ihm ein köstlich duftendes Thunfischsteak servierte. Eine Zeit lang genossen sie schweigend ihr Essen und den Wein. Da es rasch dunkel wurde, hatte Tonia Windlichter und Öllampen angezündet. Sie servierte Espresso und den Mandelkuchen zum Nachtisch. Martin gab dem Nachbarn eine Zusammenfassung über die Ereignisse und Begegnungen der letzten beiden Tage. Luiz begrüßte die Einbeziehung von Cervantes und dem Bürgermeister von Adeje, den er auch kannte und für integer hielt. Er fand auch gut, dass Tonia vor ihrer Abreise noch den Bauunternehmer Surez treffen wollte. »Aber du siehst nicht eben glücklich aus, Tonia.«

»Ich weiß nicht so recht«, gab sie zu. »Ich bin unsicher, weil sein Vater lange mit Adelheid liiert war. Es kann immerhin sein, dass unter den Söhnen und ihrer Mutter Hass auf die Frau aus Deutschland bestand. Möglicherweise wird er allein deswegen unser Projekt torpedieren. Davon abgesehen bin ich nicht vertraut im Umgang mit euch spanischen Machos«, fügte sie augenzwinkernd hinzu. »So ganz von der Hand zu weisen sind deine Bedenken nicht«, stimmte ihr Martin zu. »Es behagt mir nicht, dass du da allein hinfahren willst. Ich könnte dich begleiten oder wenigstens hinfahren.«

»No, no, no«, unterbrach ihn Luiz bestimmend. »So weit ich es von Adelheid weiß, hat es keine ernsthaften Konflikte mit den Surez gegeben. In ihren letzten Berufsjahren waren die Söhne schon längst mit im Geschäft und hatten verantwortliche Positionen eingenommen. Wir haben es hier mit sehr wohlhabenden Leuten zu tun. Señora Surez hat möglicherweise etwas von den Affären ihres Mannes gewusst. Aber sie hat, wie viele spanische Frauen ihrer Generation – und wie deutsche Frauen in ähnlicher Lage vermutlich auch –, die Augen verschlossen. Sie hat in der Beziehung zwischen ihrem Mann und Adelheid eher so etwas wie ein geschäftliches Arrangement gesehen. Die Deutsche hat ihre Ehe nicht gefährdet. Tonia, du solltest dich auf den rein geschäftlichen Aspekt konzentrieren. Surez wird dir mit einer gewissen Neugier begegnen. Aber an allererster Stelle kommt für ihn das Geschäft. Du bist eine attraktive Frau. Es schadet nichts, wenn du das ein wenig unterstreichst. Aber zeig ihm vor allem deine Professionalität.«

»Danke für deine Einschätzung, Luiz. Das hilft mir. Also werde ich die Karte ausspielen, die uns Cervantes in die Hand gegeben hat. Wenn er uns unterstützt, darf er sich auf zwei große Bauprojekte freuen.«

Inzwischen war es spät geworden und Luiz verabschiedete sich. Er hatte Martin, der noch drei Tage länger als Tonia auf Teneriffa bleiben würde, für Dienstag zum Fischen eingeladen. Sie wollten noch vor Tagesanbruch mit seinem Boot rausfahren, das in Puerto Colón festgemacht war. Martin war Feuer und Flamme. Tonia schmunzelte. Sie freute sich, dass sich Martin gut mit dem älteren Mann verstand. Überhaupt hatte sie in der kurzen Zeit gute Freunde gefunden. Irgendwie war alles um sie herum lebendiger geworden, weniger eingegleist.

KAPITEL 26

Den nächsten Vormittag verbrachte Tonia am Schreibtisch. Sie beantwortete E-Mails, arbeitete an Skripten, die fertig werden mussten, und bereitete sich auf die anstehenden Gespräche mit den beiden Bürgermeistern und mit Surez vor. Da sie Fotos von der Höhle und den Wandmalereien hatte, bereitete sie eine Präsentation vor und versuchte sich an einem ersten groben Businessplan. Gegen Mittag kam Martin nach oben ins Büro und brachte zwei Teller mit Sandwiches für sie beide mit. Sie hatte gar nicht bemerkt, wie hungrig sie geworden war, und aß mit Appetit. »Du könntest mir noch ein bisschen helfen, wenn du Zeit hast«, bat sie Martin. »Natürlich. Worum geht es?«, erkundigte er sich. »Könntest du dir die Zahlen mal anschauen? Ich möchte etwas für die anstehenden Gespräche in der Hand haben.« Sie übergab Martin das Material und nahm das Geschirr mit sich nach unten, wo sie die Küche wieder aufräumte.

Luiz rief Martin auf seinem Handy an und teilte ihm mit, dass ein Freund soeben mit seinen zwei Hunden bei ihm eingetroffen sei. Sie würden gleich zu einem Spaziergang aufbrechen und ihren stillen Beobachter ein wenig auf seinem Posten stören. Sie hörte, wie Martin den Nachbarn beschwor, bloß vorsichtig zu sein und den Mann nicht zu provozieren.

Keine halbe Stunde später hörte sie, wie sich Miguels SUV der Einfahrt näherte. Sie ging den drei Männern entgegen. Mit Miguel tauschte sie zur Begrüßung Wangenküsse aus. Auch die Begrüßung von Stefano Cervantes war herzlich. Der Bürgermeister von Adeje, Caesare Cusa, war jung und von kräftiger Statur. Tonia schätzte ihn auf Mitte dreißig – höchstens. Er strahlte Tatkraft und gute Laune aus. Es schien ihn nicht zu stören, einen freien Nachmittag zu opfern. »Wissen Sie, Frau Hofmeister, ich habe mein Hobby zum Beruf gemacht. Ich bin gerne Bürgermeister. Für mich ist das der tollste Beruf der Welt.« »Na. Nun untertreib mal nicht«, frotzelte Cervantes. »Noch viel lieber wärst du Minister.« Alle lachten aufgeräumt. Tonia stellte Martin vor. Cervantes kam sofort zur Sache: »Und jetzt spannen Sie uns nicht länger auf die Folter. Lassen Sie uns aufbrechen.«

»Sehr schön.« Tonia stellte erleichtert fest, dass die beiden Politiker ebenso wie Miguel und sie selbst auch mit Trekkingschuhen ausgestattet waren. Sie ergriff einen kleinen Rucksack, der mehrere Stablampen und ein paar Einwegtrinkbecher enthielt, und ging voraus. Miguel bildete den Abschluss. Martin würde, wie verabredet, beim Haus bleiben. Tonia grinste, als sie weit entfernt mehrere Hunde bellen hörte. Luiz war also auf Posten. Sie kamen zügig auf dem schmalen, holprigen Pfad voran. Die beiden Politiker bewiesen Trittsicherheit. Miguel nutzte die Zeit und gab eine Zusammenfassung der bisherigen Entdeckungen und Untersuchungsergebnisse. Und schon waren sie da. Tonia trat zur Seite, um den Männern einen unverstellten ersten Blick zu ermöglichen.

Einen Moment lang sprach keiner. Tonia konnte sehen, wie die beiden Politiker staunten. »Wow«, entfuhr es schließlich Cusa, während Cervantes ein »Madre de dios« murmelte. Miguel brach den Bann und schritt nun voran in die Höhle hinein, die um diese Zeit lichtdurchflutet war. Dennoch öffnete Tonia ihren Rucksack und holte die Taschenlampen hervor. »Die brauchen wir, wenn wir nach hinten gehen«, erklärte sie den beiden Männern. »Das Sonnenlicht leuchtet nur einen Teil der Höhle aus.« Miguel erläuterte die Wandmalereien. »Und Sie sind wirklich sicher, dass die Malereien so alt sind?«, fragte Cusa nach. »Nach allem, was ich bisher sagen kann: ja«, bestätigte Miguel. »Aber wir werden weitere Untersuchungen durchführen. Wir stehen erst ganz am Anfang.«

Unter der erneuten Führung von Tonia durchquerte die Gruppe die ausladende Höhle und näherte sich der Quelle. Erneut verstummten die Männer, als sie das aus der Felswand heraussprudelnde Wasser sahen. »Haben Sie das Becken ausgebaut?«, fragte Cusa Tonia. »Nein.« Sie schüttelte den Kopf. »Wir haben alles in der Höhle so belassen, wie wir es vorgefunden haben. Es sieht fast so aus wie bei einem modernen Kneipp-Bad, nicht wahr? Fakt ist aber, dass dieses Spa schon viele Tausend Jahre alt ist.« Tonia verteilte die Trinkbecher, die sie mitgebracht hatte, und forderte die Männer auf, es ihr gleichzutun. Sie stellte sich so nah wie möglich an die Felswand heran und fing das heraussprudelnde Wasser in ihrem Becher auf. Jeder füllte seinen Becher und kostete das Wasser. Mehr brauchte es nicht. Tonia konnte sehen, dass ihre Gäste die Begeisterung nicht länger verbergen konnten.

»Und nun, Frau Hofmeister, erläutern Sie uns bitte, was Sie genau hiermit vorhaben«, forderte Cusa sie auf. »Sehr gerne. Doch lassen Sie uns langsam zurückgehen und dies bei einer Tasse Kaffee oder einem Glas Wein zu Hause besprechen.« Tonia dachte an Miguel und seinen Freund. Die beiden konnten nicht ewig dort oben Wache halten. Martin würde ihn auf seinem Handy anrufen, wenn die Gruppe wieder beim Haus war.

»Sie wollen also zunächst die Höhle und die gesamte Anlage archäologisch und anthropologisch untersuchen«, wandte sich Cusa etwa zwanzig Minuten später an Miguel de Serra, nachdem Tonia alle mit Kaffee, Kuchen und kalten Getränken versorgt hatte. »Wie lange wird das voraussichtlich dauern und was wird das kosten?«

Miguel ließ sich einen Moment Zeit, bevor er antwortete. »Bei einer Anlage dieser Größenordnung kann man nie wissen, welche Überraschungen noch auf einen Forscher warten. Aber meiner Erfahrung nach werden mein Team und ich etwa zwei Jahre benötigen. Es ist davon auszugehen, dass wir Anfragen von Fachkollegen aus aller Welt bekommen. Daher werden noch viele Jahre lang Forschungsaktivitäten stattfinden. Wir sind bereits dabei, eine Finanzierung für das erste Jahr aufzustellen. Natürlich werden wir auch Ressourcen des Staates und der Europäischen Union benötigen und hoffen dabei auf Ihre Unterstützung. Möglicherweise könnte man eine Anerkennung als UNESCO-Welterbe anstreben.« Er nickte den beiden Politikern zu. Cervantes nickte: »Das halte ich für einen klugen Schachzug, Miguel, der zumindest einen Teil der Erhaltungskosten decken wird.«

»Was geschieht danach? Ich meine, nachdem die Forschungen beendet sind«, erkundigte sich Cusa. »Bitte bedenken Sie, dass sich die Höhle auf meinem Grund und Boden befindet. Das soll auch so bleiben. Aber ich möchte, dass die Höhle mit der Thermalquelle auch den Menschen hier auf Teneriffa – Einheimischen wie Besuchern – zugänglich gemacht wird«, sagte Tonia. »Aber wie stellen Sie sich das vor, Señora Hofmeister? Wenn tausend Leute darin herumtrampeln, dann ist in kürzester Zeit alles futsch. Das können Sie doch nicht wollen«, empörte sich der Bürgermeister von Adeje. »Daran haben wir natürlich gedacht«, brachte sich Martin in das Gespräch ein. »Uns schwebt ein sanfter Tourismus vor«, erläuterte Tonia. »Wir werden die Artefakte sichern und abschirmen. Die Höhle wird nur auf festgelegten und befestigten Wegen begangen werden können. Die Besucher werden das Thermalwasser kosten können.«

»Aber wie wollen Sie die Leute dorthinbekommen?«, erkundigte sich Cervantes. »Sie wollen sie doch wohl nicht alle den abenteuerlichen Pfad hinter Ihrem Haus heraufscheuchen«, ergänzte er lachend. »Nein.

Keineswegs«, sagte Martin. »Man müsste den Besucherstrom über die Autobahn leiten, die oberhalb des Geländes vorbeiführt.« »Wem gehört das Land eigentlich?«, fragte Miguel. »Das Land, das an das Grundstück von Frau Hofmeister angrenzt, gehört der Gemeinde von Adeje«, sagte Cusa. »Ich verstehe, worauf Sie hinauswollen. Doch was hat die Stadt davon, wenn wir die Infrastruktur zur Verfügung stellen würden?« »Wir könnten über eine Beteiligung an den Einnahmen sprechen«, sagte Tonia. Cusa winkte ab. »Ich gehe davon aus, dass eine solche Stätte unserer Gemeinde Geld in die Kasse spülen wird. Wir müssen dafür sorgen, dass sie kommen, bleiben und verzehren. Wir werden uns schon einigen, Frau Hofmeister.« »Einen Teil der Einnahmen wird das archäologische Institut von Santa Cruz erhalten«, sagte Tonia. Cervantes nickte: »Das halte ich für recht und billig.« Miguel nickte.

»Sie wissen, dass der Bauunternehmer Surez mit der Luna-Gruppe in Verhandlungen steht. Ihm ist der Auftrag für die geplante Luxusresidenz praktisch zugesagt. Er wird sich das Geschäft nicht durch die Lappen gehen lassen wollen«, warnte Cusa. Sein Kollege aus Santa Cruz sprang Tonia bei und erklärte den Plan mit dem alternativen Baugelände nahe Santa Cruz. Cusa nickte beifällig. »Das könnte klappen. Doch wer bringt es ihm bei?«

»Ich bin morgen Nachmittag mit ihm verabredet und unternehme einen Versuch«, antwortete Tonia. »Okay, wenn es Señora Hofmeister gelingt, Surez ins Boot zu holen, dann werde ich euer Projekt unterstützen. Bitte informieren Sie uns umgehend, wie das Gespräch gelaufen ist«, sagte Cusa. Er schaute auf seine Uhr. »Ich muss mich jetzt leider verabschieden. Ich werde auf dem Golfplatz in Las Américas erwartet. Miguel, würdest du mich bitte bei mir zu Hause vorbeibringen?« »Ja«, stimmte Cervantes zu. »Für mich wird es auch Zeit. Wir beide haben ja noch eine etwas längere Heimfahrt vor uns.« Tonia bedankte sich herzlich bei den dreien und begleitete sie hinaus.

Als die Besucher fort waren, umarmte Martin sie und sagte: »Das hast du gut gemacht.« »Ich danke dir«, antwortete sie und erwiderte die Umarmung. »Lass uns aufräumen und noch kurz rüber zu Luiz fahren. Ich bin sehr gespannt darauf zu erfahren, was er und sein Freund erlebt haben.« »Das machen wir«, stimmte Martin zu.

Kurze Zeit später wurden sie von fröhlichem Hundegebell begrüßt. Zwei

Kraftpakete stürmten auf sie zu. Tonia, die Tiere aller Art innig liebte, umarmte die Hunde und ließ sich das Gesicht ableckend. Lachend kramte sie in ihrer Hosentasche nach einem Tempo, um sich abzutrocknen. Luiz kam ihnen gemeinsam mit dem Besitzer der Hunde entgegen. Die beiden Männer waren bester Laune. Es war offensichtlich, dass sie ihre Heldentat ein wenig begossen hatten.

Der Freund verabschiedete sich und verfrachtete die beiden Hunde in seinen Pick-up. Tonia registrierte, dass die beiden Hunde im Auto mitfahren durften und nicht in einen engen Käfig auf der Ladefläche gesperrt wurden. Viele Bewohner der Kanarischen Inseln hatten ein pragmatisches, eher nüchternes Verhältnis zu Hunden. Sie waren so lange nützlich, wie sie für die Kaninchenjagd an den Wochenenden eingesetzt werden konnten. Dass Hunde als Haustiere gehalten wurden und einen Stellenwert als bester Freund des Menschen – wie in Deutschland – hatten –, das war hier nicht die Regel. Sie fragte: »Luiz, ist es richtig, ihn fahren zu lassen? Ich meine: Er hat doch ganz schön einen im Tee – oder nicht?« Luiz winkte ab. »Zwei Gläser Wein von meinem Besten – das kann er schon wegstecken. Außerdem wohnt er in Adeje. Er hat es nicht weit.«

Wenig später teilte er gerecht den Rest aus der Rotweinflasche zwischen ihnen auf und sie stießen auf den erfolgreichen Tag miteinander an. Der Nachbar berichtete, wie er am Nachmittag mit seinem Freund und den beiden Hunden den Berg hinaufgefahren war. Der Wagen des Wachpostens stand an derselben Stelle, wo sie ihn schon öfter gesehen hatten. Den Pickup des Freundes parkten sie ein wenig abseits, sodass sie ein Stück zurücklaufen mussten. Die beiden Männer folgten einem alten Ziegenpfad, der sie auf den Weg brachte, den auch der Wachposten nutzte. Luiz bezog dann Posten in einer kleinen Tuffsteinhöhle, die von Kakteen und Gestrüpp zugewuchert war, sodass er vor Blicken geschützt war. Er wollte vermeiden, dass der Mann ihn eventuell wiedererkannte und Verdacht schöpfte, dass er entdeckt war. Der Freund ging mit den beiden Hunden und seiner Kaninchenbüchse weiter. Es hatte nur wenige Minuten gedauert, bis ein Mann in großer Eile den Weg hochgelaufen kam und direkt an Luiz' Versteck vorbeilief. Es war der Wächter. Luiz verharrte noch ein paar weitere Minuten, bis er in der Entfernung einen Automotor starten hörte. Dann folgte er seinem Freund. Sie hielten sich so lange im Gelände auf, bis sie sehen konnten, dass

Tonias Besucher abfuhren. Dann machten sie sich auf den Heimweg. Der Bewacher war nicht wieder aufgetaucht.

Luiz hielt das für ein gutes Zeichen. »Sie machen es halbherzig. Der Mann, der von dort oben euer Haus beobachtet, ist kein Profi. Ich habe eher den Eindruck, dass das ein älterer Bauarbeiter ist, der sich ein bisschen was dazuverdient.« »Wie kommst du darauf, dass es sich um einen Bauarbeiter handelt?«, erkundigte sich Martin. »Das erkenne ich an seiner Kleidung«, rief Luiz aus. »Der Mann hatte abgenutzte Arbeitsklamotten an, wie man sie hier bei uns auf Baustellen trägt.« Tonia sah nachdenklich aus. »Konntest du ein Firmenlogo erkennen?«, fragte sie. »Leider nein«, bedauerte Luiz. »Der Mann war zu schnell an mir vorbei. Ich wollte nicht riskieren, dass er mich sieht.«

»Das macht nichts, Luiz.« Tonia strich über seinen Handrücken. »Aber ich kann mir vorstellen, wer dahintersteckt. Morgen werde ich mich in die Höhle des Löwen begeben.«

KAPITEL 27

Tonia wachte gegen acht Uhr auf. Martin war schon wach. Sie hörte ihn unten rumoren. Wenig später ging sie nach unten in die Küche. »Ich brauche jetzt als Erstes einen Kaffee.« »Ich hole uns Brötchen«, entschied Martin und schlüpfte in Bermudashorts und T-Shirt vom Vortag. Tonia grinste. Männer waren irgendwie anders. In müffelige Klamotten zu steigen war ihr ein Graus. Doch frische Brötchen waren perfekt. Die lokalen Bäcker und Supermärkte hatten sich auf den Geschmack der deutschen Urlauber und Residenten eingestellt und boten Backwaren an, die den Gästen schmeckten – zumindest, wenn man wusste, wo es die leckersten Brötchen gab. Und dies wiederum hatte ihr Luiz verraten.

Tonia stellte die schwere Gusseisenpfanne auf den Herd und erhitzte sie. Sie verwendete nur wenig Olivenöl und schlug die Eier auf. Danach fügte sie klein geschnittenen gekochten Schinken hinzu und begann die Eier mit dem Schinken zu rühren. Sie fügte noch ein paar Kräuter und Gewürze hinzu und ließ das Ganze ein bisschen brutzeln, während sie den Kaffee vorbereitete und das Geschirr bereitstellte. Eine große Passatwolke bedeckte den Himmel an diesem Morgen. Aber draußen war es trotzdem angenehm warm. Daher deckte sie den Tisch auf der Terrasse. Sie war gerade dabei, die fertigen Rühreier in eine Schüssel umzufüllen, als sie hörte, wie der Jimny in die Einfahrt fuhr. »Perfektes Timing«, rief sie Martin entgegen.

Später, nachdem sich beide gestärkt hatten, schauten sie gemeinsam auf die Straßenkarte von Teneriffa. Zusätzlich hatte Tonia ihr Laptop nach draußen geholt und Google Maps geöffnet. Allerdings musste sie feststellen, dass auf den Satellitenbildern das Anwesen von Surez nicht zu erkennen war. »Wie er das wohl geschafft hat?«, fragte sich Tonia. Martin, der sich aufs Kartenlesen gut verstand, zeigte ihr den Weg auf der Inselkarte. »Das Schwierigste ist, die Abzweigung zu finden«, erklärte er. »Hier liegt der Barranco del Infierno. Hier oberhalb muss das Haus von Surez liegen. Da die Karte hier einen weißen Fleck hat, gehe ich davon aus, dass dies sein Grund und Boden ist. Mannomann, das ist ganz schön groß. Du fährst Richtung Guía de Isora und lässt Adeje und die Abzweigung zum Baranco rechts liegen. Kurz vor der landwirtschaftlichen Kooperative zweigt diese schmale Landstraße rechts ab und führt dich steil bergauf. Mit dem Jimny dürfte das kein Problem sein. Später fährst du praktisch parallel zur Hauptstraße, über die du gekommen bist, wieder zurück in Richtung Adeje. Dabei bewegst du dich auf der Privatstraße von Surez. Bis zu seinem Anwesen dürften es so etwa acht bis zehn Kilometer sein. Leider ist unsere Karte hier nicht so genau. Vermutlich hat sich Surez seine Abgeschiedenheit einiges kosten lassen. Du solltest also darauf vorbereitet sein, dass dir die Strecke ganz schön lang vorkommen wird. Fahr einfach weiter.«

»Kannst du abschätzen, wie die Straße aussieht? Ich meine, das sieht nach einer Schotterpiste an einem Steilhang aus.« »Das ist genau der Eindruck, den ein VIP wie Surez erwecken möchte. Er will gewiss keine Touristen in ihren kleinen Mietwagen anlocken. Er schützt seine Abgeschiedenheit, indem er den Eindruck erweckt, dass seine Straße, die genau hier abzweigt« – Martin wies sie auf eine winzig aussehende Straßenkreuzung im Nichts hin – »ins Gestrüpp führt. Ich vermute, dass die Abzweigung, die zu seinem Haus führt, nicht geteert ist und dass es auch kein auffälliges Hinweisschild gibt. Lass dich davon nicht abschrecken, sondern fahr einfach weiter. Ich kann mir vorstellen, dass die Straße nicht halb so schlimm ist, wie sie auf den ersten Blick aussieht. Und wenn du dich aufmerksam umschaust und dort viele Reifenspuren findest, dann weißt du, dass du auf dem richtigen Weg bist. Ich vermute sogar, dass du nach ein paar Hundert Metern auf eine perfekte Asphaltdecke stößt und ganz bequem zum Haus fährst. Soll ich dich nicht doch besser begleiten? Ich könnte dich doch fahren.«

»Ich weiß. Das ist lieb von dir. Aber wir haben ja gestern darüber gesprochen. Es ist besser, wenn ich zuerst mit Surez allein spreche. Du hast mich bestens gebrieft. Ich werde mich schon zurechtfinden. Außerdem haben wir ein perfektes Auto für einen Offroad-Ausflug. Ich habe mein Handy dabei. Es wird alles gut gehen.«

Wenig später packte sie ihr Laptop ein, auf dem die Präsentation und das Material, das sie für das Gespräch benötigte, abgespeichert waren. Danach schlüpfte sie in ein Sommerkleid, von dem sie wusste, das es ihr gut stand, und passende Sandaletten. »Vergiss die Karte nicht«, erinnerte sie ihr Freund, als sie sich verabschiedete.

Zehn Minuten später war sie unterwegs. Ein wenig mulmig war ihr zumute. Was für ein Mensch mochte Surez sein? Würde er ihr feindselig begegnen, weil er um ein schon sicher geglaubtes Geschäft fürchtete? Gab es Animositäten wegen ihrer Verwandtschaft mit Adelheit und den alten Beziehungsgeschichten? »Was solls«, dachte sie. »Ich habe mich vorbereitet. Mehr kann ich im Moment nicht tun.«

Kurz vor den großen Hallen der Cooperativa Agrícola Guía de Isora bog sie scharf rechts ab. Die schmale Straße war geteert und in einem guten Zustand, wie sie erleichtert feststellte, denn es ging steil bergauf. Der Jimny mit seinem Allradantrieb bewältigte die Steigung ohne Probleme. Nach ein paar Hundert Metern knickte die Straße rechts ab und führte dann in engen Serpentinen weiter den Berg hinauf. Sie befand sich in den Ausläufern der Corona Forestal und bewegte sich nun wieder langsam, aber stetig in die Richtung, aus der sie gekommen war. Verdammt. Jetzt musste die Abzweigung doch endlich kommen. Hoffentlich hatte sie sie nicht übersehen. Es wäre schlecht, wenn sie auf dieser engen Straße wenden müsste, die abhangseitig nicht einmal mit Leitplanken gesichert war.

Es war ihrer Intuition zu danken, dass sie sehr langsam um die nächste Kurve herumfuhr. »Oha«, dachte sie. Martin hatte recht gehabt. Ein ausgefahrener holpriger Weg zweigte rechts ab. Sofort hob sich eine Staubwolke und hüllte sie ein, als sie abbog. Kein Hinweisschild verriet ihr, dass sie sich auf dem richtigen Weg befand. Aber sie hatte das kleine Firmenlogo entdeckt, das auf dem Stamm einer mächtigen Pinie angebracht war. »Von hier aus kann es nicht mehr weit sein zum Ende der Welt«, dachte sie und fürchtete um ihr Kleid. Gott sei Dank hatte sie das Verdeck ihres Wagens wenigstens teilweise geschlossen, sodass der meiste Staub draußen blieb.

Sie war verblüfft, wie recht Martin mit seiner Einschätzung der Lage gehabt hatte: Nachdem sie keine hundert Meter weit geholpert war, war die Straße plötzlich wieder in einem perfekten Zustand. Sie war schmal, knapp einspurig, doch es gab Ausweichbuchten, um den Gegenverkehr durchlassen zu können. Allerdings gab es keinen Gegenverkehr. Tonia war vollkommen allein auf dieser Strecke unterwegs. Da sie abschätzen wollte, wie weit sie wohl noch fahren musste, hielt sie in einer Ausweichbucht, die unter einer besonders schönen Pinie gelegen war, an. Sie stieg aus und schaute sich um. Der Ausblick war einfach phänomenal. Unter ihr an der Küste lagen die Urbanisationen mit den Hotels ausgebreitet. Am Hang standen die Häuser der Canarios, die es vorzogen, nicht so dicht am Atlantik zu wohnen. Tonia wusste, dass der Ozean, der jetzt so ruhig und friedlich wirkte, oft gewaltige

Kräfte entfaltete. Dies im Urlaub als Energiespender zu erleben, war die eine Sache. War man dem immer ausgesetzt, konnte sich das Paradies schnell in sein Gegenteil verwandeln. Ungefähr achthundert Meter unterhalb sah sie die Straße, auf der sie gekommen war. Surez hatte seine Privatstraße bestens getarnt. Sie war von unten praktisch nicht zu sehen, verdeckt von Felsen, Kakteengestrüpp und Pinien.

Sie schaute auf ihre Uhr. Ihr blieben nur noch fünfzehn Minuten bis zum vereinbarten Termin. Sie fuhr weiter. Inzwischen hatte sie Nervosität erfasst. Würde sie es schaffen, pünktlich anzukommen? Wie weit war das denn noch – verdammt! Doch nur wenige Minuten später mündete die schmale Straße in ein weites Plateau. Tonia war überrascht. Damit hatte sie nicht gerechnet. Sie hatte sich bereits gefragt, warum ein schwerreicher Industriemanager sein Domizil so weit ab vom Schuss gewählt hatte. Die Antwort war: Dies war nicht sein Problem. Sie fuhr an dem Hubschrauberlandeplatz vorüber und hielt auf den großzügigen Landsitz zu.

Surez flog also mit dem Hubschrauber nach Santa Cruz hinüber. Natürlich. Sie registrierte zwei Tennisplätze, einen wunderschönen, beinahe Zen-artig schlicht wirkenden Kakteengarten, einen Springbrunnen. Sie parkte den Jimny neben einem kanariengelben Hummer SUV, das ihr irgendwie deplatziert vorkam. Es passte nicht zum Stil des Landhauses. Als sie ausstieg, bog ein hochgewachsener Mann um die Hausecke. Er war drahtig, hatte schwarzes Haar mit einigen grauen Strähnen und trug eine Ray-Ban-Sonnenbrille. An den Bermudashorts und der lässigen Haltung erkannte sie, dass es sich um den Hausherrn selbst und nicht etwa um einen Mitarbeiter des Sicherheitsdienstes handeln musste. Sie nahm innerlich Haltung an und war froh und hoffte, dass sie nach der staubigen Fahrt nicht allzu derangiert wirkte.

KAPITEL 28

Alfonso Surez begrüßte sie äußerst höflich. Er führte sie durch den Kakteengarten, der der ganze Stolz seiner Mutter war, wie er berichtete, zur Terrasse, die so groß wie ihr heimisches Grundstück und im Gegensatz zur
wohltuenden Kargheit des Kakteengartens opulent mit Skulpturen ausgestattet war. Tonia fiel auf, dass sich der Swimmingpool vergleichsweise
klein ausnahm. Sie sprach ihren Gastgeber darauf an. »Interessant, dass
Ihnen das auffällt. Sie haben Sinn für Proportionen. Daran erkenne ich,
dass Sie mit Adelheid verwandt sein müssen. Sie hat meinen Vater dafür
ausgeschimpft, dass er nur einen kleinen Pool gebaut hatte. Ich nehme an,
Sie wissen, dass Frau Steffens eine begeisterte Schwimmerin war.« »Adelheid war hier«, rief Tonia erstaunt aus. »Natürlich. Häufig sogar, als mein
Vater noch lebte. Selbst als sie« – er machte eine kleine Pause – »schon
lange kein Paar mehr waren«, beendete er den Satz. »Aus diesem Grund
fuhr sie auch stets einen Geländewagen«, ergänzte er. »Diesen Wagen, mit
dem sie gekommen sind, kenne ich allerdings nicht. Sie hat ihn wohl erst
vor wenigen Jahren angeschafft.

Doch um auf Ihre Frage zurückzukommen: Wir Kanarier schwimmen
nicht so gerne. Wir leben lieber hier oben und schauen von oben auf das
Meer. Außerdem ist Süßwasser kostbar. Daher haben die meisten Häuser
keinen Pool oder nur einen kleinen zur Abkühlung, wo man sich eher
hineinsetzt – mit einem kühlen Getränk.« Tonia lächelte. Der Mann
war ihr sympathisch. Doch sie blieb auf der Hut. Sie hatte viele Manager
kennengelernt und wusste, dass sich hinter den angenehmen Umgangs-
formen oft ein scharfer Verstand und eisenharter Charakter verbarg. Sie
schaute sich neugierig um. Alfonso bemerkte es und fragte: »Möchten Sie,
dass ich Sie ein wenig herumführe, bevor wir uns setzen?« »Sehr gerne«,
antwortete Tonia. »Kann man von hier aus in den Barranco schauen?«

»Ich zeige es Ihnen.« Wenig später standen sie am Rand der Schlucht.
Die Aussicht war atemberaubend. Vom Rand des Plateaus aus konnte
man in die Schlucht hineinsehen. Tief unter ihnen bewegten sich ein paar
kleine Figuren – Wanderer auf dem Rundweg durch die Schlucht. »Wie
haben Sie es geschafft, hier eine Baugenehmigung zu bekommen – nein, vergessen Sie es. Ich habe das jetzt nicht wirklich gefragt.« »Doch, doch. Sie
können mich das ruhig fragen. Meine Familie hat das Grundstück bereits

in den Fünfzigerjahren des letzten Jahrhunderts erworben. Hier stand eine hübsche kleine Finca mit einer kleinen Obstplantage. Ich kann mich noch als Kind erinnern, wie wir Jungen die Sommerferien auf der Finca verbracht haben. Es war eine schöne, unbeschwerte Zeit. Mein Vater machte sein erstes großes Vermögen mit Großprojekten auf dem Festland. Außerdem errichtete er Hotels in Tunesien und in Marokko. Es waren die Anfänge eines beginnenden Massentourismus. Das expandierende Geschäft brachte auch private Verpflichtungen mit sich. Irgendwann war die Finca zu klein und entsprach nicht mehr den repräsentativen Anforderungen.

Dann wurde diese Villa gebaut, die für meinen Geschmack eigentlich viel zu pompös ist. Doch meine Mutter hängt an ihr und sie kommt noch immer gern hierher. Meine Frau übrigens auch. Als wir das Anwesen angelegt haben, war der Barranco del Infierno noch kein Naturschutzgebiet. Das ist erst sehr viel später gekommen. Damals war das einfach eine ziemlich gefährliche ganzjährig wasserführende Schlucht, die bei jedem Regenguss zu einer lebensgefährlichen Falle für jeden wurde, der dort unterwegs war.«

Surez führte Tonia zu einer Sitzecke auf der Terrasse, wo Kaffee, Kaltgetränke und Kuchen auf sie warteten. »Wie standen Sie zu Adelheid Steffens?«, fragte sie ihren Gastgeber, nachdem ihr Kaffee von einem Dienstmädchen eingeschenkt worden war, das wie aus dem Nichts plötzlich neben dem Tisch aufgetaucht war. »Sie meinen, weil mein Vater mit ihr eine außereheliche Beziehung unterhalten hatte?«, ergänzte er. Tonia nickte. »Für unsere Mutter war das damals sicher nicht leicht zu akzeptieren. Letztlich hat sie sich damit arrangiert, auch wenn sie unserem Vater nie ganz vergeben konnte. Vater hatte ihr unmissverständlich erklärt, dass Adelheid für das Geschäft sehr wichtig war. Er hielt sie für eine begnadete Architektin und für hochprofessionell. Er vertraute ihr, und soweit ich weiß, hat Adelheid sein Vertrauen nie enttäuscht.

Adelheid war ja ein paar Jahre jünger als unser Vater. Als er sich aus dem Geschäft zurückgezogen hatte, haben meine Brüder und ich noch ein paar Jahre lang weiter mit Adelheid zusammengearbeitet, bis sie sich dann zur Ruhe setzte. Unser Vater wurde dann krank und zog sich aus Santa Cruz zurück und lebte fortan hier oben. Er war auf einen Rollstuhl und Hilfe angewiesen, was nicht einfach für ihn zu ertragen war. Unsere Mutter lebte weiterhin in unserem Haus in Santa Cruz. Sie kam in diesen Jahren nur selten hierher. Sie konnte es auch nicht ertragen, den starken, dominanten

Mann, den Patriarchen, so schwach zu sehen. Sie sagte dann immer: ›Das ist nicht mehr der Mann, den ich geheiratet habe.‹ Ich schätze, das war ihre Form, sich zu rächen. Doch Adelheid kam hierher. Sie kaufte sich ein robustes Auto und fuhr damit regelmäßig über die Schotterpiste hierher. Sie müssen wissen, dass die Straße in einem vollkommen anderen Zustand war als jetzt. Das war stellenweise nicht viel mehr als ein Eselspfad. Mein Vater erteilte dann die Anordnung, die Straße auszubauen. Sie wird eigentlich nur von Lieferanten und dem Personal benutzt. Wir selbst benutzen die Hubschrauber. Bei uns in der Familie hat fast jeder einen Pilotenschein.«

Surez lehnte sich zurück. »Nun habe ich Ihnen einiges über uns erzählt. Aber Sie sind hier, weil Sie ein Anliegen haben. Was also führt Sie zu mir, Frau Hofmeister?«

Tonia atmete tief durch. Dann beugte sie sich leicht vor und begann ihren Bericht. Sie erzählte davon, wie ein Kölner Notar sie ausfindig gemacht hatte, von ihren Recherchen über die verwandtschaftliche Beziehung zu Adelheid Steffens, ihrer eigenen Liebe zu Teneriffa, ihrem Leben und ihrer Arbeit in Deutschland, ihrem Entschluss hierherzukommen und Adelheid und das Erbe, das sie ihr hinterlassen hatte, erst einmal kennenzulernen. Sie ließ auch die Recherchen zum Bildband, den zu realisieren sie sich vorgenommen hatte, um das Lebenswerk ihrer entfernten Verwandten und Schwester im Geiste zu ehren, nicht aus. Schließlich berichtete sie von dem Angebot der Luna-Gruppe, der Entdeckung der prähistorischen Höhle auf ihrem Grundstück und der Thermalquelle, ihrer Zusammenarbeit mit Professor de Serra und ihrem Entschluss, das Erbe anzunehmen, sich auf Teneriffa niederzulassen und gemeinsam mit de Serra und mit der Unterstützung der Provinzregierung die Höhle zu erforschen, ein Museum zu realisieren und die Thermalquelle den Menschen auf der Insel und ihren Gästen zugänglich zu machen, sozusagen ein Zentrum oder eine Begegnungsstätte zu schaffen, die sowohl den Körper als auch den Geist ansprechen sollte.

Surez unterbrach ihren Redefluss kein einziges Mal, sondern lauschte zunehmend interessiert. Schließlich fragte er: »Und das alles haben Sie in den wenigen Tagen seit ihrer Ankunft erreicht? Sie haben tatsächlich bereits mit den Bürgermeistern von Santa Cruz und Adeje gesprochen? Nicht zu glauben. Sie sind tatsächlich vom selben Schlag wie Adelheid. Wie haben diese Leute reagiert?« An diesem Punkt spürte Tonia, wie ihr Mut ins Wanken geriet. »Nun, Señor Surez. Ich will Ihnen nichts vormachen.

Wenn Sie von unserem Projekt nicht überzeugt werden können, dann ist die Sache gestorben. Das haben mir die beiden Regionalpolitiker unmissverständlich klargemacht.«

»Sie müssen verstehen, Frau Hofmeister. Sie sind mir sympathisch und ich schätze den Geist, mit dem Sie an die Sache herangehen. Ich will Ihnen gegenüber auch ehrlich sein. Ich bin in erster Linie unserem Geschäft verpflichtet. Wir haben schon vor ein paar Jahren damit begonnen, in Mittel- und Südamerika Hotelanlagen zu errichten. Zwischen der Luna-Gruppe und uns besteht eine gute Partnerschaft. Sie investieren, wir fragen nicht, woher das Geld für die Unternehmungen stammt. Wir bauen. Wir haben der Luna-Gruppe vorgeschlagen, sich auf Teneriffa zu engagieren. Ihr Konzept ist gut und stärkt den hochpreisigen Tourismus, wie er sich entlang der Playa del Duque herausgebildet hat. Doch es gibt ein Problem: Es gibt kaum noch einen geeigneten bebaubaren Raum dafür.

Luna-Gruppe ist zu uns gekommen und hat sich ganz konkret nach den Anwesen von Adelheid und ihrem Nachbarn erkundigt. Uns schien das vernünftig, denn schauen Sie: Sowohl Adelheid als auch ihr Nachbar sind alte Leute. Adelheid hatte keine direkten Nachkommen. Ihr Nachbar hat erwachsene Kinder, die aber auf dem Festland leben und bisher keinerlei Ambitionen zeigten, ihren Lebensmittelpunkt nach Teneriffa zu verlegen. Also machte die Luna-Gruppe beiden ein gutes Angebot. Doch sie weigerten sich. Es war nicht mit ihnen zu verhandeln. Jetzt ist es an Ihnen, Frau Hofmeister. Überlegen Sie gut. Sie hätten so viel Geld, dass Sie sich praktisch zur Ruhe setzen und Ihr Leben genießen könnten. Sogar ein Dauerwohnrecht in der neuen Anlage ist in dem Angebot enthalten.

Doch ich will Ihnen auch gestehen: Wir wussten nichts von der Existenz einer solchen Höhle und noch weniger von einer Fuente Santa, einer Heilquelle. De Serra hat unsere Arbeit oft behindert, wenn wir irgendwo auf einen Stein gestoßen sind, auf dem eine Spirale oder so etwas eingeritzt war. Er hat dann Baustellen wochenlang stilllegen lassen. Sie können sich vielleicht vorstellen, was das für einen Bauunternehmer bedeutet. Aber ich schätze seine Expertise. Wenn also de Serra der Meinung ist, dass dieser Ort für das kulturelle Selbstverständnis dieser Insel eminent wichtig ist, dann respektiere ich diese Meinung. Ich versichere Ihnen, dass ich nicht daran interessiert bin, dieses Erbe zu schädigen, denn, wie Sie wahrscheinlich wissen, allzu viel haben wir in diesem Bereich nicht zu bieten.«

An diesem Punkt unterbrach Surez seinen Redefluss. Es besann sich kurz und fragte: »Nun kennen Sie mein Dilemma, Frau Hofmeister. Welchen Ausweg aus dem Dilemma sehen Sie? Worüber genau wollen Sie mit mir verhandeln?« Tonia überlegte einen kurzen Moment, bevor sie antwortete. »Sie kennen Diego Cervantes, den Bürgermeister von Santa Cruz«, konstatierte sie. Surez nickte. »Professor de Serra hatte uns ein Gespräch mit ihm vermittelt. Bei diesem Gespräch stellte sich heraus, dass Cervantes ebenfalls in Kontakt zur Luna-Gruppe steht. Von Cervantes erfuhren wir, dass die Luna-Gruppe durchaus Alternativen zu unserem Anwesen für ihr Großprojekt ins Visier genommen hat. Zumindest ist das Unternehmen an die Verantwortlichen der Kommunen im Küstenbereich herangetreten. Cervantes berichtete uns, dass es ganz in der Nähe des Strandes Las Teresitas bei Santa Cruz eine Liegenschaft gibt, um die es bisher in der Stadt viel Streit gibt, weil sie ein Hotspot für Drogenkriminalität ist.« »Sie meinen die alten Lagerhäuser«, unterbrach Surez sie, nun ganz Ohr. »Ja. Ich nehme an, dass ich Ihnen damit kein Geheimnis verrate. Jedenfalls scheint es inzwischen unter den Stadtverantwortlichen eine Mehrheit zu geben, die auf den Verkauf des Geländes und die Umnutzung drängt. Cervantes hatte nun die Idee, dass man dieses Gelände der Luna-Gruppe anbieten könnte.«

Surez dachte einen Augenblick lang nach. Dann sagte er: »Ich glaube, dass dies tatsächlich eine Alternative für die Luna-Gruppe sein könnte. Das Gelände ist ziemlich eben und flach, was hier eher selten vorkommt. Gleichzeitig ist der Untergrund fest und gut bebaubar. Das Areal ist groß – deutlich größer als Ihr Grundstück und das von Ihrem Nachbarn zusammen. Die Lage sowohl in Richtung Strand als auch zur Stadt hin ist optimal. Es besteht Autobahnanbindung und beide Flughäfen sind gut zu erreichen. Wenn die Politik mitmacht – und hier habe ich die meisten Bedenken –, wäre dies in der Tat eine Alternative, über die man verhandeln könnte.« Tonia fiel ein Stein vom Herzen. »Und wie stehen Sie selbst dazu?«, fragte sie. »Würden Sie unter diesen Umständen unser Projekt unterstützen?«

»Ich will Ihnen nicht verhehlen, dass wir einen hohen Aufwand haben werden, denn wir müssten in großen Teilen neu planen. Nun. Das gehört zum Geschäftsrisiko eines Bauunternehmers. Ich will mich nicht beklagen, denn es ist machbar. Ich kann Ihnen noch nichts versprechen, Frau Hofmeister. Aber ich werde Folgendes tun. Ich werde als Erstes mit Cervantes sprechen und herausfinden, wie belastbar sein Angebot wegen des Hafengrundstücks tatsächlich ist. Wenn er mich überzeugt, spreche ich umgehend mit Diego Valdes von der Luna und versuche ihm die neue Lage schmackhaft zu machen. Diego handelt rein rational. Wenn für ihn die Vorteile der neuen Lösung überwiegen, wird er mitmachen. Aber sagen Sie mir, wie werden Sie weitermachen, wenn Ihnen Diego nicht mehr im Nacken sitzt?«

Sie nahm ihr Laptop und zeigte ihm die Präsentation, die sie am Vortag vorbereitet hatte. Die Fotos, die sie von dem Gelände oberhalb ihres Hauses, der Höhle mit ihren Wandbildern und der Thermalquelle gemacht hatte, beeindruckten ihn. Surez atmete scharf ein. »Das ist fantastisch«, rief er aus. »Das hätte ich nicht erwartet. Kaum zu glauben, dass Adelheid das vor uns all die Jahre verborgen hat.«

Tonia fuhr fort und zeigte ihm die vorbereiteten Charts, auf denen sie das Projekt stichpunktartig umrissen hatte. Schließlich folgten Tabellen mit Finanzplanung und Rentabilitätsberechnungen für einen Zeitraum von fünf Jahren. Sie war sich bewusst, dass diese Zahlen nur grobe Schätzungen waren und noch verifiziert werden mussten. Sie wollte Surez davon überzeugen, dass es ihr ernst damit war und dass sie die notwendige Qualifikation für ein solches Vorhaben hatte. Sie kam mit ihren Ausführungen zum Ende und sagte: »Señor Surez, wie Sie sehen, sind viele Erdarbeiten und Bauarbeiten notwendig, bis das Zentrum fertig ist und seinen Betrieb aufnehmen kann. Ich wäre geehrt, wenn wir zu gegebener Zeit über diesen Auftrag miteinander sprechen könnten.«

»Frau Hofmeister, ich muss gestehen, dass Sie mich überrascht haben. Es gibt nicht viele Menschen, die das von sich sagen können. Verstehen Sie es bitte als Kompliment.« Tonia war erleichtert. Liebenswürdig sagte sie: »Herr Surez. Das ist sehr freundlich von Ihnen. Ich lade Sie herzlich ein, sich ein eigenes Bild von der Höhle und den Örtlichkeiten zu machen. Ich würde mich freuen, wenn Sie die Gelegenheit dazu fänden.«

»Wie lange bleiben Sie noch auf der Insel, Frau Hofmeister? Ich bin tatsächlich neugierig und würde mir diesen Ort gerne anschauen. Wie kann ich Sie erreichen?«

Tonia überreichte ihm ihre Karte und notierte auf der Rückseite zusätzlich die Nummer des Festnetzanschlusses von Adelheids Haus. Sie antwortete: »Ich reise morgen nach Deutschland, um einige Formalitäten im Zusammenhang mit der Erbschaft zu klären. Außerdem muss ich beruflich einige Leute treffen und Absprachen treffen. Das wird einige Tage in

Anspruch nehmen. Danach komme ich wieder hierher, um mich um das Projekt zu kümmern. Wissen Sie: Ich freue mich schon sehr darauf. Ich bin schon jetzt so gerne hier, dass es mir fast wehtut, morgen abzureisen, auch wenn es nur vorübergehend ist.«

»Glauben Sie mir als jemandem, der über eine Reihe von Zweitwohnsitzen auf verschiedenen Kontinenten verfügt. Es steht nirgendwo geschrieben, dass man nur ein Zuhause haben kann. Es liegt in der Natur des erwachsenen Menschen, dass er irgendwann seinen Geburtsort zurücklässt und sich woanders niederlässt. Dort ist er zu Hause. Deswegen verliert man jedoch nicht seine Heimat oder sein Vaterland. Das bleibt immer. Und schön ist, wenn man dort immer eine Zeit verbringen darf. Ich wünsche Ihnen einen guten Flug und viel Erfolg.«

Als sie später in die Zufahrt zum Haus einbog, kam Martin ihr schon entgegen. Sie drückte ihn fest: »Ich glaube: Dies war der Durchbruch«, sagte sie. Und dann erzählte sie ihm alles im Detail. »Wir sollten Luiz informieren«, schlug Martin vor. Doch im selben Moment klingelte das Telefon. Es war Miguel, der Vollzug meldete. Die Lokomotive war angeheizt. Nun würde der Zug bald in Bewegung geraten. Miguel hatte Cervantes informiert. Dieser wiederum hatte mit seinem Parteifreund, dem Bürgermeister von Adeje, gesprochen. Am nächsten Tag würde Cervantes auf die Luna-Gruppe zugehen und in Verhandlungen über das Grundstück in Santa Cruz einsteigen. Da davon auszugehen war, dass Surez seinen kolumbianischen Geschäftsfreund bereits über die neue Situation informiert hatte, würde er hoffentlich offene Türen vorfinden.

Als Tonia den Telefonhörer aufgelegt hatte, wandte sie sich Martin zu und fragte: »Was hältst du davon, wenn wir unseren Erfolg ein wenig feiern? Außerdem ist es mein letzter Abend. Ich würde gerne beim Torre zu Abend essen und möchte Luiz dazu einladen.« »Das ist eine gute Idee, wie ich finde«, stimmte Martin ihr zu und reichte ihr erneut das Telefon. Sie verabredeten sich mit Luiz für zwanzig Uhr. »Und jetzt gehen wir schwimmen«, schlug Martin vor. »Wir haben noch reichlich Zeit, bis wir Luiz abholen.« »Wunderbar«, strahlte Tonia. »Gehen wir hinunter zum Strand.«

Wenige Stunden später saßen alle drei in Tonia und Martins Lieblingsrestaurant auf Teneriffa bei einem Glas Prosecco und schauten der

Schnellfähre der Reederei Fred Olsen zu, die der Nachbarinsel La Gomera zustrebte. Während sie sich auf ihr Fischgericht freuten, erstattete Tonia ihrem Nachbarn genauen Bericht. Luiz wollte alles ganz genau wissen und stellte viele Fragen. Am Ende war auch er überzeugt, dass die Zeichen für das Projekt günstig standen und sich die Luna-Gruppe neu orientieren würde. Danach widmeten sie sich hingebungsvoll den Köstlichkeiten, die ihnen stilvoll serviert wurden. Als sie beim Café Solo angekommen waren, wurde es Tonia etwas wehmütig ums Herz.

»Morgen früh reise ich ab«, sagte sie und seufzte. »Es ist schon seltsam. Ich fühle mich hier bereits wie zu Hause. Auf der anderen Seite liebe ich meine Heimat und mein Heim. Dort sind meine Eltern, Freunde und meine bisherige Arbeit. Obwohl eigentlich alles in Ordnung war, hatte ich seit Längerem das Gefühl, dass eine Veränderung anstand, ohne dass ich sagen konnte, wohin die Reise geht. Nun fahre ich in meine Heimat und weiß nicht mehr: Ist das noch mein Zuhause?«

»Das Leben hat dich hierhergeführt, Tonia«, sagte Luiz ernst. »Du gehörst hierher, denn hier kannst du etwas bewirken. Du gibst immer dein Bestes, egal, was du anpackst. In Deutschland hast du dein Auskommen. Aber hast du auch tiefe Freude? Brennst du für das, was du tust? Die Aufgaben, die hier auf dich warten, sind anderer Natur. Sie fordern dich als ganze Person und nicht nur deinen Verstand. Ich sehe, dass dir das Leben hier guttut. Natürlich wird es Rückschläge geben. Du tüchtige Deutsche wirst dich mit unserer Lebensart auseinandersetzen müssen. Anfangs wirst du noch Probleme mit der Verständigung haben. Aber du bist sprachbegabt und ich wette mit dir, dass du in einem Jahr schon ganz ordentlich Spanisch sprichst. Deine Eltern lieben dich und sie werden das Beste für dich wollen.« »Ich danke dir, mein Freund«, unterbrach Tonia ihn und küsste ihn auf die Wange. »Du kannst es dir leisten, dein Haus in Deutschland zu behalten«, fügte Martin hinzu. Tonia nickte. »Alles wird sich finden.«

Die Stimmung wurde bald wieder fröhlicher, als Luiz lustige Begebenheiten aus seinem Berufsleben erzählte. Kurz vor Mitternacht setzten Tonia und Martin ihren Nachbarn zu Hause ab. Sie warteten im Wagen, bis das Licht in seinem Haus anging und er ihnen zuwinkte. Wenig später sanken sie in ihr eigenes Bett. Bevor ihr die Augen zufielen, stellte Tonia noch die Weckzeit auf ihrem Handy ein. Für ihre Reise hatte sie schon gepackt. Viel brauchte sich nicht mitzunehmen.

KAPITEL 29

Das Aufstehen am nächsten Morgen war hart. Die Anspannung der letzten Tage, gepaart mit Euphorie, hatte Spuren hinterlassen. Tonia spürte schon beim Wachwerden, wie sich der Schmerz vom Nacken her über ihren Schädel ausbreitete, um sich hinter den Augen fest einzunisten: Migräne. Sie schleppte sich unter die Dusche. Martin hatte erkannt, was los war, und sorgte für einen doppelten Espresso mit Zitronensaft. Nicht wirklich ein Genuss. Nach dem ersten Schluck war Tonia kurz davor, sich zu übergeben. Sie zwang sich zu kleinen Schlucken. Nach einigen Minuten merkte sie, wie sich ihr Magen und ihr Kreislauf stabilisierten. Der Kopfschmerz wurde zu einem halbwegs erträglichen Pochen, das sie wohl den Tag über begleiten würde. Sie drückte Martin und bedankte sich für seine Fürsorglichkeit. »Wir müssen los«, sagte er wenig später. »Der Flieger wartet nicht.«

Eine knappe halbe Stunde später verabschiedeten sie sich am Abflugterminal des Flughafens Reina Sofía, des Südflughafens von Teneriffa. Martin würde nach Santa Cruz weiterfahren, um im archäologischen Institut an den Zeichnungen von der Höhle zu arbeiten. Tonia ging zielstrebig zu ihrem Check-in-Schalter. Sie wurde rasch abgefertigt, da sie bereits am Vortag online eingecheckt und sich ihre Bordkarte ausgedruckt hatte. Es war ungewohnt für sie, eine Flugreise nur mit Handgepäck anzutreten. Sie traf frühzeitig an ihrem Abflug-Gate ein, besorgte sich eine Cola und bummelte durch die zahlreichen Läden und Boutiquen, wo sie ein paar Mitbringsel für ihre Eltern erstand. Erneut wunderte sie sich, dass es die besten Sachen immer am Flughafen gab. Die Cola half, den dumpfen Schmerz aus ihrem Kopf zu vertreiben. Bevor sie zu ihrem Gate zurückging, besorgte sie sich noch eine Flasche Wasser und ein paar Snacks. Wenig später wurde ihr Flug aufgerufen und sie machte sich gemeinsam mit zahlreichen Urlaubsheimkehrern auf den Weg zu ihrer Maschine.

Sie mummelte sich in ein Tuch ein und verschlief die längste Zeit des Flugs. Ihr Kopf war wieder klar. Glücklicherweise. Denn in Köln wartete bereits der nächste Termin auf sie. Ihr Vater würde sie am Flughafen abholen, um sie zur Kanzlei Severin zu begleiten. Keine Zeit für ein Mittagessen. Da ihr Bauch sich meldete, verzehrte sie die mitgebrachten Snacks. Eine knappe halbe Stunde später setzte das Flugzeug sanft auf der Landebahn des Flughafens Köln/Bonn auf.

Sie verließ die Maschine gemeinsam mit den anderen Passagieren und genoss ein zweites Mal den Luxus, sich nicht um das Gepäckband herumdrängeln zu müssen. Sie war froh, dass sie den Flug gut überstanden hatte und ihr Kopf klar war. Eine Migräne hätte alles zur Qual werden lassen. Sie sah ihren Vater sofort, als sie durch die Milchglastür in den Ankunftsbereich trat, und winkte ihm zu, bevor sie ihm entgegeneilte, um ihn zu umarmen.

»Du kannst dir gar nicht vorstellen, Papa, wie ich mich freue, dass du da bist und dass du mich zu dem Termin begleitest«, sagte sie ehrlich erleichtert. Ihr Vater lachte und drückte sie kurz an sich. »Das mache ich doch gerne. Ich freue mich doch, wenn ich dir helfen kann und noch zu etwas nützlich bin.« »Hör doch auf. Du hast es gar nicht nötig, so zu reden. Du könntest viel mehr machen, wenn du nur wolltest. In Wahrheit bist du nämlich ein bisschen bequem geworden.« »Erwischt«, entgegnete er. »Aber lass dir von deinem alten Herrn sagen: Du siehst gut aus. Teneriffa scheint dir gutzutun. Trotzdem machen deine Mutter und ich uns Sorgen, wie du dir denken kannst. Meinst du nicht, dass das alles ein bisschen viel für dich wird? Willst du dir dieses Abenteuer wirklich antun? Zumal du doch immer dein Auskommen hattest.«

»Ach, Papi. Mir ist bewusst, dass ihr euch sorgt. Aber weißt du: Ich brauche noch mal eine Herausforderung. In den letzten Jahren war doch alles schon recht eingegleist.« »Du warst nicht glücklich?«, unterbrach ihr Vater sie fragend. »Zufrieden war ich schon – aber nicht glücklich, Papa. Ich habe meine Arbeit getan – auch durchaus gerne getan. Aber ich habe nicht dafür gebrannt. Nicht wirklich. Wie soll ich es sagen, ohne undankbar zu klingen: Es fehlte einfach die Würze.«

»Ich verstehe, was du meinst«, sagte ihr Vater nachdenklich, während sie die richtige Ebene des Parkhauses ansteuerten. »Du sollst wissen, dass deine Mutter und ich dir nach Kräften helfen werden. Deine Mutter, sie wird es dir nachher noch selber sagen, bietet dir an, für zwei oder drei Wochen mit nach Teneriffa zu reisen und dir beim Entrümpeln bzw. Einrichten des Hauses zu helfen. Sie hat sich schon Gedanken gemacht und schlägt dir vor, einen Container zu bestellen, wo du die sperrigen Sachen, die du gerne in deinem neuen Haus hättest, einstapeln und versenden kannst.« »Das ist eine geniale Idee«, rief Tonia aus. »Klasse. Was würde ich wohl ohne euch und eure Tatkraft machen?« Sie war wirklich zutiefst gerührt.

Eine knappe halbe Stunde später lenkte Wilhelm Hofmeister seinen Opel Astra auf den Parkplatz vor der Kanzlei Severin. Der Notar empfing sie mit geschäftsmäßiger Freundlichkeit. Ihm war keine persönliche Regung anzumerken. Tonia freute sich über Kaffee und gekühlte Zitronenlimonade. Die Flüssigkeitszufuhr und das Koffein machten sie gänzlich wach und aufmerksam.

Anton Severin kam ohne Umschweife zur Sache. Er hatte die Dokumente bereits vorbereitet und breitete sie vor ihnen aus. Er zog sich für eine Weile dezent zurück, damit Vater und Tochter sie in Ruhe lesen und sich beraten konnten. Wilhelm Hofmeister unterzog die Schriftstücke seinem juristischen Sachverstand, auf den sich seine Tochter verließ. Er bescheinigte am Ende dem Notar, gute Arbeit geleistet zu haben. Tonia besiegelte die Erbschaft mit mehreren Unterschriften. Einen kurzen Moment lang hatte sie gezaudert, denn sie spürte auch das Gewicht der Verpflichtungen, die sie nun übernahm und auch zu verantworten hatte. Aber dann überwog die Freude und diese wiederum sprang schnell auf ihren Vater und auf den Notar über. Schließlich war Severin anzusehen, dass ihm ein Stein von der Seele fiel. Er händigte Tonia ihren Satz Dokumente aus. Tonia dankte ihm und kündigte an, ihn bei anstehenden Vertragsschließungen und Interessenvertretungen einzubeziehen, was der Notar wohlwollend aufnahm. Danach verabschiedeten sich die beiden Hofmeisters und machten sich auf den Heimweg.

Tonia freute sich auf ihr gemütliches kleines Haus. Sie war erschöpft, wollte in Ruhe die Papiere sortieren und erst einmal ankommen. Aber vorerst würde sie dieses Ansinnen zurückstellen müssen. Der Geruch der frischen Waffeln, die ihre Mutter zur Feier des Tages gebacken hatte, vertrieb jede Erschöpfung und so saß die Familie nur wenig später am Kaffeetisch und unterhielt sich angeregt. Tonia berichtete, was ihr in den vierzehn Tagen auf Teneriffa widerfahren war. Sie freute sich, dass sich ihre Mutter von ihrer Begeisterung anstecken ließ. Ihre Mutter erkundigte sich, wann sie den Container für den Transport der Möbel bestellen sollte. Tonia überlegte einen Augenblick und meinte dann: »Ich brauche ein bisschen Zeit, um ein paar Dinge zu organisieren. Sagen wir, in fünf Tagen. Dann können wir zwei Tage vorher bei mir ausräumen. Ich nehme nur ein paar Stücke mit. Das meiste bleibt hier. Das müsste reichen.« »Gut. Wird erledigt«, ihre Mutter nickte.

»Endlich zu Hause«, dachte Tonia, als sie dann schließlich ihr Haus betrat. Sie nahm den vertrauten Duft auf, den ganz eigenen Geruch, den nur Holzhäuser verströmen. Sie ging durch alle Räume, lauschte den Geräuschen des alten Kühlschranks, der Heizung und der knarrenden Treppe, die nach oben in den ersten Stock führte. Alles war in bester Ordnung, wie sie nach ihrer Inspektionsrunde zufrieden feststellte. Es berührte sie, dass sie nun vorhatte, den Bestand dieses Hauses sozusagen zu plündern und einen Teil davon nach Teneriffa zu schaffen. Es war die Idee ihrer lebenstüchtigen und pragmatischen Mutter gewesen, die gesagt hatte: »Du musst dem neuen Zuhause auch deine persönliche Note geben, damit du dich dort wohlfühlen und kreativ sein kannst. Adelheid hätte niemals gewollt, dass du aus ihrem Haus ein Denkmal machst. Umgib dich mit ein paar Dingen von hier, denn hier sind deine Wurzeln und deine Heimat.«

Gedanklich ging sie noch einmal durch alle Räume und stellte sich vor, was bleiben und was mitkommen würde. Letztlich schadete es ihrem Haus hier nicht, etwas abzugeben, denn es war alles ziemlich vollgestellt. Sie nahm sich vor, gründlich auszumisten und sich von ein paar Sachen zu trennen, die nicht mehr zu ihrem Leben gehörten.

Während sie ihre Gedanken ordnete, klingelte das Telefon. Es war Martin. Rasch brachten sie einander auf den aktuellen Stand. »Nun bist du also stolze Besitzerin einer Villa auf Teneriffa in bester Wohnlage, mit eigener Straße. Kurz gesagt: eine gute Partie«, scherzte er. Doch auch für Martin war es ein erfolgreicher Tag im archäologischen Institut von Santa Cruz gewesen. Er hatte richtiggehend Spaß gehabt und war mit der Kartografie der Höhle gut vorangekommen. De Serra hatte ihm eine spezielle Software zur Verfügung gestellt, sodass er nun auch überall selbstständig weiterarbeiten konnte. »Miguel war ziemlich beeindruckt«, merkte ihr Freund nicht unbescheiden an. »Kann ich mir gut vorstellen«, bestätigte Tonia, die um Martins Qualitäten als Naturwissenschaftler und Ingenieur wusste. »Hattest du heute schon Gelegenheit, mit Luiz zu sprechen?«, erkundigte sie sich. »Nein, noch nicht. Ich rufe ihn aber gleich mal an. Du weißt ja, dass wir morgen Großes vorhaben.« »Ach ja«, lachte Tonia, »morgen geht es ja den Fischen an den Kragen.« »Für mich heißt das vor allen Dingen früh aufstehen«, stöhnte Martin. »Ach was, Faultier«, neckte Tonia ihren Freund, »ich beneide euch beide. Grüß bitte Luiz von mir.« Sie beendeten das Gespräch.

Die guten Nachrichten bewirkten, dass sich Tonia frischer und wacher fühlte. Sie bereitete sich eine Kanne grünen Tee und nahm ihn mit in ihr Arbeitszimmer. Als Erstes checkte sie ihre E-Mails und stellte einen groben Plan für die nächsten Tage auf. Außerdem scannte sie alle Dokumente sorgfältig ein, die ihr der Notar am Mittag überreicht hatte. Auf diese Weise konnte sie sie mit sich führen. Die Originale würde sie in ihrem Bankschließfach deponieren. Als sie damit fertig war, stellte sie fest, dass die Teekanne leer und es nach einundzwanzig Uhr war. Entschlossen versetzte sie ihren Laptop in den Schlafmodus, ging hinunter in die Küche und bereitete sich ein leichtes Abendessen zu. Während sie aß, blätterte sie durch die Tageszeitungen, die ihre Eltern ihr aufbewahrt hatten. Sie nahm ihr Handy und fügte ihrer To-do-Liste einen weiteren Punkt hinzu: Tageszeitung in Online-Abo umwandeln, denn sie wollte auch auf Teneriffa informiert bleiben, was in der »alten« Heimat los war.

KAPITEL 30

Am nächsten Morgen rief sie bei ihrer Agentur an und vereinbarte ein Treffen mit ihrer Betreuerin. Es gab viel zu besprechen. Tonia schätzte sich glücklich, dass die resolute ältere Frau sie unter ihre Fittiche genommen hatte. Tonia konnte zwar schreiben. Doch vom Literaturbetrieb und vom Geschäft verstand sie nur wenig. Margaret, ihre Agentin, hatte ihr geholfen, mit ihrer Begabung zumindest so viel zu verdienen, dass sie davon leben konnte. Sie konnte ihr helfen, aus den Ideen, die in ihrem Kopf herumgeisterten, tragfähige und möglicherweise sogar lukrative Projekte zu machen, von denen beide etwas hatten. Margaret hatte kein Problem damit, dass Tonia ihren künftigen Lebensmittelpunkt nach Teneriffa verlagern würde.

Tonia vergrub sich in die Arbeit und in die Vorbereitung des Gesprächs, bis sich ein hohles Gefühl in ihrer Magengegend bemerkbar machte. Vierzehn Uhr dreißig. Sie gab ihrem menschlichen Bedürfnis umgehend nach und erwärmte Pizza in ihrem Backofen. Während der Ofen aufheizte, klingelte das Telefon.

»Hallo, Mutti«, begrüßte Tonia ihre Mutter. »Was machst du gerade?«, erkundigte sich ihre Mutter. »Ich will gleich essen und danach an den Schreibtisch zurück.« »Was hältst du von einem kleinen Rundgang? Das Wetter ist doch ganz schön und dir tut es gut, ein wenig an die frische Luft zu gehen.« Tonia überlegte einen kurzen Moment. »Gut. Machen wir. Ich komme in einer halben Stunde raus.« »Prima«, sagte ihre Mutter und legte auf. Tonia seufzte innerlich. Sie würde sich anstrengen müssen, um mit ihrer Mutter Schritt zu halten. Ein »kleiner« Rundgang konnte schon mal zwei Stunden über Stock und Stein bedeuten. Ihre Mutter war eine sehr drahtige und sportliche Frau, die es gewohnt war, sich bei Wind und Wetter draußen aufzuhalten. Auf der anderen Seite war so ein ausgedehnter Spaziergang eine gute Möglichkeit, in Ruhe miteinander zu sprechen.

Wenig später marschierte Tonia an der Seite ihrer Mutter rund eine halbe Stunde stramm bergauf. Sie wollte schon entnervt stehen bleiben und eine Pause einfordern, als sie auf dem Höhenrundweg ankamen. Ihre Mutter führte sie weitere hundert Meter weiter, bevor sie stehen blieb. Tonia staunte. Der Blick vom Höhenkamm des Rothaargebirges, auf dem sie sich befanden, war atemberaubend. Kyrill, ein schwerer Orkan, der vor einigen Jahren in dieser Region gewütet hatte, hatte wirklich ganze Arbeit geleistet. Er hatte großflächig die Fichtenbestände entwurzelt und dieser rauen Mittelgebirgslandschaft ein beinahe liebliches Antlitz gegeben. Die Borkenkäferplagen der vergangenen Jahre hatten dazu geführt, dass weitere große Nadelholzbestände gefällt werden mussten. Allerdings waren in den letzten Jahren immer mehr Stimmen aus Politik und seitens Investoren laut geworden, die gewonnenen Brachflächen für Windkraftanlagen zu nutzen. Dagegen gab es einigen Widerstand in der Bevölkerung, die eine Verschandelung der Landschaft und massive Störungen der Natur fürchteten. Tonia ging davon aus, dass sich die Windkraftbefürworter durchsetzen würden. Für den Moment genoss sie die Aussicht.

»Wunderschön«, sagte sie zu ihrer Mutter. »Kommst du oft hierher?« »Ab und zu«, sagte ihre Mutter. »Vergiss nicht, mein Kind. Dies hier ist deine Heimat. Hier wurdest du geboren, von hier stammen deine Vorfahren. Sie haben ihren Lebensunterhalt im Bergbau und in der Landwirtschaft verdient. Ein ehrlicher, wenn auch herber Menschenschlag. Ich weiß, dass es dir nie leichtgefallen ist, dich hier so richtig wohlzufühlen. Du hast schon als Kind von einem Leben im Süden geträumt. Ich freue mich für dich, dass dein Traum jetzt in Erfüllung geht und du ein neues Zuhause gefunden hast.« »Sagen wir besser: Es hat mich gefunden und halten wir fest, dass nur ein Teil meiner Vorfahren von hier stammt«, unterbrach Tonia das Pathos ihrer Mutter, die nun doch lachen musste. »Ich wollte dir nur sagen: Dies hier ist deine Heimat und du hast das Recht, jederzeit wieder hierher zurückzukommen, wenn dir danach ist oder wenn sich deine neue Heimat nicht als so traumhaft erweist, wie du jetzt wahrscheinlich glaubst. Vergiss dein Zuhause nicht«, fügte sie leise hinzu. »Das tue ich ganz gewiss nicht«, rief Tonia aus und umarmte spontan ihre Mutter.

»Über dein Haus wollte ich mit dir sprechen«, antwortete ihre Mutter, während sie auf den Höhenweg zurückgingen und zügig weitermarschierten. Tonia sah ihre Mutter fragend an. »Könntest du dir vorstellen, dein Haus zu vermieten?«, fragte ihre Mutter.

»Vermieten – an wen?« »Du weißt doch, dass ich regelmäßig die Mittwochsakademie an der Uni besuche.« Tonia nickte. Ihre Eltern waren beide im Seniorenstudium aktiv. »Dort besuche ich zurzeit ein Seminar über den Spanischen Bürgerkrieg mit dem Schwerpunkt auf der Literatur dieser Zeit. Unsere Dozentin ist eine junge Professorin, die für zwei

Jahre einen Lehrvertrag in Siegen bekommen hat. Wir kamen kürzlich miteinander ins Gespräch. Sie sucht dringend eine schöne Unterkunft in ländlichem Raum, am liebsten möbliert, da sie noch nicht weiß, ob sie nach den zwei Jahren eine Vertragsverlängerung erhalten wird. Sie musste ihre eigene Wohnung in Hamburg aufgeben und hat ihr Mobiliar eingelagert. Außer ihren sicherlich zahlreichen Büchern würde sie nur wenige Lieblingsstücke mitbringen und ansonsten Vorhandenes nutzen.«

»Du könntest dir also vorstellen, dass sie in meinem Haus wohnt?«, fragte Tonia zweifelnd. »Es ist nur eine Idee. Ich meine, dass ihr euch kennenlernen solltet. Bedenke, dass du durch die Vermietung die laufenden Kosten zur Unterhaltung des Hauses einsparen könntest. Du kannst in der Zeit, wo du dein Projekt realisierst, sicherlich jeden Euro gebrauchen. Es wäre doch nur gut, wenn sich das Haus selber tragen würde. Dein Vater und ich werden schon aufpassen, dass nichts verhunzt wird.« Tonia seufzte. »Ich weiß nicht so recht. Ich muss mich mit dem Gedanken erst anfreunden. Dein Vorschlag kommt sehr überraschend für mich. Jemandem Zugang in meine Privatsphäre zu gewähren, ist schwer vorstellbar für mich. Gib mir ein bisschen Zeit, Mutti. Ich will es mir durch den Kopf gehen lassen.« »Natürlich, mein Kind. Überlege es dir in Ruhe. Sag mir Bescheid, wenn du bereit bist, dich mit Frau Professor Lukas zu treffen. Sie ist eine nette Person. Du wirst sie mögen.«

Als sie am Abend Martin vom Vorschlag ihrer Mutter berichtete, war er angetan. »Das ist doch eine wunderbare Lösung«, meinte er. »Neben der Miete, die du bekommst, entfällt auch die Verwaltung und Sorge um das Haus, dass du faktisch mindestens in den nächsten zwei Jahren kaum nutzen wirst. Mach dir nichts vor. Du wirst hier auf Teneriffa so eingespannt sein, dass du allenfalls zu den Feiertagen nach Deutschland fliegst. Du wirst froh sein, dass das Haus in dieser Zeit wenig Aufmerksamkeit von dir fordert.« »Und wo soll ich wohnen, wenn ich dann hier bin? Mein altes Kinderzimmer, das meine Eltern längst für ihre Hobbys nutzen, reizt mich nicht unbedingt.« »Du kannst auch bei mir unterkommen. Du weißt, dass ich ein Gästezimmer habe«, bot Martin an.

KAPITEL 31

Am nächsten Morgen nahm Tonia in aller Frühe den Regionalexpress nach Frankfurt. Die meisten Mitreisenden trugen Businesskleidung, woraus sie schloss, dass sie Angestellte im Bankenviertel waren. Um neun Uhr war sie mit Margaret in einem Café in Bahnhofsnähe verabredet. Tonia freute sich darauf, mal wieder etwas Großstadtluft zu schnuppern. Sie traf sich mit ihrer Agentin etwa einmal im Vierteljahr. Die meiste Kommunikation wurde per E-Mail beziehungsweise seit Kurzem per Videochat abgewickelt.

Als sie bei der stylischen Lattissimo-Bar ankam, war Margaret noch nicht da. Tonia wählte einen Tisch im hinteren Teil der Bar, wo weniger los war, und richtete sich dort schon mal ein. Fünf Minuten später betrat Margaret das Lokal.

Richtiger wäre zu sagen: Margaret betrat die Bühne, denn sie absorbierte sofort sämtliche Aufmerksamkeit. Sie hatte etwas in ihrer Ausstrahlung, das Menschen in den Bann zog. Tonia vermochte nicht genau zu sagen, was ihre Magie war. Margaret Fenchert war Mitte fünfzig, also gut zehn Jahre älter als sie selbst. Mit 1,80 Meter Größe war sie für eine Frau ihrer Generation groß gewachsen. Mit Vorliebe trug sie High Heels, was sie mindestens um weitere zehn Zentimeter größer machte. Sie hatte eine frauliche Figur, ohne aber mollig zu wirken. Üppig war auch ihre Haarpracht, die sie, klassisch gerade geschnitten, rückenlang trug. Die Grundfarbe ihres Haares war schwarz mit ausgeprägten weißen Strähnen. Angeblich färbte sie ihr Haar nicht. Doch letztlich zählte das nicht: Margaret sah einfach umwerfend aus, wie Tonia neidlos anerkannte. Dazu trugen auch Margarets Roben bei. Ein anderer Begriff fiel Tonia nicht ein, wenn sie den extravaganten Kleidungsstil der Literaturagentin beschreiben sollte. Irgendein japanischer Couturier, dessen Namen Tonia vergessen hatte, wickelte Margaret auf komplizierte Weise in seine farbenfrohen Stoffe. Die Grundfarbe des heutigen Tages war Brombeere. Doch es war nicht allein die auffällige äußere Erscheinung, die Margarets Wirkung ausmachte. Es war auch ihre kraftvolle Ausstrahlung und ihre zupackende Art.

Tonia winkte ihrer Agentin zu. Die beiden Frauen begrüßten sich herzlich. Nachdem sie ihre Bestellungen aufgegeben hatten, wandte sich Margaret ihrer Klientin zu: »Und nun möchte ich erst einmal alles von Anfang an wissen.« Tonia ließ sich nicht zweimal bitten und gab ihr einen kompakten Überblick über die Ereignisse der letzten Wochen und die weitere Planung des Höhlenprojekts. Außerdem erzählte sie von ihrem Vorhaben, einen Bildband über die Hotelarchitektur ihrer Gönnerin zu veröffentlichen.

An dieser Stelle verdrehte Margaret, die ihr bisher gebannt zugehört hatte, die Augen. Tonia verstummte. »Weißt du, in der Geschichte über deine Erbschaft und die Höhle und alles, was sich daraus ergibt, liegt Musik. Daraus lässt sich etwas machen, womit sich Geld verdienen lässt. Aber bitte vergiss den Architekturband. Das wird ein Ladenhüter, bevor er überhaupt gedruckt ist. Wobei ich bezweifle, dass er jemals gedruckt wird. Den kannst du allenfalls irgendwo unterlegen, damit der Tisch nicht wackelt.« »Wieso sagst du das?« Tonia war verstimmt. »Überleg doch mal«, fuhr Margaret fort. »Wer würde sich für so ein lokales Thema überhaupt interessieren? Ich halte die Zielgruppe für ziemlich überschaubar. Der Aufwand für die Vorbereitung und Produktion des Bildbands ist sehr hoch. Du brauchst professionelle Fotografen mit entsprechendem Equipment. Hast du eine Vorstellung davon, was nur ein Tag Fotoshooting kostet? Dann die Nachbearbeitung der Fotos. Der Bildband müsste auf hochwertigem Papier mit einem entsprechenden Einband gedruckt werden. Die Produktion eines solchen Werkes ist hochpreisig und damit steigt auch der Verkaufspreis. Es ehrt dich, dass du Adelheid Steffens, der du viel verdankst oder verdanken wirst, posthum ehren möchtest. Doch ich glaube, dein bisheriges Konzept wird ein Flop.« »Was rätst du mir? Soll ich das Ganze etwa vergessen?« Tonia war erregt.

»Lass mich kurz überlegen«, bat Margaret. »Ich würde den Anspruch an die Optik des Buches – sprich Bildband über Hotelarchitektur – zurückschrauben und mehr interessanten Content über die Hotels selbst zusammentragen. Nach dem Motto: Adelheid hat diese Hotels geschaffen. Was ist aus ihnen geworden? Was ist ihre Geschichte? Welche Geschichten haben sich in ihnen abgespielt? Was kann man über die Gäste erzählen? Was erzählen die Gäste selbst? Und, und, und.« »Du meinst also, dass ich die Hotels selbst zum Sprechen bringen soll«, sagte Tonia nachdenklich. »Das bringt es wohl auf den Punkt«, bekräftigte Margaret.

»Alles andere, was du mir erzählt hast, ergibt einen fantastischen Stoff, der sich crossmedial verwerten lässt. Also als Skript für einen Roman oder sogar für ein Serienformat fürs Fernsehen. In dem Stoff ist alles enthalten, was gute Unterhaltung ausmacht: Spannung, Liebe, Exotik, Bedrohung und Rettung, Historie und Wissenschaft.«

»Du meinst, ich soll die Geschichte aufschreiben?«, fragte Tonia. »Ganz genau. Du erzählst zunächst einmal deine Geschichte. Dann schauen wir gemeinsam, was wir damit machen können. Ein Roman oder eine Kurzgeschichte sind eine gute Basis, auf der man beispielsweise Drehbücher für andere Medienformate aufsetzen kann. Schau mich nicht so skeptisch an, Tonia. Du kannst dich deinem Projekt, diese Höhle erforschen zu lassen und sie der Öffentlichkeit zugänglich zu machen, aus ganz unterschiedlicher Perspektive nähern und diese Perspektiven literarisch verarbeiten. Unter der Leitung des archäologischen Instituts von Professor Miguel de Serra werden wissenschaftliche Veröffentlichungen für die Fachwelt entstehen. De Serra will dich ja darin einbeziehen, wie du mir eben erzählt hast. Hier gibt es für dich kein Geld zu holen, wohl aber Reputation, die deiner Marke dient. Die nächste Stufe liegt darin, die wissenschaftlichen Erkenntnisse einem breiten Publikum nahezubringen.« »Du meinst eine populärwissenschaftliche Veröffentlichung«, unterbrach Tonia den Redefluss. »Ganz genau. Und dies sollte unter deiner Federführung geschehen. Das bringt dir gutes Geld, selbst wenn du Co-Autoren einbindest.«

Tonia rührte, in Gedanken versunken, ihren Milchkaffee. »Okay. Ich bin beeindruckt«, sagte sie schließlich. »Ich sehe, dass die Arbeit mir so schnell nicht ausgehen wird. Doch wie verfahren wir mit den aktuellen Verpflichtungen?« Margaret nickte und winkte der Kellnerin zu. Sie bestellte sich einen zweiten doppelten Espresso. Dann wandte sie sich wieder an Tonia.

»Bevor du wieder nach Teneriffa entfleuchst, hätte ich noch ein paar kleinere Aufträge. Es geht um kurze Werbetexte für erklärungsbedürftige Produkte, etwas, was dir liegt. Sie sollen in internationalen Fachmagazinen veröffentlicht werden.« Tonia nickte: »Kein Problem.« »Das Wichtigste aber wäre, dass du sofort mit deiner Geschichte loslegst. Ich hätte gerne ein Skript in – sagen wir – zwei Monaten.« Tonia überlegte kurz und sagte: »Das ist sportlich, müsste aber möglich sein. Ich habe damit begonnen, die Fakten zusammenzutragen und hintereinanderzubringen.«

Die Literaturagentin strahlte. »Was hältst du jetzt von einem Gläschen Prosecco?« Wenig später blickte Margaret Fenchert auf ihre Uhr. »Tonia, meine Liebe, es war mir wie immer eine Freude, dich zu sehen. Aber nun wartet noch eine Menge Arbeit in der Agentur auf mich. Ist es in Ordnung, wenn ich dich jetzt verlasse?« Sie zückte ihr Portemonnaie.

»Ja. Das ist völlig in Ordnung. Aber bitte lass stecken. Das Frühstück geht auf mich.« »Prima. Danke. Apropos. Weißt du schon, wie lange du bleibst, respektive, wann du wieder auf deine Insel zurückkehrst?« »Ich brauche noch etwa knapp zwei Wochen, um meine Angelegenheiten zu regeln. Danach reise ich nach Teneriffa. Übrigens: Du bist herzlich eingeladen, mich dort zu besuchen. Warte nicht zu lange.« »Ich komme ganz bestimmt. Das brauchst du mir nicht zweimal zu sagen«, lachte Margaret. Nach einer herzlichen Umarmung rauschte sie hinaus.

Tonia beglich die Rechnung, strebte auf direktem Weg zum Hauptbahnhof, um nach Hause zu fahren. Auf sie wartete eine Menge Arbeit.

KAPITEL 32

Unterdessen war ihre Mutter nicht untätig gewesen. Zwischen den beiden Häusern der Hofmeisters stand ein Container. Er kam ihr absurd groß vor. Tonia parkte ihren Wagen, mit dem sie zum Bahnhof gefahren war, und ging hinüber zu ihren Eltern. »Das passt ja hervorragend«, freute sich ihre Mutter. »Der Container wurde vor zehn Minuten geliefert. Nun schau doch nicht so bedröppelt, Antonia. Dein Vater und ich helfen dir schon beim Ausräumen und Beladen.« »Wie lange bleibt er stehen?«, erkundigte sich Tonia. »In genau einer Woche wird er abgeholt«, antwortete ihr Vater. Tonia nickte: »Das müsste zu schaffen sein.« »Morgen Abend ist Martin doch auch wieder hier. Bei den sperrigen Möbeln kann er mit anfassen«, ergänzte ihre Mutter. Tonia umarmte ihre Eltern. »Das habt ihr ganz toll organisiert.«

Wieder zu Hause befreite sich Tonia von ihren Businessklamotten und schlüpfte in ihre Lieblings-Loungewear, eine etwas elegantere Variante eines Jogginganzugs. Sie setzte sich hin und erstellte eine Liste der Möbel, Bilder, Bücher und Dinge, die sie mit in ihre neue Heimat nehmen würde. Später erschienen ihre Eltern. Ihr Vater hatte sich mit seinem großen Werkzeugkasten bewaffnet. Ihre Mutter hatte einen großen Stapel Zeitungen aus dem Papiermülleimer geklaubt. Tonia musste ob des Eifers ihrer Eltern unwillkürlich lächeln. »Dann kann es ja losgehen«, sagte sie und krempelte ihre Ärmel hoch.

Ein paar Stunden später verschloss sie den Container. Sie biss auf die Zähne, während sie versuchte, ihren Rücken dazu zu bewegen, wieder eine aufrechte Haltung anzunehmen. Sie hatten viel geschafft an diesem Nachmittag. Ihr Schreibtisch und verschiedene Regale aus dem Arbeitszimmer waren abgebaut und verladen. Bücher waren ausgewählt und verpackt worden. Einen Teil der verbliebenen Bestände würde sie der Gemeindebibliothek spenden. Den größten Teil ihrer Kleidung würde sie mitnehmen. Ebenso die Betten und ein paar Kleinmöbel. Die Einbauküche blieb stehen.

Sie griff zum Telefon und wählte die Nummer von Luiz. Ihr neuer Nachbar meldete sich mit dem zweiten Klingeln und freute sich, als er ihre Stimme hörte. »Tonia, wie schön. Wie geht es meiner neuen Lieblingsnachbarin?« »Ich bin deine einzige Nachbarin, alter Charmeur, und ich freue mich auch, deine Stimme zu hören. Sag: Was hast du heute so gemacht?« »Nun ja. Erst einmal habe ich dafür gesorgt, dass Martin sein Flugzeug nicht verpasst.« Tonia lachte. »Du musstest ihn wecken? Das hat er mir gar nicht erzählt. Aber ich hätte es mir denken können. Martin ist kein Frühmensch.« »War nicht schlimm«, ergänzte Luiz. »Ist er denn heil wieder gelandet?« »Ja. Er ist gut angekommen. Er musste vom Flughafen gleich in seine Firma fahren und dort wird er auch noch sein.« »Wie: Er ist nicht bei dir?«, unterbrach Luiz sie. »Nein. Wir sehen uns morgen Nachmittag. Martin und ich leben nicht zusammen. Er hat eine Wohnung ungefähr zwanzig Kilometer von meinem Wohnort entfernt. Die Wochenenden verbringen wir meist zusammen. Aber während der Woche sehen wir uns nur zum Abendessen – und das auch nicht jeden Abend. Es hängt davon ab, welche Termine ein jeder noch hat.« »Hm«, brummelte Luiz, offensichtlich nicht erfreut. »Wenn ich das so höre – und ich höre etwas Ähnliches ja auch von meinen eigenen Kindern –, dann bin ich froh, dass ich ein Rentner sein darf. Ein solcher Lebensstil wäre mir zu anstrengend gewesen. Nur gut, dass du bald etwas mehr Ruhe in dein Leben hineinbringst, Tonia. Was machst du?«

Tonia berichtete dem Freund, was sich Neues ergeben hatte, und von dem Container, in dem ihr Mobiliar nach Teneriffa gebracht werden würde. »Ich finde es gut, dass du deine eigenen Sachen mitbringst. Du wirst sehen, wie schnell es dann dein Zuhause wird.« Als sie ihr Gespräch beendeten, versprach Tonia, sich regelmäßig zu melden. Sie gähnte und fiel nach einer Katzenwäsche wie ein Stein ins Bett.

KAPITEL 33

Am nächsten Morgen taten ihr alle Knochen weh. »Es ist wohl doch das Alter«, dachte sie und erinnerte sich an einen dummen Spruch, der sie immer geärgert hatte: Wenn du über vierzig bist, morgens aufwachst und dir tut kein Knochen weh, dann bist du tot. Die beschämende Wahrheit war schlicht, dass sie keine körperliche Arbeit mehr gewohnt war. Für Putzarbeiten hatte sie eine Hilfe und der Garten war das angestammte Territorium ihrer Mutter. Ihre Bequemlichkeit rächte sich jetzt. Sie zwang sich aufzustehen und schleppte sich ins Bad. Dort spritzte sie sich Wasser ins Gesicht und putzte ihre Zähne. Danach kehrte sie ins Schlafzimmer zurück und absolvierte ein kleines Yoga-Programm. Danach war ihre Beweglichkeit einigermaßen wiederhergestellt.

Sie setzte die Packerei fort und wappnete sich für den Besuch der Professorin. Ihre Mutter hatte kurzfristig den Besichtigungstermin arrangiert. Tonia suchte die Order mit allen Belegen und Zeichnungen von ihrem Haus heraus. Nur wenig später klingelte es an ihrer Haustür. Ihre Mutter hatte Marion Lukas zum Haus ihrer Tochter begleitet und verabschiedete sich jetzt von ihrer Bekannten. Tonia bat ihre Besucherin herein und bot ihr etwas zu trinken an. »Ja, ein Cafè Latte wäre jetzt ganz wunderbar«, sagte ihr Gast, der ihr in die gemütliche Wohnküche gefolgt war. Tonia machte sich an der Kaffeemaschine Schweizer Fabrikats, dem bei Weitem auffälligsten und hochpreisigsten Gerät in ihrer Küche, zu schaffen. Marion Lukas konnte ihre Begeisterung kaum verbergen. »Sagen Sie, nehmen Sie die auch mit nach Teneriffa?« Tonia, die erkannte, dass sie beide die Vorliebe für wirklich guten Kaffee teilten, lachte und sagte: »Nein. Sie stünde Ihnen voll und ganz zur Verfügung, wenn Sie sich dafür entscheiden sollten, hier einzuziehen. Adelheid Steffens, die mir das Haus auf Teneriffa hinterlassen hat, liebte ebenfalls guten Kaffee. Das liegt bei uns wohl in der Familie. Jedenfalls gibt es dort bereits eine sehr gute Maschine, sodass diese, für die ich wirklich einmal sparen musste, hierbleibt.« Sie packte die fertigen Getränke gemeinsam mit etwas Gebäck auf ein Tablett und trug es ins Wohnzimmer.

Während sie ihren Cafè Latte genossen, berichtete Tonia kurz von ihrer aktuellen Situation, kam aber schnell auf ihr Haus zu sprechen, das nunmehr bereits über zehn Jahre alt war. Marion Lukas sah sich währenddessen um und strahlte. Sie machte keinen Hehl daraus, dass ihr das kleine, gemütliche Ökohaus gefiel. Die beiden Frauen gingen nach oben, damit Frau Lukas auch Schlaf- und Arbeitszimmer in Augenschein nehmen konnte. Tonia gewann mehr und mehr den Eindruck, es mit einer patenten und bodenständigen Frau zu tun zu haben, die an der Uni nicht abgehoben hatte. Marion Lukas war ihr sympathisch. Sie war eine Frau, mit der sie sich gut vorstellen konnte, befreundet zu sein. Schließlich wendete sich ihr Gespräch den Rahmenbedingungen und dem Mietvertrag zu. Hier waren sich die beiden Frauen schnell einig.

»Sie wollen sicher darüber schlafen?«, erkundigte sich Tonia, als sie ihrer Besucherin zum Abschied die Hand gab. »Ja, das möchte ich. Ganz einfach, weil ich das aus Prinzip bei jeder wichtigen Entscheidung so handhabe. Aber ich kann Ihnen sagen, dass es mir hier sehr gut gefällt. Das Haus ist wunderschön. Es ist warm und hell. Und der Platz, den es bietet, genügt mir voll und ganz. Schön ist auch, dass die Küche stehen bleibt und ich einen Teil der Möbel benutzen kann und nur wenig neu anschaffen muss. Bisher habe ich in einem kleinen Apartment gelebt und besitze auch nur wenige eigene Möbel. Ich gebe Ihnen morgen Nachmittag Bescheid. Ist das in Ordnung?« »Perfekt, und ich würde mich freuen, wenn Sie ja sagen würden«, antwortete Tonia. »Ab wann könnte ich denn einziehen?«, fragte die Besucherin nach. »Im Prinzip in einer Woche. Dann wird der Container abgeholt und ich reise gemeinsam mit meiner Mutter nach Teneriffa. Sie bleibt dort ein paar Wochen bei mir und hilft mir dabei, das Haus einzurichten, wenn der Container eintrifft. Wenn Sie sich noch ein paar Tage länger gedulden könnten, würde ich veranlassen, dass die Wände vor Ihrem Einzug gestrichen werden.« »Sehr schön – ich bin froh, wenn ich mich darum nicht kümmern muss«, gab Marion Lukas zu.

Der Besuch von Marion Lukas hatte bei Tonia eine positive Stimmung hinterlassen. Sie würde Frau Lukas gerne als Mieterin akzeptieren, wenn diese es wollte. Unabhängig davon rief sie die Malermeisterin ihres Vertrauens an und beauftragte sie, die Decken und alle freien Wände in ihrem Haus zu streichen und an den übrigen Wänden Ausbesserungen vorzunehmen. Die Malermeisterin sagte ihr zu, den Auftrag in den nächsten Tagen in Angriff zu nehmen. Tonia war erleichtert, denn es war mitunter schwierig, kurzfristig Handwerker zu finden. Hier hatte geholfen, dass die beiden Frauen zusammen im Chor gesungen hatten und sich schon viele

Jahre kannten. Wie würde das wohl auf Teneriffa werden, wo sie bisher nur wenige Menschen kannte, fragte sie sich. Es würde sich finden – so wie sich letztlich alles regelte.

Acht Tage später war es so weit. Der Container war vollgepackt und abtransportiert worden. Er würde verschifft und mit einem Containerschiff nach Santa Cruz gebracht werden. Ein regionaler Spediteur würde ihn sodann zu ihrem neuen Zuhause schaffen. Sogar die Wände ihres Hauses waren bereits frisch gestrichen worden. Die Professorin würde in den nächsten Tagen einziehen. Tonia und ihre Mutter verabschiedeten sich von ihrem Vater und von Martin, denn die beiden Frauen würden mit Tonias Wagen nach Rotterdam fahren, wo er ebenfalls verschifft und nach Santa Cruz gebracht werden würde. Ihr liebstes Auto in Deutschland zu lassen, machte keinen Sinn. Sie freute sich darauf, damit auf Teneriffa mit offenem Verdeck herumzufahren. Adelheids robusten Jimny würde sie natürlich auch behalten. Wenn sie sich in Deutschland aufhielt, konnte sie sich bei Bedarf auch schon mal den Zweitwagen ihrer Eltern ausleihen.

Nach der Verschiffung des Autos in Rotterdam würden die beiden Frauen nach Reina Sofía fliegen, wo Luiz sie abholen würde. Ihre Mutter wollte drei Wochen bleiben und ihr bei den anstehenden Arbeiten helfen. Ein Teil von Adelheids Einrichtung würde weichen müssen. Ihr Vater hielt derweilen zu Hause die Stellung. Tonia konnte kaum fassen, wie glücklich sich bisher alles gefügt hatte.

EPILOG

Gut ein Jahr später versetzte ein lauer Wind die Lampions in sanfte Schwingungen. Mit den letzten Sonnenstrahlen würde er schlafen gehen, wie die Segler es nannten. Teneriffa war die Insel des ewigen Frühlings. Beständig und doch jeden Tag anders. Tonia hatte in dem einen Jahr, in dem sie nun auf der Insel als Residentin lebte, auch die raue und unberechenbare Seite ihrer neuen Heimat kennengelernt. Zwei schwere Stürme hatte sie erlebt, die den Atlantik in ein Inferno mit bis zu acht Meter hohen Wellen verwandelt hatten. An den nahe gelegenen Steilküsten bei Los Gigantes hatte es gefährliche Erdrutsche gegeben. Unachtsame Menschen waren verschüttet worden. Zwei Helfer waren von der Brandung erfasst und ins Meer gezogen worden und dabei ums Leben gekommen. Daraufhin waren mehrere Strände gesperrt worden.

Doch von diesen Naturgewalten war am heutigen Abend nichts zu spüren. Teneriffa zeigte ihr liebliches Gesicht. Rings um Tonia herum unterhielten sich angeregt ihre Gäste. Die Gesellschaft hatte sich inzwischen in Grüppchen über den gesamten Garten verteilt. Sie selbst hatte im Mittelpunkt gestanden, doch nun hatte sie sich für ein paar Minuten Verschnaufpause auf den Balkon in ihrem Schlafzimmer zurückgezogen und beobachtete lächelnd das Treiben unter ihr. Luiz versuchte gerade sowohl die Literaturagentin Margaret Fenchert als auch die Redakteurin einer deutschsprachigen kanarischen Zeitung zu bezirzen. Martin stand bei de Serra und seinem Team, das komplett erschienen war. Ihre Mutter, die gerade zu Besuch war, war ins Gespräch mit dem Bauunternehmer Surez vertieft, der Tonia inzwischen fast so etwas wie ein väterlicher Freund und Berater geworden war. Letztlich hatte Surez von den Entwicklungen profitiert. Er baute den Komplex für die Luna-Gruppe. Außerdem war er am Ausbau der Guanchen-Therme maßgeblich beteiligt. Zunächst aber mussten die Untersuchungen des archäologischen Instituts noch abgeschlossen werden. Erst dann konnte der Ausbau des Areals zur Guanchen-Therme in Angriff genommen werden.

Der Anlass für das Gartenfest, das an diesem Abend stattfand, war das Erscheinen des Bildbands, den Tonia dem Lebenswerk ihrer Gönnerin Adelheid Steffens gewidmet hatte. Es war ein schönes Buch geworden, das sie selbst finanziert und im Selbstverlag herausgebracht hatte. Sie hatte hundert Exemplare drucken lassen, die nun in verschiedenen Museums-shops der Insel, in Visitors' Centern und Buchläden der Insel erworben werden konnten. Besonders Luiz hatte sich über die posthume Würdigung seiner langjährigen Weggefährtin gefreut. Außerdem hatte sie mit der Recherche für den zweiten Band begonnen, in dem sie die Hotels selbst und ihre Geschichten in den Vordergrund stellen wollte. Margaret würde ihr helfen, einen Verlag dafür zu finden. Während eine leichte Prise sanft über ihre Wangen strich, lächelte Tonia vergnügt und machte sich auf den Weg zurück zu ihren Gästen.

ERKLÄRUNG

Teneriffa spielt eine zentrale Rolle in diesem Roman. Die Beschreibung mancher Örtlichkeiten, die meine Leserinnen und Leser vielleicht wiedererkennen, beruht auf meiner oberflächlichen Anschauung und Erinnerung als Touristin. Deshalb möchte ich ausdrücklich betonen: Die Insel ist, von einigen touristisch dominierten Ortschaften und Küstenbereichen abgesehen, sehr viel schöner und beeindruckender, als ich es zu beschreiben in der Lage bin. Ich kann nur empfehlen, die Hotelzonen zu verlassen und sich mit einem Mietwagen, einem Motorrad oder Mountainbike auf Erkundungstour zu begeben. Machen Sie eine Wanderung in der Corona Forestal. Bessere Luft haben Sie nie geatmet.

Ausdrücklich sei darauf hingewiesen, dass jede Ähnlichkeit mit realen Tatbeständen, lebenden oder juristischen Personen, Örtlichkeiten, Körperschaften, Unternehmen, Gesellschaften oder Organisationen und Hierarchien rein zufällig ist.

Wilnsdorf, März 2023
Tina Peter

AUTORENVITA

Tina Peter ist ein Pseudonym. Die Autorin wurde in Siegen geboren. Nach ihrem Studium der Medien- und Kommunikationswissenschaften sowie der Amerikanistik arbeitete sie als wissenschaftliche Mitarbeiterin und Beraterin in wirtschaftsnahen Projekten für Struktur- und Organisationsentwicklung. Seit Ende der 2000er Jahre hat sich sie auf B2B-Marketing spezialisiert und ist für ein internationales Technologie-Unternehmen tätig.

Die Kanaren und speziell Teneriffa, hat sie während zahlreicher Urlaubsreisen kennen und lieben gelernt. Die hier erzählte Geschichte von der unerwarteten Erbschaft eines Hauses auf Teneriffa beruht auf reinem Wunschdenken und der Fantasie der Autorin: Was wäre, wenn... Fans der Kanaren werden die Sehnsucht nachvollziehen und so manche Orte wiedererkennen können. Diejenigen, die die Inseln noch nicht kennen, fühlen sich vielleicht animiert, eigene Abenteuer dort zu suchen und eigene Entdeckungen zu machen oder einfach nur tiefe Erholung dort zu finden

»Das Vermächtnis der Vulkaninsel« ist der erste Roman von Tina Peter.